Re:제로

Re: Life in a different world from zero

부터 시작 하는 이세계 생활 Ex 3

검귀연담(劍鬼戀譚)

짐승처럼 포효하는 빌헬름의 검이 집단 한복판에 꽂혔다.

「흐으으으아아아아아ーー!!」

그럼 시작하라.

—과인이 몸소 「검귀연간」의 참관인이 되겠다.

관람석에서 국왕이 개전의 불씨를 당기는 말을 던졌다.

장난기 있는 신부의 물음에 빌헬름은 말로 대답하지 못했다. 단지 그녀가 바라는 대로, 태도와 행동으로 나타내고자 입술을 포갰다.

Characters

Re: Life in a different world
from zero
The only ability I got in a different world "Returns by Death"
I die again and again to save her.

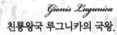

지오니스 루그니카
Gionis Lugunica

친룡왕국 루그니카의 국왕.

스트라이드 볼라키아
Stride Volachia

쿠르강을 호위로 대동하고
도시 픽타트에 나타난 불길한 남자.

쿠르강
Kurgan

별명은 『여덟팔』. 볼라키아 제국
최강자의 이름을 가진 투신.

벨톨 아스트레아
Veltol Astrea

테레시아의 아버지.
딸을 너무 아끼는 감이 있다.

Re: Life in a different world from zero

The only ability I got in a different world "Returns by Death"
I die again and again to save her.

CONTENTS

Re:제로 Ex

Re: Life in a different world from zero

부터 **시작**하는 **이세계** 생활

검귀연담(劍鬼戀譚)

3

나가츠키 탓페이 지음

오츠카 신이치로 일러스트

정홍식 옮김

표지 · 본문 일러스트
오츠카 신이치로

『검귀연담──그 뒤의 두 사람』

1

──어두컴컴하고 메마른 공기가 감도는 곳이었다.

쓸쓸하고 쌀쌀한 공간이다.

광량을 좁힌 결정등(結晶燈)의 하얀빛이 차갑고 딱딱한 돌벽과 돌바닥을 비추었다.

지하에 흘러드는 바람은 살을 엘 만큼 차가워서 지금이 추운 계절임을 깨닫게 해 주었다.

"──────."

이미 퍽 오랫동안 계절과도 시간과도 무관한 생활을 보냈다.

단 하나에만 모든 것을 바치고, 다른 시간은 잠이든 식사든 최소한만 채운 생활── 짐승이나 다름없는 나날이었다.

그 나날도 끝나서 현재 자신은 이런 곳에 있다.

그만한 시간을 바친 의의가 있었다며 가슴 펴고 말할 수 있을지는 모르겠지만.

"……이봐, 너. 거기 너 말이야. 저기, 듣고 있냐?"

"──────."

"신입 양반, 안 들려? 아니면 숨넘어갔나? 야—."

벽에 등을 기대고 주저앉아 멍하게 대기하는데, 그런 음성이 고막을 건드렸다.

고개를 들어 소리가 난 방향을 쳐다보았다. 어둠 저편에 쇠창살이 있고 통로를 사이에 두고 다시 쇠창살. 목소리를 낸 사람은 그 안에서 즐거운 듯 내려다보고 있었다.

두 겹의 쇠창살 너머로 서로 바라보는 두 사람. ——요컨대 둘다 감옥 안에 있다는 뜻이다.

"겨—우 여기 봤네. 신입 주제에 콧대도 높아……. 아니지, 신입이니까 세상을 비관해 움츠러든 거야? 아무렴 어때! 흔한일이지. 음음? 가만? 너, 지저분한 데다가 어두워서 못 알아챘는데, 이거 또 꽤 젊은데?"

"……놀리는군."

"——? 뭐라고?"

"주둥이 참 잘 놀린다고 했다. 혼자라도 신나게 수다 떨 수 있는 성격인가 보지?"

혓바닥의 공세에 반사적으로 빈정대는 말이 튀어나왔다. 이런 식의 악담은 자신의 안 좋은 버릇이다. 오랜만에 자각하고 반성한 후 탄식과 함께 앞머리를 만지작거렸다.

하지만 그렇게 날 선 반응인데도 상대의 웃음은 더 깊어졌다.

"암, 그렇지. 잘 떠들고 잘 웃는, 『일구육언』의 오르페 씨가 바로 나지. 너도 내 맞은편 감방에 들어온 걸 보니 재수 옴 붙었어. 석방될지 처형될지…… 일단 뭐 여기서 인연이 끊어질 때까지 같이 지루함이나 때워 주시지."

"『일구육언』……?"

"악명이란 거 있잖아. 내전 중에 살짝 외로워서, 불안한 감정에 젖은 귀족가의 아가씨들을 여섯 명쯤 동시에 위로하고 돌아다녔더니 체포당했지 뭐야. 그런데 전원에게 건넨 말이 다 다르다고, 상대마다 다른 혀를 놀렸으니 『일구육언』이라더라."

"사기꾼이나 난봉꾼 종자인가. 그걸로 왕성의 감옥에 잡혔다니 기가 막히군."

켕기는 기색 하나 없이 실없이 웃는 남자의 태도에 김이 샜다.

그런 기분과 함께 어둠에 시력을 집중하니 쇠창살 안에 있는 건 정말로 머리가 긴 미남자였다. 뽀얀 살결에 훤칠한 팔다리. 사교계에서 돋보일 요염한 미장부였다.

그런 소감이 들 때 오르페라고 이름을 밝힌 남자가 고개를 갸우뚱하며 말했다.

"잡혀 있는 것만 가지고 웃음거리라면, 네 웃음거리는 뭔데? 이렇게 말하면 뭐하지만 성 감옥에 잡히는 건 보통 일이 아니라고. 무슨 짓 저질렀어? 응?"

"그렇군. 내가 한 짓은……."

말을 끊고 오르페의 물음에 잠시 침묵하며 고민했다.

그러나 그 답은 금세 나왔다.

"마음에 안 드는 놈한테서 내 여자를 도로 빼앗았을 뿐이야."

"_____."

"고작 그걸 원했는데 어째 일이 커져서 말이지. 이 꼴이다."

고개를 좌우로 내젓고 감옥에 처박힌 사유에 대해 장탄식을 내뱉었다.

그 말을 들은 오르페는 입에 손을 댔다가 곧바로 못 참고 웃음을 터트렸다.

"푸핫! 푸하하하! 뭐야, 인마. 그럼 나랑 똑같은 꼴이잖아!"

"넌 바보냐. 여섯 명에게 불성실하게 군 너랑 같이 보지 마. 나는 한 명이다."

"다를 게 뭐가 있다고! 감옥탑에 처박힐 정도 아냐? 그 마음에 안 드는 놈이란 건 기사 아니면 귀족 양반……. 여자 쪽이 특별할 가능성도 있군. 어때?"

"……상상에 맡기도록 하지."

상상을 키우는 오르페의 물음에 뚱하게 대답하니 그는 무릎을 두드리며 연방 웃었다.

진상을 밝힐 생각은 없다. 하지만 객관적으로 보면 자신과 오르페의 처지에 별 차이는 없을지도 모른다. 여자 관련 문제. 그 부분만 보자면 확실히 동일하다.

"아이고, 형씨, 마음에 들었어. 감옥 생활도 당분간 즐거워질 것 같군."

"웃고 싶으면 맘대로 웃어. ──다만 그 기대에는 부응 못할 것 같은데."

"아앙?"

그 대답에 오르페가 미심쩍은 소리를 냈다.

그러나 그의 의문에 대한 답은 곧 다른 방향── 지하 감옥의 출입구, 지상으로 이어지는 계단이 있는 쪽에서 울려 퍼졌다.

딱딱한 발소리를 내며 지하 감옥 앞에 선 것은 갑주를 입은 왕성 경비병이었다. 경비병은 감옥 안에 앉아 있는 남자를 내려다보고 투구 속의 눈을 가늘게 떴다.

"나와. 마중 왔다."

경비병이 거만한 어조로 내뱉고 지하 감옥의 쇠창살을 개방했다. 그 말에 내키지 않은 눈치로 몸을 일으키고, 재촉하는 눈초리가 이끄는 대로 감옥 밖으로 연행됐다.

"이보쇼, 작별이 빠른데."

경비병의 인도를 받으며 감옥을 나가는 그를 시샘하듯 오르페가 입술을 삐죽였다.

"석방이라니 서운하구만. 착한 지인이 있는 것 같아서 부러워."

"글쎄다."

미남자의 말에 쓴웃음 짓고 계단 위에 기다리는 '착한 지인'을 떠올렸다.

그리고 청년── 빌헬름 트리아스는 한쪽 눈을 감더니.

"상대가 얼마나 화났느냐에 따라선 석방이 아니라 처형일지도 모르지."

그런 말을 남기고 지하 감옥을 나갔다.

2

"석방이 아니라 처형이 좋았어? 지금부터 변경해도 딱히 문제없거든요?"

지하에서 지상으로 올라와 선선한 바람과 햇살의 마중을 받은 빌헬름에게, 상대는 고요한 분노가 서린 목소리로 말했다.

방금까지 잡혀 있던 지하 감옥은, 왕성 근처 『감옥탑』이라고 불리는 시설 안에 존재하는 공간이다. 범죄자 중에서도 중범죄자만이 수감되는 걸로 유명한 곳으로, 관계자라곤 옥중의 죄수는 물론 탑의 관리를 맡은 옥졸도 포함해 모조리 인상이 험한 곳이다.

그런 곳인 만큼 생뚱맞게 나타난 아름다운 소녀의 존재는 엄청나게 빛을 내고 있었다. 설령 그 표정이 불평과 불만으로 가득하더라도 역시 넋을 잃을 만큼 매력적이다.

허리까지 닿는 불꽃 같은 빨강 머리와 맑은 하늘을 가둔 것만 같은 파란 눈동자. 하얗고 가는 팔다리는 휜칠하고, 균형 잡힌 몸매는 건강미라고 지칭하는 분야의 정상에 있었다. 이목구비는 단정하다는 감상을 넘어서, 해바라기처럼 밝은 미모가 두드러졌다.

테레시아 반 아스트레아—— 그것이 아리땁게 노발대발한 그녀의 이름이었다.

"빌헬름?"

매서운 눈으로 보는 테레시아의 모습에 한순간 넋이 나가 말을 잃었다. 그러나 그 사실을 들키는 건 심통이 나서 빌헬름은 곧장 자신의 두 팔을 들어 올렸다.

그리고 손에 채워진 수갑을 흔들어 보였다.

"알았어. 미안해. 이 수갑, 풀어 줘."

"……참 내, 진짜. 정말 알고는 있는지."

건성인 대답에 한숨지은 테레시아가 오른손을 세로로 휘둘렀다. 순간, 그녀의 하얀 손끝이 빌헬름의 반듯한 목제 수갑을 둘로 쪼갰다.

소리와 함께 수갑이 바닥에 떨어졌다. 빌헬름은 해방된 손목을 돌려 그 감각을 확인했다. 그러다가 불현듯 테레시아가 자신을 쳐다보는 눈초리를 깨달았다.

테레시아는 동그란 눈을 가늘게 뜨고 입술을 삐죽이면서 빌헬름을 응시하고 있었다.

"왜 그래? 무슨 일 있어?"

"왜 그러긴……. 다짜고짜 감옥탑에 처박혔는데 당신이야말로 뭔 수작이냐— 하고 놀라거나 화내진 않고?"

"국왕이 주최하는 종전식전을 망쳤잖아. 명줄이 붙어 있는 것만으로도 경사지."

"어마어마한 짓을 했단 자각은 있었구나……. 그 사실이 살짝 놀랍네."

슬며시 쓴웃음을 띤 테레시아의 말에 빌헬름은 "뭐 그렇지." 하고 수긍했다.

빌헬름이 벌인 짓은 어떻게 봐도 루그니카 왕국에 있어 중대사 중의 중대사, 대사건이다. 온화하기로 유명한 지오니스 루그니카 폐하의 관대한 처분이 없었으면 빌헬름은 역적으로 심판받았어도 하등 이상할 게 없었다.

"폐하께서 안 막으셨으면 그 자리에서 발칙하다고 참형을 당해도 이상하지 않았거든? 그거, 똑바로 반성 중이야?"

"『검성』에게 이긴 놈을 상대로 병사를 쓴다고? 내전이 겨우 끝났는데 병사를 개죽음시키는 짓은 전쟁할 줄 모르기로 유명한 왕족이라도 안 할걸."

"자신감 지나쳐! 그리고 불경죄! 이 사람, 아주 잘났어!"

"그리고 나랑 널 상대하는데, 그 장소의 전력으론 이만저만 부족한 게 아냐."

"심지어 당연하다는 양 내가 빌헬름 편을 드는 걸로 치고……."

왕성에 인접한 시설, 하물며 경비병까지 옆에 있는 곳에서 대담무쌍한 발언이다.

실제로 둘의 대화를 멀리서 듣고 있는 경비병은 그 대화 내용에 철렁한 표정을 짓다가 바로 아무 말도 못 들었다는 듯이 고개를 내리깔았다. 현명한 판단이다.

테레시아는 그런 소소한 보신과는 상관없이 혼자 얼굴을 붉혔다가 파랗게 질렸다가 바쁘다. 빌헬름은 그런 테레시아에게 한 걸음 다가가 그녀의 눈을 곧게 바라보았다.

"……뭐, 뭐야?"

"만약 그렇게 돼도 난 어느 쪽을 택할지 망설이지 않는다. 너도 그렇게 해."

"으──! 이 남자는, 진짜로, 사람 속도 모르고……!"

"──? 네 마음은 누구보다 잘 알아. 뭔 소리야. 어디 아파?"

"잠깐! 잠깐만 있어 봐, 제발. 정신 못 차려서 죽을 것 같으니까……!"

귀까지 새빨개진 테레시아가 파닥파닥 팔을 휘두르다가 고개를 홱 돌렸다. 화내다가 어이없어하다가 부끄럼 타다가, 정말로 표정이 획획 잘 바뀌는 소녀다.

"────."

──한없이 바라보고만 있더라도 필시 질릴 일은 없으리라.

이별해 있는 동안에도 거듭해서 테레시아와의 재회를 머리에 그렸다. 하지만 기억이란 전혀 믿을 수 없기 마련.

지금 눈앞에 있는 진짜 테레시아는 기억에 있는 어느 그녀보다도 곱고 사랑스럽다.

"테레시아."

"왜?! 나 지금 머릿속이 엄청 바쁘다고! 게다가 어느 분 탓에……."

"이리 와."

"────."

빌헬름은 목소리나 표정이나 어수선한 테레시아를 보며 두 팔을 벌렸다.

고작 그뿐인 무뚝뚝한 의사 표시에 테레시아가 말문을 잃고 눈을 크게 떴다.

잠시 침묵과 망설임이 생겨났다.

하지만 그동안에도 빌헬름은 두 팔을 벌린 채로 테레시아의 반응을 기다렸다.

직설적으로, 있는 그대로 행동하는 그 자세에 테레시아는 힘없이 미소 짓고 입을 열었다.

"……하아. 이거, 역시 내가 진 게 맞나 봐."

"그 확인은 진즉에 끝냈을 텐데."

"아—니—거—든! 그거하곤 완전 딴 이야기거든! 아유……."

의아한 표정을 지은 빌헬름의 말에 테레시아는 진심으로 기가 막힌 투로 한숨을 쉬고 나서 앞으로 나섰다. 남자가 펼친 팔에 뛰어들어 그 목에 이마를 문질렀다.

포옹을 나누는 두 사람. 빌헬름은 테레시아의 불타는 듯한 체온을 껴안았다. 작고 가녀린 몸은 세게 안으면 부러질 것 같지만, 그런데도 세게 껴안지 않을 수가 없다.

서로 힘껏 상대와 얼싸안으며, 품속에서 남자를 올려다보는 여자가 말했다.

"어서 와, 빌헬름. ——너무 오래 기다렸잖아."

그 말에, 껴안은 여자를 내려다보는 남자도 대답했다.

"그래, 테레시아. ——기다리게 해서 미안해."

맞닿은 지척에서 응시하는 테레시아의 미소에 빌헬름 또한 자연히 웃음을 띠었다.

——바로 코앞에서 상대의 숨결과 그 체온과 심장 고동을 느낄 수 있다는 것.

고작 그뿐인 사실이, 둘에게는 기적과도 같은 운명이었다.

"_____."

보통 사람에겐 도달할 수 없는 숙원을 성취하고 나서야 겨우 손에 닿은, 사랑하는 소녀.

끊임없이 검을 휘둘러 딱딱하게 군은 손으로, 빌헬름은 테레시아의 빨강 머리를 부드럽게 어루만졌다.

비로소 아무에게도 거리낄 것 없이 만나고 포옹할 수 있게 된 테레시아는 살며시 눈웃음을 지었다. 빌헬름의 품에 얼굴을 붙이고 가슴 가득히 남자의 냄새를 빨아들이는 테레시아.

"빌헬름."

"뭐지?"

"……냄새나."

그리고 오랜만의 재회를 마무리하기에는 다소 안 어울리는 목소리와 눈매로 그렇게 말했다.

3

친룡왕국 루그니카에서 오랜 세월에 걸쳐 이어진 내전 『아인 전쟁(亞人戰爭)』이 마침내 종결됐다.

9년이나 이어진 전란. 그 막을 내린 것은 단 한 명의 소녀── 『검성(劍聖)』 테레시아 반 아스트레아의 공적이었다.

전설의 『검성』, 그 칭호에 부끄럽지 않은 힘으로 왕국군을 승리로 이끈 그녀의 이름은 온 나라에 널리 퍼지고 누구나 그 영예를 칭송했다.

강하고 아름다운 당대 『검성』은 사람들이 품은 희망과 이상을 체현하는 존재였다. 내전 종결을 축하하는 왕도에서 열린 식전에는 그 모습을 한번 보자고 온 나라 사람들이 밀어닥쳤을 정도였다.

실제로 식전회장에 테레시아가 모습을 드러낸 순간, 모든 관중은 그녀에게 눈길을 빼앗겼다.

그대로 아무 일도 없이 식전이 끝났으면 그녀는 『검성』으로서 확고한 평가를 받고 루그니카 왕국에 오래오래 그 이름이 전해졌을 것이다.

──하지만 그건 어디까지나 아무 일도 없었다고 가정한 미래의 이야기에 불과하다.

"네 녀석은 대체 정신머리가 어떻게 된 거냐! 부끄러운 줄 알아야지! 부끄러운 줄!"

입을 열자마자 튀어나온 노성이 저택을 내달려 맑은 하늘에 드높이 울려 퍼졌다.

날카롭게 찌르는 것만 같은 검기가 담긴 음성이다. 실제로 그 음성에는 검기에 익숙지 않은 사람이라면 저도 모르게 몸을 움츠릴 만큼 강한 힘이 서려 있었다.

물론 이 자리에 있는 사람들 전부 그런 귀염성은 없었지만.

"……갑자기 시끄럽다. 대체 왜 그래?"

노성의 여운이 사라지자마자 첫마디로 그렇게 말한 게 귀염성 없는 사람의 대표자── 그 노성을 받은 장본인인 빌헬름 본인이었다.

그리고 빌헬름의 무뚝뚝한 대답은 도리어 상대의 화를 부를 때가 많다. 그건 이번에도 어김없었다.

"왜는 뭔 왜야! 그 밖에도 할 말이 얼마든지 있을 텐데!"

아니나 다를까, 그 말에 드레스를 입은 인물이 더더욱 얼굴을 붉혔다.

어깨까지 닿는 아름다운 금발과 살짝 드센 인상을 주는 치켜 올라간 눈매가 특징적인 여성이었다. 다소곳이 있으면 귀족 아가씨를 자처해도 통할 용모지만, 이렇게 감정적으로 행동하는 쪽이 여간 어울리는 게 아니었다.

그렇게 느낄 만큼 빌헬름도 그녀와 알고 지낸 시간이 길었다.

캐럴 레멘디스. 빌헬름과는 내전 중의 임무를 계기로 안면을 익힌 여검사다. 나쁘지 않은 실력자지만 빌헬름으로서는 잔소리 쪽이 더 인상이 깊었다.

빌헬름과의 관계는 서로 눈엣가시쯤 될까.

"캐럴, 괜찮아. 네 마음은 기쁘지만 난 화 안 났으니까……."

"테레시아 님께서 화를 못 내시니 제가 대신 화내는 거죠!!"

"앙—."

쓴웃음과 함께 달래려던 테레시아가 휘어잡기는커녕 되레 꺾여서 원상 복귀. 포기한 표정으로 빌헬름에게 혀를 내밀지만, 그냥 포기해도 난감하다.

공교롭게도 빌헬름에게는 화내는 캐럴을 막을 방법이 없기 때문이다. 그러니 곧장 최종 수단으로—— 캐럴 옆에 서 있는 청년에게 뒤처리를 맡겼다.

"그림, 네 여자가 시끄러워서 마음 놓고 이야기도 못 하겠다. 평소처럼 입 좀 막아."

"_____."

"흐뭇하게 보지 마. 재미있을 게 뭐 있다고."

살짝 눈에 힘을 주자 청년은 사람 좋은 얼굴에 살짝 쓴웃음을 띠며 캐럴의 어깨를 두드리고 고개를 가로저었다. 청년의 그 몸 짓만으로도 그때까지 불같이 화내던 캐럴의 기세가 약해지다 가 험악한 표정은 남긴 채로 한숨을 쉬었다.

"……그림에게 감사해라, 빌헬름. 이 사람과 테레시아 님이 없었으면 내 추궁과 질책과 잔소리는 이 정도론 안 끝났어."

"으음—. 역시 캐럴이 나보다 남자를 먼저 말하는 게 낯설어. 근데 섭섭하지만 기쁘기도 하고."

"테, 테레시아 님은 또 그런 말씀을……."

캐럴이 이번엔 분노가 아니라 수치로 얼굴을 붉히자 테레시아 는 장난스럽게 웃었다. 기분 풀린 두 사람은 마치 자매처럼 친 밀해서 참으로 신선했다.

"……왜?"

『웃었구나.』

옆얼굴에 꽂힌 눈초리에 목소리가 거칠어지자 청년── 그림 파우젠이 손에 든 종이 뭉치에 적은 문장을 보여 주었다.

필담은 전장에서 목소리를 잃은 그림의 의사소통 수단이다. 그러나 그게 없어도 표정을 보면 얼추 속셈은 보인다.

그림이 지금 완전히 빌헬름을 놀려먹을 자세에 들어간 것도.

"웃는 것쯤이야 하지. 사람을 뭐로 보는 거야."

"———."

그림의 침묵과 미소에 빌헬름은 불퉁한 표정으로 응수했다.

비웃음이라면 화도 내겠지만 소리도 없이 미소 짓는 그림은 뭔가 흐뭇한 눈치다. 품어야 할 반감은 그 웃음에 바스러져서 대들 기력도 싹 시들고 말았다.

본인 또한 이렇게 감개무량한 모습을 보일 만큼 걱정을 끼쳤다고 자각하고 있기에.

현재 네 사람이 동석한 곳은 왕도 루그니카의 귀족가, 그 한쪽에 세워진 『검성』을 위한 저택——즉, 테레시아의 사저(私邸) 응접실이었다.

테레시아는 감옥탑에서 석방된 빌헬름을 이 저택으로 안내해서 다짜고짜 욕실로 밀어 넣었다. 거기서 코가 삐뚤어질 악취를 철저하게 씻어 내라는 분부를 받아 뜨거운 물을 뒤집어쓰고 응접실에 돌아왔다가 캐럴의 노성을 들은 상황이다.

"——애당초 왜 너희 둘이 여기에 있는 건데?"

매서운 노성으로 시작된 재회도 일단락 지어졌을 때, 빌헬름은 소파에 앉아서 새삼스러운 의문에 고개를 모로 꼬았다.

"여긴 테레시아의 저택 맞잖아. 이 녀석한테 용무가 있었냐?"

덜 마른 머리카락을 쓸어 올리는 빌헬름. 그 물음에 그림과 캐럴은 얼굴을 마주 보았다. 그리고 바로 맞은편에 앉아 있던 캐럴이 낮은 목소리로 말했다.

"……그거야 당연히 네놈을 만나러 온 거지. 그리고 내가 테레시아 님의 저택에 있는 게 무슨 문제가 있지?"

"드레스 입고 말이냐? 오늘 밤이 무도회란 이야기는 못 들었는데."

"이건 네놈이 그런 사고를 치는 바람에 갈아입을 시간도 없어서 그렇다!"

캐럴이 파란 드레스 옷자락을 쥐고 또다시 폭발했다. 그 옆에서 쓴웃음 짓는 그림도 왕국군의 정식 예복이었다. 즉, 식전회장에서 곧장 달려온 모양이다.

따라서 의도치 않게 비아냥대는 꼴이 된 빌헬름의 말에 테레시아가 "어쩜 세상에." 하고 화냈다.

"캐럴도 그림도 당신을 걱정해서 와 준 거잖아. 그런 식으로 비꼬지만 말고 제대로 기쁜 내색 안 하면 오해 사."

"그러고 보니 너도 드레스였잖아. 왜 갈아입은 거야?"

"어? 그건 당신과 칼춤 추는 중에 더러워졌고, 돌아다니기에도 팔랑거려서 거치적거리는 바람에…… 안 갈아입는 편이 나았어?"

"낯선 복장이어서 신기했을 뿐이야. 어느 쪽이 낫고 말고 이야기가 아니지."

"그래……. 그럼 만약 또 기회가 있으면 보고 싶어?"

"———?"

"왜 이따금 그런 식으로 말귀가 어두워지니?! 내 용기 물어내!"

벽창호 그 자체인 빌헬름의 반응에 테레시아가 울먹이며 불만을 토로했다. 그러나 그녀는 바로 보는 눈이 있단 사실을 떠올리고 어색하게 뺨을 붉혔다.

　그림과 캐럴이 빌헬름과 테레시아의 그 모습을 놀란 눈으로 보고 있었다.

　방금 『검귀』와 『검성』이 나눈 대화는 따로따로 친분이 있던 두 사람에게도 처음 보는 모습이며 좀처럼 상상도 못한 것이었기에.

　──마치 평범한 사람 같은 『검귀』와 한 소녀인 『검성』.

　명성만이 떠도는 별명과는 동떨어졌으나 이것이 진정한 두 사람의 모습이었다.

　"흑──."

　그런 둘의 모습에 캐럴은 감격에 겨워 한계에 이르렀다.

　캐럴은 목이 메어 순간적으로 옆에 있는 그림의 어깨에 얼굴을 붙였다. 그림은 감정이 도드라진 연인을 받아내고는 그 등을 자상하게 어루만져주면서 미소 지었다.

　"……캐럴은 오래전부터 내 곁에 있어 줬어. 그 꽃밭에 늘 마중 나와 주던 사람도, 걱정해 주던 사람도 캐럴이야."

　자기 자신만으로도 힘에 겨운 캐럴을 대신해 테레시아가 그녀와의 관계를 빌헬름에게 설명했다. 그 말에 빌헬름은 이해한 표정으로 끄덕였다.

　캐럴이 이 자리에 있는 이유도, 그녀가 『검성』으로 첫 출진을 장식한 테레시아 곁에 있던 이유도, 그 말로 전부 설명이 됐다.

──캐럴이 얼마나 테레시아를 위해 애썼는지도.

"별난 녀석이군."

"……그 말, 자기한테 고대로 돌아오는 거 알고 하는 거야?"

"무슨 말을 하는지 모르겠는데."

빌헬름이 소파에 푹 앉으며 시치미를 떼자 테레시아는 어깨를 으쓱였다. 그리고 테레시아는 "어흠." 하고 헛기침한 뒤 그림 쪽에 살짝 묵례했다.

"미안해. 이 사람, 쑥스러움을 잘 타다 보니 자기 마음을 말로 잘 표현 못하거든……. 가끔 말도 부족하고. 나쁜 사람은 아니지만."

『괜찮아요. 압니다.』

"그렇게 말해 주면 정말로 고맙지."

『괜히 몇 년씩 걸려 야수에서 인간이 되는 모습을 지켜본 게 아니죠.』

"너희 무슨 이야기 중이지? 설마 나 말하는 건 아니겠지?"

쑥스러움을 잘 탄다느니 야수라느니, 누가 듣고 오해할 내용에도 정도가 있다.

그 추궁에 당연히 테레시아와 그림은 시침 뚝 뗀 표정으로 고개를 가로저었다. 저도 모르게 혀를 찼다.

불량한 태도로 턱을 괸 빌헬름의 반응에 테레시아는 입에 손을 짚고서 웃었다.

테레시아는 한바탕 웃고 나서──.

"──있지, 빌헬름."

별안간 고쳐 앉으며 빌헬름을 불렀다. 그 말에 빌헬름은 그녀에게 몸을 돌렸다. 테레시아의 파란 눈은 진지한 기색이 감돌고 있었다.

무시하지 못할 중압. 그 눈빛에 빌헬름의 등도 저절로 곧게 펴졌다.

마음을 다지는 빌헬름. 테레시아는 살짝 망설이다가 말을 꺼냈다.

"묻기 어렵지만…… 당신은 앞으로 어쩌고 싶어?"

"막연한 질문인데. 어쩌고 싶냐니?"

"엄청 큰 시점 이야기……일까? 당신이 앞으로 살 곳이나 일 이야기도 나눠야 하잖아. 물론 이 저택에서 머물러도 되고, 나는 은사금도 나오니까 생활에 불편함은 없지만……."

"──잠깐."

빠르게 퍼붓는 테레시아의 말에 빌헬름이 손바닥을 내밀어 발언을 중단시켰다.

테레시아는 결론을 재촉하지만 그 발언 내용에 걸리는 부분이 너무 많다. 몇 가지 의문점이 겹쳐서 빌헬름은 미간에 깊은 주름을 새겼다.

"아, 빌헬름. 또 미간에 주름……. 그거, 하지 말라 그랬는데."

"그 문제는 뒤로 미루지. 더 중요한 이야기가 있어. ……방금 말은 무슨 의미지?"

"방금 말이라면……."

"살 곳이라느니 일이라느니 하는 이야기 말이야. 나는……."

빌헬름은 거기서 말을 끊고 불길한 예감에 더욱더 떨떠름한 표정을 지었다. 그리고 테레시아의 얼굴을 응시하고는 신중하게 말을 고르며 물었다.

"나는 지금 뭐지?"

몹시 막연한, 구체성이 없는 물음이 되고 말았다.

그 애매모호한 물음에 테레시아는 난처한 표정을 지었다.

"말하기 어렵지만…… 지금, 빌헬름은 아무것도 아니랄까."

"————."

"대놓고 말하자면…… 저기, 백수……?"

"——백수."

그 단어에 빌헬름은 말문을 잃고 놀라며 테레시아를 쳐다보았다. 그녀는 눈을 피했다. 그림을 돌아보았다. 쓴웃음을 짓는다. 그리고 캐럴이 원망스럽게 노려보며 입을 열었다.

"당연한 처사지. 이 둘도 없는 멍청이가……!"

눈물 때문에 눈이 새빨개진 채로, 밉다는 듯 빌헬름을 저주했다.

4

——자기만 아는 이유로 군을 빠져나가 그대로 행방을 숨긴 탈영병.

당연하다면 당연한 말이지만 이것이 현재 왕국군에서 빌헬름

트리아스의 서류상 기록이며, 객관적으로 봤을 때의 모든 경력이었다.

덧붙일 부분이 있다면, 기사로 서훈된 직후에 군을 탈주하는 바람에 기사 계급과 수많은 훈장은 모조리 박탈. 기사의 망신거리가 따로 없다.

"즉, 식전회장에서 행패 부린 건 기록상 완전히 그냥 강도질이지. 전례가 없는 데다가 훔친 건 『검성』의 마음……. 와하하하! 제법 걸작인걸! 대도둑!"

"와하하는 뭔 놈의……."

그렇게 말하고 무식하게 웃으며 환영하는 거구 앞에서 빌헬름은 머리를 감싸 쥐고 탄식했다.

장소는 왕국군 대기소, 그중에서도 장군에게만 주어진 집무실 중 하나다.

집무용 책상에 응접용 의자와 탁자가 있을 뿐인 간소한 석조 방이며, 방 주인은 방문자가 빌헬름임을 알자 서류 작업 중이던 손길을 멈추고 걸걸하게 환대해 주었다.

단, 대접의 첫 수순이 폭소였던 건 정말이지 탐탁지 않다. 그래도 본인의 입장을 감안하자면 당연한 대우이리라.

"탈영병이라. 어쩐지 감옥탑에 처박았다 했지. 병사로 기록에 남았으면 징벌방 행이었을 텐데 대뜸 범죄자 취급이어서 말이야."

"말해 두지만 그만큼 저질렀으면 탈영 안 했어도 감옥탑에 처박혔을 거다. 감옥탑의 경비병에게서 항의도 왔어. 석방 뒤에 염장질하는 건 눈에 해롭다고."

그렇게 말하고 야성미 있는 웃음을 띤 우락부락한 남자, 그가 바로 집무실의 주인이자 왕국 유수의 정예, 체르게프 부대를 통솔하는 지휘관 보르도 체르게프다.

빌헬름으로서는 2년 전의 직속 상관에 해당한다. 둘 사이에는 부평초 신세가 된 지금도 맨 처음 의지할 만한 신뢰가 있었다.

폭소에 뺨을 일그러뜨리며 혀를 차는 반응이 허용되는 거리감이라고도 할 수 있다.

"그걸 구실로 지하 감옥에다 도로 집어넣으려고?"

"안 그러지. 하지만 상황은 분별해라. 하긴 그토록 많은 관중 앞에서 요란하게 저질러 놨으니 그것도 새삼스러울지도 모르겠다만. 안 그렇소? 테레시아 아가씨."

"네헤잇!"

갑자기 묻는 말에 동석하던 테레시아가 놀람과 부끄러움에 기묘하게 대답했다.

"후핫, 뭐요? 테레시아 아가씨. 퍽이나 귀여운 비명을 지르는군."

"이봐. 너무 놀려 먹지 마. 너도 조금은 진정하고."

낮게 웃은 보르도. 빌헬름은 그 눈길로부터 테레시아를 감싸며 등 뒤의 그녀에게 당부했다.

"네, 네에―. 미안해. 살짝 철렁하는 바람에."

그 말에 테레시아는 시무룩하게 머리를 떨구며 움츠리고 혀를 내밀었다.

둘의 대화에 이번엔 보르도가 웃음을 잊고 눈이 동그래졌다.

"놀랍군. 테레시아 아가씨…… 『검성』님의 그런 표정은 처음 뵈었소이다."

"그렇게 말할 만큼 너랑 이 녀석 사이에 접점이 있나?"

"네가 없는 2년 동안에도 체르게프 부대는 항상 최전선에서 싸웠다. 그건 테레시아 아가씨와 말머리를 나란히 했다는 것과 같은 뜻이지. 볼 기회는 당연히 많았고말고."

부재중이던 2년간. 그게 화제가 되면 빌헬름은 입을 다물 수밖에 없다.

그러나 보르도는 거기서 말을 끊더니 테레시아를 보는 눈에 수심을 드리웠다.

"하기야 말을 주고받을 기회가 많았다고까지는 못한다마는."

"어, 저…… 그때는 그게, 부끄럽게도 무척 행실이 안 좋아서……."

"그에 관해선 피차일반이오. 당초 상황을 생각하면 나에게 친밀감을 느끼라는 것도 못할 짓. 오히려 검을 겨누지 않은 것을 감사해야겠지."

"너희, 어떤 식으로 붙었던 거야……."

상상 이상으로 살벌한 관계였는지, 보르도의 말을 테레시아도 정정하지 않았다. 이렇게 형식상으로나마 함께 웃을 수 있는 게 기적이라는 것 같은 말투지만.

"그림하고 캐럴 아가씨와는?"

"테레시아네 저택에서 만났지. 변함없이 잔소리 많은 여자와 웃는 낯짝이 시끄러운 녀석이더군."

"그 둘이 변함없게 보인다면 그건 둘의 배려에 감사할 일이야."

"아앙?"

은근한 말투에 빌헬름은 의아했지만 보르도는 그 의혹에 대답하지 않았다. 보르도는 자신의 파란 단발을 긁어대다가 "그래서." 하고 화제를 변경했다.

"뭐 때문에 얼굴을 내밀러 왔지? 다름 아닌 너 아니냐. 그냥 단순히 옛 친교를 다지러 들렀다는 눈치는 기대 안 한다. 여느 때처럼 단도직입적으로 찔러 봐."

"맘대로 지껄여. ——아니, 미안. 방금은 나도 말이 심했군."

빌헬름은 즉각 받아치는 나쁜 버릇에 혀를 차고 다시금 보르도를 바라보았다. 그리고 책상 너머의 거구에게 고개를 숙였다.

"보르도, 네게 부탁이 있다. 당돌한 말인 건 알지만……."

"군에 병사로서 복귀하고 싶다, 이건가?"

"안다면 이야기가 빠르지. 나는……."

"이것도 말해 두지. 아쉽지만 복귀는 쉬운 이야기가 아니다."

"————."

결의 어린 표정으로 꺼낸 빌헬름의 말에 보르도는 무거운 목소리로 단언했다. 『맹견』이란 별명으로 유명한 남자는 굵은 팔로 팔짱을 끼고 엄격한 눈으로 빌헬름을 바라보았다.

압도당하진 않는다. 하지만 결코 위협은 아니어도 압박감을 주는 눈초리였다.

"자기가 2년 전에 어떤 식으로 군에서 나갔는지 기억해 봐.

메모 한 장에, 그것도 내전이 가장 가혹해진 시기에 도망친 거야. ……사실이야 어쨌든 객관적으로는 그렇게 받아들여져. 그런 입장에서, 누가 네 복귀에 긍정적이 될 수 있단 거지?"

"그건……."

"미안하지만 울화통이 터지던 건 나도 마찬가지야. 네가 무사히 돌아온 건 기뻐. 테레시아 아가씨와 마음을 주고받은 것도 축복하마. 하지만 이번 문제는 내 개인의 감정과는 별개야. 무슨 일이든 항상 그렇지. 이해하겠지?"

웃음을 지운 보르도의 정론에 빌헬름은 끽소리도 내지 못했다.

2년 전, 빌헬름이 독단으로 전장에 가면서 왕국군을 나갈 의사 표시를 병영에 남기고 간 일은 지워지기 어렵다. 각오는 했다. 하지만 독선적이고 이기적인 각오다.

태어난 고향이 전쟁의 불길에 위협받자, 빌헬름은 갓 서훈된 기사 신분도 내팽개치고 고향을 구원하려고 군을 뛰쳐나갔다.

그러나 구원은 뒤늦어 고향은 불타고 자신의 생명마저도 위태로워졌다. 결국 빌헬름은 달려와 준 동료들에게 아무 말도 못 전하고 일방적으로 자취를 감춘 것이다.

의리 없는 행동의 극치다. 지금 이렇게 보르도가 만나 주는 것도 온정에 불과하다.

"식전 난입 사태도 마찬가지지. 물론 지오니스 폐하께서 관대하신 분이란 이유가 가장 커. 하나 네가 석방된 건 테레시아 아가씨의 탄원이 있었기 때문이다."

"테레시아의 탄원……."

빌헬름이 무모한 행동을 반성할 때, 보르도가 테레시아의 이름을 꺼냈다. 그 말에 테레시아는 난처한 표정으로 자신의 빨강 머리를 손가락에 말았다.

"정말이야?"

"정말인지 거짓말인지 따지자면 정말이지만…… 그렇게 대단한 짓은 안 했는데?"

"나 원, 사랑은 위대하군. 지오니스 폐하께서 하사하신 이번 공훈의 포상, 그 권리로 네 특별 사면을 청했다던데. 욕심이 없다고 해야 할지……."

"전 제가 가장 원하는 걸 바랐을 뿐인 욕심쟁이예요."

"그렇다는군. 복도 많은 녀석."

한쪽 눈을 찡긋한 보르도의 야유에 빌헬름은 씁쓸하게 신음했다.

천하의 빌헬름도 지금 이야기에는 놀라움을 금치 못했다. 즉, 테레시아는 『아인전쟁』을 종결한 공으로 받은 상을 빌헬름의 감옥탑 해방에 써 준 것이다.

이는 그녀의 2년간을, 바라지 않는 싸움을 해오던 나날을 바치게 했다는 말과 같은 뜻이었다.

"──오랜 내전도 끝나 군의 재편 방향성이 굳으면 모병 기회도 이전 빈도로 돌아갈 거야. 너도 군에 고집하지 말고 이 기회에 평화로운 시대를 살아 보면 어떨까?"

입을 다문 빌헬름에게 보르도가 사뭇 온화한 목소리로 그렇게 타일렀다. 그 생각도 못한 말에 고개를 쳐들자 보르도는 느릿느릿 고개를 가로저었다.

"마냥 싸우는 것만이 삶은 아니야. 곁에 있는 여성과 함께하며 일생을 느긋하게 사는 것도 나쁘지 않은 선택이지. 그런 생각은 안 하나?"

그렇게 말을 잇는 보르도의 시선이 그가 손을 짚은 책상 위로 돌아갔다. 별생각 없이 그 시선을 따라가던 빌헬름은 깨달았다. 보르도의 책상 한구석에 렌즈에 금이 간 단안경── 보르도의 시종이던 인물의 유품이 놓여 있음을.

그것을 보며 평온한 시간을 보내라는 보르도. 그 진의가 전해졌다.

"살아남았다면, 살아서 재회를 이루었다면. ……그걸로 만족할 수 없나?"

"──오늘은 돌아가지. 괜히 방해했다, 보르도."

감정을 내비치지 않게 애쓰느라 도리어 그 속마음이 엿보이는 보르도의 음성. 빌헬름은 그 목소리에 견디다 못해 그에게서 뒤돌아섰다.

"아, 빌헬름! 참 내! 보르도 님, 죄송해요. 저도 실례하겠습니다."

"나야말로 별다른 대접도 못해 면목 없소. ──빌헬름."

당황해서 일어나는 테레시아의 인사에 보르도가 엄숙한 목소리로 대꾸했다. 그리고 보르도는 문을 열려는 빌헬름을 불렀다.

그 목소리에 발길을 멈추고 돌아보지 않는 등을 향해 보르도는 "저기 말이다." 하고 말을 이었다.

"아무튼 잘 돌아왔다. 그 말만은 거짓말이 아냐. 이 멍청아."

"……말마따나 얼마나 바보였는지 지금 실감하는 차야."

"열심히 실감해. 네게 부족한 건 그 자기 반성과 주위에 대한 관심이야."

"알았다고, 보르도 대장님."

이전 관계로 돌아간 듯한 비아냥을 교환하고 빌헬름은 보르도의 집무실에서 떠났다.

빌헬름은 돌로 지은 통로에 발소리를 내며 걷다가 직전의 대화를 떠올리고 탄식했다. 옆에 붙은 테레시아가 그 얼굴을 불쑥 들여다보았다.

"그래서, 빌헬름은 어쩔 거야? 말 붙일 엄두도 못 내게 쫓겨났는데."

"말한 대로 지금은 물러나야지. 정공법으론 저지른 짓을 수습 못한다는 건 알았어. 그것만으로도 수확은 있었으니까."

"음, 저기…… 내가 담판 지어도 되는데."

"더 이상 내 어리광 받아 줘서 비참하게 만들지 마."

빌헬름이 발길을 멈추고 테레시아에게 손가락을 들이댔다. 테레시아는 그 손끝을 응시하며 "으……." 하고 거북하게 신음했다.

"내 생각만 해서 미안해. ……화났어?"

"너야말로 나한테 화낼 이유가 많다고 본다만."

"그럴……까? 하지만 지금은 화날 이유보다 행복한 이유가 더 많고, 더 커서……."

생각에 잠긴 테레시아가 헤실헤실 미소를 지었다. 가슴에 손을 짚고 소중한 것을 껴안는 것만 같은 그녀의 모습에 빌헬름은 참으로 기가 막혀 콧김을 내쉬었다.

그리고 빌헬름은 그녀로부터 눈길을 떼고 창밖을 돌아보았다.

"……석방 건, 미안하다. 생각 이상으로 폐를 끼쳤군."

"괜찮아. 말했잖아. 난 내가 원하는 걸 손에 넣으려 폐하께 말씀을 올렸을 뿐이야. 달리 쓸 데도 없었고, 원래부터 포상받을 권리 같은 건 없었거든."

"하지만 그렇게까지 하게 했는데도 난 백수야."

"그렇게 낙담하지 말고……. 고개 들어. 생활은 내가 반듯하게 돌봐 줄게."

풍성한 가슴을 편 테레시아가 한층 더 밝게 웃으며 빌헬름을 격려했다. 하지만 그런 여자의 마음씨가 도리어 남자의 긍지를 상처 입힐 때도 있다. 지금이 특히 그러하다.

지신의 무능력에 더해 앞뒤 분별없이 벌인 짓을 계속 반성하고 있으니까.

"어리광 받아 주지 말라고 한 게 언제라고."

"아! 지금 건 어리광 받아 준 게 아니라 여차할 때는 뒤에서 도와줄 사람이 있다는…… 아얏."

빌헬름이 금방 앞서 한 말을 까먹은 테레시아의 이마에 딱밤을 먹였다. 테레시아가 눈물을 글썽이자 빌헬름은 손가락을 창밖으로 돌렸다. 성 아래 도시. 테레시아의 사저가 있는 방향을 가리킨다.

"네가 옆에 있으면 머리 절반을 점유당해서 생각이 제대로 되지 않아. 어디 가 있어."

"너무해! 그 말 진짜 너무하거든!"

"네가 조잘조잘 시끄러운 게 잘못이지. 밤에는 돌아갈 거야. 먼저 저택에 돌아가서——."

빌헬름이 손을 흔들고 출발하려 했지만, 소매를 잡아끄는 감촉에 발길이 멎었다.

돌아보니 옷자락을 손끝으로 잡은 테레시아와 시선이 부딪혔다. 테레시아는 빌헬름의 얼굴과 자기 손가락을 번갈아 쳐다보다가 "어?" 하고 갸우뚱했다.

"이건 저기…… 왜 이러지?"

"왜 이러기는 무슨. ——틀림없이 돌아갈 거다. 약속하지. 그러니까 안심해라."

"……진짜로 꼭 돌아올 거지? 맘대로 2년씩 안 없어질 거지?"

"뭔 놈의 걱정을 그렇게…… 알아. 내 허물이지. 사과하마."

빌헬름은 소매를 잡은 손을 살며시 잡고서 테레시아를 가슴에 끌어안았다.

테레시아의 몸이 한순간 굳었지만 바로 힘을 빼고 몸을 내맡겼다. 잠시 달래듯 등을 자상하게 어루만지다가 풀어주었다. 이제 불안한 표정은 사라졌다.

"저택에 가 있어. 볼일 보고 바로 돌아갈 거야."

"응. 저녁 식사 차리고 기다릴게. 식어도 먹을 만한 걸로."

"식지 않게 서둘러 돌아가지."

신용이 없는 건 감수하기로 하고, 빌헬름은 테레시아의 이마를 손가락으로 눌렀다. 이마에 손을 짚는 테레시아를 보며 끄덕인 빌헬름은 이번에야말로 그녀와 헤어졌다.

통로 모퉁이를 돌 때까지 테레시아의 시선은 마냥 등에 박혀 있었지만, 서로를 위해 뒤돌아보진 않았다. 끝이 안 난다.

"그나저나…… 한심스럽군."

저택에서 들은 캐럴의 설교와 조금 전 들은 보르도의 정론이 뼈에 울렸다.

2년 전, 빌헬름은 무수한 관계 및 굴레들을 자기 의지로 팽개쳤다. 그리고 그 일이 이렇게 돌아온 빌헬름에게 적의를 드러내고 있다. 자업자득에 인과응보다.

하지만 애석하게도 그렇다고 자기 자신을 굽힐 수 있을 만큼 빌헬름의 뼈는 유연하지 않았다. 오히려 이 세상의 모든 것 중에서도 비길 데 없이 뻣뻣한 생물이다.

그에 비롯한 2년, 그 끝에 찾아온 현재. 이 시간은 아무도 부정할 수 없고 부정하게 두지도 않을 것이다.

"_____."

결의를 새로이 다진 빌헬름은 표정을 다잡고 머리를 굴렸다.

어디로 갈지 지표를 찾다가 빌헬름은 문득 바깥 풍경에 눈길이 멎었다. 발길은 자연히 그곳으로 가기 시작했다.

——2년 동안, 참된 의미로 변하지 않은 존재가 있는 곳으로.

성 밖에 나와 경비병이 오가는 시가지의 포장도로를 밟는다.

2년 전의 자신은 앞쪽으로든 뒤쪽으로든 이 길을 거니는 것을 좋아하진 않았다. 지금은 전과 다른 의미로 역시 좋아할 수가 없고.

그런데도 발길을 옮긴 이유는 그럴 의미와 가치가 있다고 생각이 바뀌었기 때문이다.

"오랜만에 본다고 해야겠어. ——피보트."

빌헬름이 많은 이름이 새겨진 석비를 앞에 두고 한 이름을 입에 올렸다.

그건 체르게프 부대의 전 부관 이름으로, 보르도의 책상에 있던 망가진 단안경의 주인이자 내전 중에 목숨을 잃은 전우였다.

——전우라는 말을 직접 전할 기회가 없었던 게 지금은 진정으로 후회스러웠다.

석비에는 피보트만이 아니라 그야말로 무수하게, 셀 수도 없을 만큼 많은 이름이 새겨져 있으리라. 전몰자의 이름을 새긴 묘비는 하나로는 모자라서 결코 넓지 않은 묘지 안에 여러 개씩 줄을 짓고 있었다. ——이곳은 전사자의 이름을 남긴 군의 공동묘지였다.

옛날, 죽음에서 의미를 찾아내지 못한 빌헬름이 까닭 없이 싫어하던 곳이기도 하다.

"……미안하다. 꽃도 공물도, 하나도 안 들고 왔어. 너그럽게 봐다오."

내전 종결의 영향인지 묘지에는 많은 헌화와 공물이 놓여 있었다.

묘지로 가는 중에 울적한 표정을 지은 경비병과 여러 번 스쳤다. 끊임없이 누군가가 찾아오고 있다. 그 싸움에서 목숨을 잃은 이들을 애도하며 대답 못하는 그들에게 말을 건네고자.

"＿＿＿＿."

망자에게 바칠 것도 없거니와 올바른 예절도 모른다. 그렇기에 묘비 앞에 선 빌헬름은 묵묵히 몸에 익은 경례를 선보였다. 왕국군의 경례. 복장은 평복이며 몰수된 까닭에 검도 패용하지 않았다. 형식만 흉내 낸, 볼품없는 경례다.

그러나 누가 봤더라면, 그 경례 자세가 흠잡을 곳 하나 없다고 감탄했으리라.

규율에 까다로워 입이 부르트게 경례를 교육하던 말쑥한 사내. 빌헬름은 그에게 부끄럽지 않은 경례로써 경의를 표현해 망자에게 보내는 전별로 삼았다.

"＿＿＿＿."

더 이상 건넬 말은 없다. 필요성이 떠오르지 않았다.

애초에 뭔가를 얻을 수 있으리라 기대하며 발길을 옮긴 건 아니다. 그저 그리운 얼굴들과 잇따라 마주하는 바람에 이곳에 인사하러 오지 않는 것도 도리에 어긋난다고 여겼을 뿐이다.

그 정도 생각이었다. ──그럴진대, 그 바람결은 대관절 웬 호의였던가.

오랜만에 만난 피보트는 역시 사서 고생하며 챙겨 주는 양반이었다는 뜻인가.

"——허어. 이건 또, 희한한 곳에서 희한한 분을 뵈었군요."

"당신은……."

빌헬름은 묘비에 등을 돌리고 온 길을 돌아가려다가 발길을 멈추었다. 공동묘지 입구에서 흥미롭게 바라보는 인물과 눈이 마주친 것이다.

30대 중반, 호리호리한 남자다. 보건대 문관 쪽 인사로, 기본적으로 무관 기질인 사람하고만 접점이 있는 빌헬름과는 덜 친숙한 기척이다. 하지만 누군지는 금방 기억이 났다.

내전 중에 초대받은 사령부 회의에서 발언하던 인물로——.

"이름은 아마…… 그래. 마이크로토프."

"기억해 주신 모양이라 다행입니다. 빌헬름 트리아스 님. ——당신을 잊은 적은 없었지요."

그렇게 말한 남자—— 왕국 재상 보좌, 마이크로토프 맥마흔은 깊은 친밀감이 서린 웃음을 띠며 이지적인 눈에 빌헬름을 비추었다.

6

서쪽 하늘에 저녁놀이 절반가량 저물 무렵, 빌헬름은 약속대로 귀가했다.

말은 그런데 장소가 테레시아의 저택이다. 귀가라고 하기에는 다소 어폐가 있지만.

"옳지, 옳지. 안 새고 돌아왔네. 약속 잘 지켜서 장해요, 장해."

마중을 나온 테레시아는 흡족한 눈치였기에 딱히 정정할 필요는 느끼지 못했다.

테레시아의 환대를 받고 식당으로 안내받은 빌헬름은 놀랐다. 별반 넓지 않은 탁자 위에는 형형색색의 요리들이 상이 미어져라 채워져 있었기 때문이다.

다양한 색채의 요리들을 보고 실력을 자랑하던 말이 과장은 아니었다고 감탄했다. 하지만——.

"이렇게 많이 만들고……. 다 먹을 수나 있나? 아무리 봐도 2인분이 아닌데."

"걱정 마. 나중에 캐럴이랑 그림도 올 거니까 네 명이라면 거뜬하잖아? 그리고 난 빌헬름이 뭘 좋아하는지 몰라서…… 그래도 맛있게 먹었으면 하는 마음에 그냥 다 만들어 봤어. 이러면 좋아하는 음식도 끼어 있겠지?"

"음식은 안 가려."

"만든 보람이 없어!"

분개한 테레시아가 마지막으로 큰 접시에 담은 파이를 놓고서 식탁은 완성됐다.

아무리 4인분이라도 지나치게 많지만, 혹여 테레시아나 캐럴이 대식가일지도 모른다. 참고로 빌헬름은 평범한 수준이고, 그림은 소식 기미가 있었던 것 같다.

"요리가 특기인 건 뜻밖……이기 전에, 사용인을 안 쓰는군."

"다 들리거든요. ——잡일을 남한테 맡기는 건 좋아하질 않아서. 자기가 할 수 있는 일은 자기가 하고 싶어. 그래서 이 저택살피는 것도 최저한만 부탁했지. 그리고 여기에 들른 적도 별로 없었거든."

테레시아는 하얀 볼을 손가락으로 긁고 별생각 없는 표정으로 말했다.

이 저택은 『검성』인 테레시아가 받은 포상 중 하나일 것이다. 내전을 끝낸 포상과는 별개로 '첫 출진' 직후에 하사됐다고 들었다.

즉, 이 저택은 2년 전부터 그녀의 소유물이었을 터.

그런 곳에 거의 들르지 않는 생활이었다는 뜻이다. 그 가혹함은 상상을 초월한다. 그만큼 그녀는 각지를 전전하며 싸워왔다.

그런 말 곳곳에서 테레시아가 『검성』으로서 보낸 나날이 엿보였다. 빌헬름은 그 사실을 알아챌 때마다 생각했다. 그녀를, 혼자 둘 순 없다고.

——다시는 바라지 않는 검을 쥐게 해서는 안 된다고.

"……빌헬름?"

눈이 동그래진 테레시아. 빌헬름의 손이 그 뺨을 만졌다.

손가락으로 부드러운 살결을 쓸다가 숨을 집어삼키는 테레시아의 입술에 눈이 이끌렸다. 분홍빛 입술과 뜨거운 체온. 곧장 껴안아 감정 그대로 엉망진창으로 만들고 싶어진다.

"비, 빌헬름……. 안 돼. 저기, 봐. 저녁 식사 식으니까……."

"식어도 먹을 수 있는 걸로 한다며?"

"그, 그치만 그래도! 음식은 역시 따끈한 편이 좋사와요?!"

끌어안자 쩔쩔매는 테레시아의 말투가 뭔가 해괴하다. 그렇게 당황하는 소녀의 빨강 머리를 매만지고 윤기 있는 머리째 조심스럽게 껴안는다.

사랑하는 남자의 냄새와 심장 고동에 테레시아의 눈이 열정에 녹아내리고 뜨거운 숨결을 흘리며──.

"으──! 역시 안 돼! 캐럴이 오잖아!"

최종적으로 테레시아의 자제심은 번뇌를 밀어내고 빌헬름의 가슴을 떠밀었다. 냉큼 떨어진 테레시아는 빨개진 얼굴로 머리칼을 정돈하고 거친 숨을 내뱉었다.

"오늘은 안 돼. 넷이서 같이 즐겁게 저녁 식사를 할 거야. 여러 가지로 못다 한 이야기라도…… 맞아! 못다 한 이야기! 있을 거 아냐? 빌헬름이 2년 동안 뭐했느냐 같은 거. 그치?"

"말하는 사람이나 듣는 사람이나 별로 유쾌한 이야기가 아닐 텐데."

"안 그래!"

상대가 도망쳐서 살짝 속상한 빌헬름의 말에 테레시아는 고개를 도리도리 저었다.

"2년은 긴 시간이야. 별별 일을 다 겪어 변심하는 것도 당연하고……."

"그럴 일 없어."

"그건 기쁘지만! 하지만 왜, 2년 지나서…… 맞아. 딱 식전 날에 맞춰 왕도에 돌아오다니 우연 한번 대단한 것 같아."

"온 나라가 너 때문에 그토록 떠들썩한데 우연이고 뭐고 있겠냐……."

"그래! 그러게….."

얼버무릴 줄 몰라도 너무 몰라서 테레시아의 발언은 이미 지리멸렬한 수준이었다. 혼란에 잠긴 그녀의 모습에 빌헬름은 쓴웃음 짓다가 고개를 모로 꼬았다.

식전 날에 돌아온 것. 그건 시기를 재다가 온 거니까 우연이 아니다. 다만 그 행차를 진짜 의미로 우연이 아니게 만든 건, 또 다른 요인이 있다. 그건──.

"요 2년간, 네 이야기는 로즈월에게 틈틈이 들었으니까."

"……틈틈이?"

"그래. 2년 동안 나라 이곳저곳을 방랑했었지만, 그 여자가 어디서 찾아내는지 툭하면 나한테 오더군. 뭐, 그 덕분에 식전 날에 늦지 않은 만큼 감사하는 게 도리에 맞겠다만."

설명하는 빌헬름의 뇌리에는 남색의 긴 머리를 기른 여자──로즈월 J. 메이더스의 모습이 똑똑히 떠올랐다.

좌우 색이 다른 눈을 가진 여자는 내전 초기부터 질리도록 알고 지낸 사이다. 빌헬름으로선 만날 때마다 쓸데없는 참견을 받기에 유달리 방심 못할 상대였다.

빌헬름이 실종된 2년 동안, 그녀만은 여러 번 빌헬름을 찾아와 왕국군이나 테레시아의 근황을 보고했다. 매번 쌀쌀맞게 내치는데도 꿋꿋하게.

실제로 식전 개시에 늦지 않은 건 그녀의 정보 덕분으로──.

"여자랑, 2년 동안, 틈틈이……."

"……테레시아?"

"빌헬름, 잠깐 손, 빌려줄래?"

"──?"

테레시아가 무슨 말을 중얼거리나 싶더니 별안간 함박웃음을 지었다. 그 태도에 빌헬름은 눈썹을 모았지만 일단 하는 말대로 손을 내밀었다.

그 손목을 테레시아가 살며시 잡고── 그 직후, 빌헬름의 아래위가 뒤집혔다.

"──으, 어?!"

"내가 좀 맘이 울렁거려서 방에 돌아갈래. 식사는 캐럴하고 그림하고 셋이서 잘해 봐!"

"일반적으로 울렁거리는 거리는 건 맘이 아니라 속인데……."

"몰라!"

바닥에 엉덩방아를 찧은 빌헬름의 지적에 테레시아는 말 붙일 엄두도 못 내게 쏘아붙였다. 성난 빨강 머리는 높은 발소리와 함께 곧장 식당에서 멀어지고, 빌헬름은 눈이 휘둥그레졌다.

"대, 대체 뭐야……?"

"방금 그 소리는 뭐냐! 대체 무슨 일이…… 빌헬름, 왜 넘어져 있지?"

난데없는 분노의 원인을 알지 못해 얼이 빠진 빌헬름이 있는 곳에 그 소동을 들은 눈치인 캐럴이 모습을 드러냈다. 등 뒤에 그림을 대동한 캐럴은 땅바닥에 주저앉은 빌헬름을 의아하게 쳐다보다가 식당을 두리번거렸다.

"테레시아 님은 어쨌지? 설마 아인 잔당이 보복이라도……."

"잠깐. 그렇게 호들갑스러운 이야기가 아냐. 잘 모르겠지만 그 녀석이 화내며 날 내던졌을 뿐이지. ……잠깐, 나 손도 못 쓰고 당했나?"

"그런 걸로 상처받고 있을 때냐! 테레시아 님이 화를 내시다니 예삿일이 아니다. 무슨 짓을 했지? 무슨 말을 했지? 어떻게 화를 돋웠어! 자백해라!"

캐럴이 맥없이 던져졌다는 패배감에 빠진 빌헬름을 몰아세웠다. 원래 성질이 급한 캐럴이지만 테레시아가 얽히면 그 경향은 더욱더 현저하게 드러난다.

캐럴은 달래려 드는 그림을 뿌리치고 빌헬름에게 삿대질하며 다그쳤다.

"무슨 일이 있었는지 소상히 읊도록! 충분히 곱씹은 다음에 죽을죄일지 참수형일지 판정하지."

"진정하라고. 난 그냥 요 2년 이야기를 잠깐 했을 뿐이야. 나라를 방랑하던 이야기, 로즈월이 몇 번씩 얼굴을 내밀었던 이야기, 식전 날에……."

"메이더스 님과?! 너, 메이더스 님의 이름을 꺼낸 거냐?! 아니, 애초에 메이더스 님과 몇 번씩 밀회를?!"

"자발적으로 연락한 게 아냐. 상대가 맘대로 날 찾아내서……."

"시끄럽다, 이 괘씸한 놈! 조금이라도 널 믿은 내가 미련했지!"

이유 없는 비방에 빌헬름은 저도 모르게 입을 다물고 말았다.

캐럴은 그런 빌헬름에게 눈길도 안 주고 식당을 뛰쳐나가더니 테레시아의 방으로 달려갔다.

"테레시아 님! 테레시아 님! 고정하세요! 캐럴이 곁에 있습니다!"

캐럴이 소란스럽게 복도를 뛰며 테레시아를 쫓아 식당에서 사라졌다. 빌헬름은 주저앉은 채 그 모습을 지켜보며 아무 말도 못했다.

"_____."

그런 빌헬름에게 여태까지 말이 없던 그림이 손을 내밀었다.

빌헬름은 한숨짓고 그의 손을 빌려 일어났다.

"……뭔데."

"_____."

그림은 말없이 탓하는 눈총을 빌헬름에게 보냈다. 그 눈길에 날선 목소리를 뱉었지만, 그 목소리에 패기가 없는 건 누가 들어도 명료했다.

"내가 잘못했나?"

『너만 잘못했어.』

처음부터 준비하고 있었는지 즉각 내민 종이에는 큼직한 글씨로 적혀 있었다.

"제길."

홧김에 그 종이를 빼앗아 찢어버렸다. 손안에서 꾸깃꾸깃해진 종이를 둥글게 뭉친 빌헬름은 고개를 돌려 식당을 바라보며 눈썹을 모았다.

전력은 두 명. 적의 수는 압도적——. 그래도 식탁의 요리들에 도전해야 하는 법.

"나랑 네가 해치우자. ……반박은 안 들을 거야."

"————."

빌헬름의 요청에 그림이 어깨를 축 늘어뜨리고 자리에 앉았다. 빌헬름도 그림의 맞은편에 앉아 손을 마주 대고는 자기 몫에 덤벼들었다.

아직 따끈한 요리들은 어느 것이나 빌헬름의 혀를 충분히 즐겁게 하는 진수성찬뿐이었다. 하지만 지금은 다 식은 식사보다 더 서럽게 느껴졌다.

7

——결국 테레시아는 저녁 식사에 복귀하지 않고, 오해는 풀리지 않은 채로 남았다.

"흥. 진짜로 오해가 맞는지 의심스럽다마는."

아침 식사 자리에 얼굴을 내민 캐럴이 속상한 듯 내뱉었다.

화가 나 자기 방에 돌아간 테레시아를 쫓아가서 하룻밤 동안 사정을 들은 캐럴의 냉철한 미모는 빌헬름에 대한 적개심을 숨기지도 않았다.

가시 돋친 거야 평소부터 그렇지만 현재 시선은 평소 이상으로 날이 서 있었다.

"＿＿＿＿＿."

"아아, 그림. 미안해요. 아침 식사는 원래 제가 준비해야 했는데……."

『신경 쓰지 마.』

그림이 내보인 필담용 종이에 캐럴의 험악한 표정이 누그러졌다.

식탁에 놓인 아침 식사는 희미하게 쓴웃음을 지은 그림이 손수 차린 것이다. 테레시아와 비교하면 다소 못하지만 체르게프 부대에서도 식사 담당이던 그림의 실력은 썩 나쁘지 않다.

적어도 빌헬름이 준비하는 것보다는 훨씬 우수한 아침 식사라고 할 수 있다.

『이래 봬도 여관집 아들이라서.』

빌헬름의 시선에 그림은 왠지 모르게 으쓱대는 낌새로 펜을 놀렸다. 어쨌든 그림이 차린 음식을 둘러싸고 아침 식사가 시작됐다. ──테레시아가 빠지고, 세 명이서.

"그래서? 하룻밤을 들였는데도 그 녀석을 방에서 못 끄집어낸 거냐?"

"그만큼 테레시아 님의 마음이 깊게 상처받았다는 뜻이다. 사태의 원인은 죄다 네놈의 발칙한 소행과 태도에 있어. 부끄러운 줄 알아."

"이만저만 생트집이 아닌데, 가시 돋친 여자. 까불지 마."

식사를 시작하기 전에 빌헬름과 캐럴이 식탁을 사이에 두고 눈싸움을 벌였다.

부재중인 테레시아를 중심에 둔 둘의 관계는 매우 복잡하다. 그러나 양쪽 다 테레시아를 소중히 여기고 있다. 그런 만큼 오늘 아침의 두 사람은 치명적으로 기분이 안 좋았다.

일촉즉발의 검기가 불똥을 튀기고 식탁이 전장의 분위기로 바뀐다──.

『그만.』

그때 둘 사이에 앞뒤로 같은 글씨가 적힌 종이가 끼어들었다. 말 없는 방패병은 전우와 연인을 순서대로 쳐다보고는 침묵하는 둘에게 식탁을 손가락으로 가리켰다.

무익한 대화를 그만두고 식사나 하자. 그런 속내가 똑똑히 전해진다.

"……미안해요. 열이 올랐네요. 식사나 하죠."

웬일로 강경한 그림의 주장에 캐럴이 이내 뜻을 꺾고 사과했다. 연인의 사과를 듣고 그림은 온화하게 미소 지었다. 그리고 다시 빌헬름을 쳐다보았다.

"_____."

그 표정은 캐럴에게 보낸 것과 비슷한 미소지만 결정적으로 박력이 다르다. 물론 기가 죽을 빌헬름이 아니지만 현 상황의 옳고 그름은 논할 필요도 없었다.

"……미안하다."

눈길을 피하고 한숨 쉬듯 가느다랗게 사과하자 그림은 만족스럽게 턱을 주억였다.

그렇게 그림의 단독 승리를 거치고서야 비로소 아침 식사에 착수했다.

"그리운 맛이군."

짭짤한 수프를 입에 댔다가 정겨운 맛에 무심코 입맛을 다셨다.

야영할 때나 원정을 끝내고 돌아온 밤, 그림의 짭짤한 수프에는 부대원들이 우르르 달려들곤 했다. 있는 식재료로 잘 변통해 내는 건 여관집 아들만이 가능한 재주였다.

갑작스러운 회고에 빌헬름의 입술에 미소가 어리자 그림이 눈웃음을 지었다. 그리고 그림은 새하얀 종이에 술술 펜을 휘갈겼다.

『어젯밤엔 안 물었지만, 군에 돌아오려고?』

내민 서면에 적힌 질문은 빌헬름의 향후 처신을 묻는 내용이었다.

펜에 힘이 들어가 살짝살짝 삐친 글씨에서 그림의 조급한 마음이 엿보였다. 필시 못 견디게 묻고 싶던 질문이었으리라.

어젯밤에는 테레시아의 화를 부르는 바람에 4인분의 식사를 둘이서 처리하느라 필사적이어서 침착한 대화를 나눌 여유도 없었으므로.

빌헬름은 수프를 비우고 흥미진진하단 표정의 그림에게 대답했다.

"그 일 때문에 보르도와 이야기해 봤지만 결과는 참담했지. 그 자식, 높은 사람인 척 나불대기는."

"높은 사람인 척이 아니라 실제로 높은 분이다. 체르게프 경은 내전에서도 활약한 까닭에 왕국군 사령부 초빙을 검토 중이야. 경의 작위로 따지면 이례적인 일이지. 그 때문에 작위 승격이 내정됐다고도…….”

“꽤 사정에 밝군그래. 그림이 샘낸다.”

보르도의 승진 이야기와 왕국의 내정에 밝은 캐럴을 동시에 야유했다. 하지만 빌헬름의 비꼼은 뒤에 이어진 캐럴의 말에 깔끔하게 박살 났다.

“집안 관계상 왕국의 내정에 밝아질 만도 하지. 테레시아 님이 『검성』 자리에서 물러나시면 그것도 어찌 될지 모를 일이다마는.”

테레시아에게 수여된 『검성』의 칭호, 그 입장에 대한 캐럴의 견해.

당연하지만 빌헬름으로서도 남 이야기라고는 못할 문제다.

“빌헬름. 난 테레시아 님께서 편하게 미소 지으며 지내셨으면 한다.”

“———.”

“네 앞길이야 솔직히 말하면 관심은 없어. 하지만 그게 테레시아 님의 행복에 직결된다면 사정이 다르지. ——그러니 섣부른 짓은 하지 말아다오.”

캐럴은 긴 속눈썹을 달싹이며 진지한 눈초리로 빌헬름을 뚫어보았다. 그 눈과 음성에 담긴 기개는, 아마도 그녀가 테레시아를 염려하던 나날이 빚은 결정체일 것이다.

『검신』에게 사랑받아 바라지도 않는 힘을 부여받은 소녀. 그런 그녀를 안타깝게 여기던 사람은 빌헬름만이 아니었던 것이다.

그렇기에———.

"———그래. 그것만은 나도, 나 자신에게 결코 허용하지 않을 거다."

끄덕인 빌헬름도 캐럴의 기개보다 못하지 않은 마음가짐으로 대답했다.

8

긴박감이 감돌던 아침 식사를 마치고 그림과 캐럴은 저택을 떠났다.

캐럴은 끝까지 빌헬름에게 테레시아를 챙겨 주라며 다짐받고, 그림은 그런 그녀를 달래면서 '군에서 기다릴게, 백수 양반.' 하고 격려를 남겼다.

"이놈이고 저놈이고 잘도 떠들어."

두 사람을 보내고 저택에 남은 빌헬름은 허탈하게 중얼거렸다.

문제는 산더미 같고 하나같이 검만 휘둘러선 해결할 수 없다. 원래부터 빌헬름은 검을 휘둘러 해결할 수 없는 문제에는 극단적으로 약한 것이다.

노골적으로 말하자면 싸움질 말고 재주가 없다. 따라서 현 상황은 막막한 것이다.

자기 방에 틀어박혀 접촉을 거부하는 여성—— 사랑하는 상대를 데리고 나오는 짓도 할 수 없다.

"테레시아, 아침밥은 두고 간다. 꼭 챙겨 먹어."

문을 두드리고 말을 건네지만 방 주인의 대꾸는 없다. 빌헬름은 그 말만 전하고 그녀 몫의 아침 식사를 탁자에 남긴 다음 떠나려다가 마음을 바꾸었다.

　"그리고 지금부터 외출할 거야. 밤에는 꼭 돌아올 거니 걱정하지 말고. ……오늘 저녁은 같이 먹는다."

　아무 말도 안 하고 외출해서 불안감을 줘서야 2년 전의 반성이 헛것이다.

　그런 기분으로 전하자 방 안에서 희미하게 옷 스치는 소리가 들렸다. 그 반응으로 방금 말이 전해졌다고 판단한 빌헬름은 저택을 벗어났다.

　결국 빌헬름은 한나절이나 테레시아의 얼굴을 보지 못하고 홀로 아침의 왕도를 거닐었다.

　이토록 차분한 심정으로 왕도를 걷는 건 오랜만이었다. 빌헬름은 거리 광경에서 느껴지는 분위기 차이에 살짝 동요했다.

　2년 전, 『아인전쟁』 한창 중일 때의 왕도와는 완전 하늘과 땅 차이다.

　겉모습이 크게 변한 건 아니다. 오가는 사람들의 표정이나 심경의 변화가 분위기에 여실히 드러나고 있다. 기분 탓인지 햇살도 밝고 따스하게 느껴졌다.

　내전 중인 왕국에는 항상 불온과 불안이 만연했었다. 그 그늘이 걷혀 인심에 안정과 평온이 돌아왔다. ———그것은 좋은 변화였다.

그리고 그것이 바로 테레시아가 2년 동안 검을 휘두른 끝에 생긴 변화다.

"＿＿＿＿＿."

『검성』으로 보내던 테레시아의 시간은 고통과 부조리의 연속이었으리라. 하지만 그런 시간일지라도 만들어 낸 평화의 가치가 흐려지지는 않는다.

빌헬름은 이 광경을 자랑스럽게 여겨야 할지 아니면 분통하게 여겨야 할지, 복잡한 심경일 수밖에 없다.

"——재상 보좌와 약속이 있다. 빌헬름 트리아스다."

"옛. 말씀 들었습니다. 이리로."

마음속 감정이 휘몰아치는 가운데, 빌헬름의 발길은 왕도의 정점—— 루그니카 왕성에 도착해서 성문 경비를 보는 병사에게 방문 이유를 전하고 있었다.

굳센 경비병의 안내를 받으며 성안 복도를 조용히 나아간다.

왕국군 시절, 성에는 여러 번 발길을 옮겼지만 이렇게 개인적인 일로 성을 방문한 경험은 한 번도 없었다. 인연이 깊은 것 같으면서도 먼 장소. 성에는 그런 인상이 있었다.

굳이 떠올려 따지자면, 마지막으로 성에 들어간 건 기사 서훈식 때로——

"여기서 재상 보좌님이 기다리십니다."

경비병의 말에 빌헬름은 회상을 중단하고 목적한 방 앞에서 경비병과 헤어졌다. 번듯한 나무문을 밖에서 두드리자 곧장 실내로부터 "들어오시지요." 하고 대답이 돌아왔다.

맞이한 방의 실내장식은 왕국 재상 보좌라는 직함에 비하면 검소했다. 집무용 책상과 응접용 소파와 탁자, 그 밖에는 책장이나 몇 개 놓여 있을 뿐이었다.

실무에 주력한 방의 본질은 확실히 방 주인의 기질을 반영한 것만 같았다.

"잘 오셨습니다, 빌헬름 님. 앉아 주십시오."

"그러지."

부드러운 말투로 권유받은 빌헬름은 응접용 소파에 당당히 걸터앉았다.

그 맞은편에 천천히 앉은 사람은 호리호리한 문관, 마이크로토프였다. 그가 바로 약속을 잡은 상대이며 빌헬름이 왕국군에 복귀할 수 있는 열쇠를 쥔 인물이었다.

적어도 빌헬름은 그런 희망을 품고 이 대화에 임하고 있었다.

"어제는 그다지 깊은 대화를 못했으니까요. 일부러 발길을 옮기시게 해서 죄송합니다."

"……아니, 어제 만나고 바로 시간을 내줘서 살았어. 나야말로 감사를 표하지."

"——흐음. 과연. 이건 또, 체르게프 경계 들은 바와 같군요."

형식적인 인사를 주고받자 마이크로토프가 부드러운 웃음을 띤 채로 끄덕였다. 그 반응에 빌헬름이 눈썹을 세우자 그는 "아뇨, 아뇨." 하고 손을 펼쳤다.

"일방적인 걸 제외하면 저와 당신이 마지막으로 본 지 4년도 넘었습니다. 그때를 떠올리면 그 변화에 감개무량할 법도 하지요."

"일방적인 면식……?"

"그에 관해서 놀라실 필요는 없을 텐데요. 내전 종결을 축하하는 식전에 이 나라 사람들이 얼마나 많이 참가했겠습니까? 다들 당신을 알고 있어요."

즐겁게 큭큭대는 마이크로토프의 말에 빌헬름은 겸연쩍게 입을 다물었다.

일방적인 면식. 그에 관해선 변명의 여지가 없다. 확실히 빌헬름의 얼굴과 이름은 일시적이라고는 해도 왕도를 꽤 떠들썩하게 했으리라.

사실 현시점에서도 그 열기는 식지 않았지만, 빌헬름 본인은 깨닫지 못하고 있다.

따라서 그와 『검성』의 관계에 매혹된 많은 이들이 둘의 만남과 정분의 이야기를 '노래'로 만들고자 획책하는 것은 조금도 알아채지 못했다.

그거야 어쨌든——.

"당신이 『검성』을 꺾을 실력이 있음은 많은 이들이 압니다. 따라서 바란다면 왕국군으로 복귀하는 건 쉬이 이루어지겠죠. 제가 보증하지요."

"그런, 거야? 보르도 말하곤 꽤 다른데."

"물론 체르게프 경의 의견도 일리 있습니다. 실제로 당신은 서훈한 기사 칭호를 버리고 개인의 감정을 우선시해 군을 떠났어요. 그 사실에 실망한 사람도, 여전히 반감을 품은 사람도 적진 않겠지요."

"_____."

"하지만 그런 문제들은 시간이 해결할 겁니다. 중요한 건 당신의 무력이 왕국군에게 유익한 것이며 당신 스스로도 군에 복귀하기를 바란다는 사실이죠."

마이크로토프는 턱에 손을 짚고 논리정연하게 설명했다. 재상 보좌의 굳센 단언을 들은 빌헬름은 침착하게 앉은 자세를 고쳤다.

문관과 무관. 두 직책 사이에는 서로 참견을 거절하는 울타리가 있지만, 그래도 재상 보좌의 의견을 무시할 수는 없다. 일개 병사의 복귀쯤이야 그가 손쓰면 거뜬하다.

『검귀』 빌헬름의 왕국군 복귀. 그 성취는 목전에 있다. 단──.

"──당신의 군 복귀는 용인되어도 테레시아 님의 칭호 반납은 용인되지 않을 겁니다."

"──큭."

그 한마디에 빌헬름은 거세게 동요했다.

마이크로토프는 빌헬름의 반응을 보고 어조를 한 단계 낮추어 말을 이었다.

"왕국군에게 『검귀』와 『검성』의 무력은 둘 다 유용한 것이에요. 놔줄 이유가 없지요. 그에 관해 반론할 여지는 없으리라 봅니다만?"

"하지만 그 녀석이 그걸 바라질 않아."

"본심이야 어쨌든 그렇단 거죠."

마이크로토프는 좀 전까지 띠던 온화한 분위기를 일소하고 냉철하게 말했다. 재상 보좌는 『검귀』의 주장에 감정 없이 눈을 좁혔다.

"테레시아 님께서 거절하더라도 힘은 사라지는 게 아닙니다. 그리고 그분은 왕국이 조력을 청하면 내치지 못해요. 아마도 말입니다만."

마이크로토프의 추론 형식을 빌린 확신에 빌헬름은 입을 다물었다.

그의 말마따나 테레시아는 마음씨 착한 여자다. 본심으로는 검을 잡기 싫다고 생각해도 그녀가 검을 잡아야만 할 때가 온다면 눈물을 머금고 검을 잡는다.

그런 거야 안다. 그래도 빌헬름은 그러도록 놔두기 싫다.

"물론 지금 말은 어디까지나 제 추론에 불과하지요. 다만 왕국군의 장군들도 같은 결론을 내릴 겁니다. 그건 거의 틀림없겠지요."

매몰차게도 마이크로토프는 빌헬름의 마음속 애원을 부정했다. 빌헬름의 군 복귀와는 별개로 테레시아를 둘러싼 문제는 해결될 조짐이 보이지 않는다.

그 현실에 빌헬름이 고개를 떨어뜨리자 마이크로토프는 작게 한숨을 쉬었다.

"당신의 복귀에 관해선 손을 써 두도록 하지요. 그 점은 걱정하실 것 없습니다. 하나 테레시아 님의 일은…… 흐음, 잘 대화해 보십시오."

"대화?"

"혼자 생각해 봤자 결론은 쉽게 나지 않아요. 잘못된 길로 빠지더라도 말릴 사람 또한 없고요. 하면 고민을 떠안기만 할 게 아니라 누군가의 지혜를 빌려야 하겠죠."

그 말은 조언일까. 마이크로토프의 말에 빌헬름은 미간을 찡그렸다.

한쪽 눈을 감고 젊은이를 바라보는 재상 보좌는 처음처럼 부드럽게 미소 지으며 입을 열었다.

"당신에겐, 당신밖에 못하는 일이 있습니다. ──잘, 생각해 보십시오."

9

마이크로토프의 조력으로 왕국군 복귀는 이루어진다는 보증을 받았다.

그러나 왕성에서 귀족가로 돌아가는 빌헬름의 속내는 조금도 개운하지 못했다.

"_____."

마이크로토프에게 들은 말이 끝없이 머릿속에 휘몰아치고 있다. 결국 고민의 주제가 바뀌고 검으로 해결 못하는 사태에 대한 무력감이 더 강해졌을 뿐이다.

백수 문제가 끝나도 더 중요한 테레시아의 문제가 해결되지 않았다.

"대화해 보라고 해도 말이지……."

상담할 수 있는 사람에게는 이미 한 바퀴 상담했다.

그림과 캐럴 두 사람은 물론, 보르도와 마이크로토프에게도 의지했다. 말 못하는 피보트에게도 힘을 빌린 지금, 남은 상대는 테레시아 본인 정도이리라.

하지만 테레시아에게 상담했을 경우, 그녀가 뭐라 대답할지는 손에 잡힐 듯 알았다.

필시 그녀는 나라가 도움을 바란다면 괴로움을 감춘 애잔한 미소로 끄덕이리라.

"그 멍청이, 남의 속마음을 알아줄 생각도 없어……!"

가엾은 테레시아가 머릿속 상상 때문에 욕을 먹지만, 거의 확실한 상상이라고 목숨도 걸 수 있다. 따라서 빌헬름은 이 일로 상담 가능한 패는 이미 다 꺼낸 판국이다.

자신의 좁은 교우 관계를 한심하게 느끼며 신음과 함께 하늘을 쳐다보았다.

"남은 건, 의지하기 싫지만 로즈월 정도인가……. 그 녀석, 어디에 있는지."

푸른 하늘을 보다가 떠오른 후보에 빌헬름은 불퉁한 표정으로 혀를 찼다.

로즈월 J. 메이더스. 그 박식하고 기발한 발상이 특기인 기인이라면 현재 빌헬름의 고민에 효과적인 작전을 내줄 것만 같았다.

그러나 빌헬름의 긍지가 그녀에게 의지하는 걸 달가워하지 않았다. 애초에 지금 테레시아와 분위기가 미묘해진 원인 하나는 그녀에게 있다. 아무리 빌헬름이라도 테레시아와의 문제에 그녀의 존재를 더 이상 암시하는 건 상책이 아님을 이해했다.

그렇게 선택지를 가리다 보니 더 빨리 작전이 바닥났다.

"내 머리로 생각해서 답이 나오나? 내 생각과 테레시아 생각 때문에 머리가 뒤죽박죽이군. 최소한 문제가 하나뿐이라면……."

이상적인 건 빌헬름의 복귀와 테레시아의 칭호 반납이 성사되는 것이다. 하지만 앞으로 테레시아가 검을 잡을 기회를 없앨 수만 있다면, 최악의 경우 복귀는 성사되지 않아도 상관없다.

무엇이 중요한지 잘못 판단하지 않는다. 이것만은 지금의 자기 자신에게 굳게 지시한 사항이다.

"누구 없나. 머리 회전이 빠르고, 말을 잘하고, 궤변과 처신이 능숙한 누가……."

그렇게 편리한 상대를 찾아 헤매던 빌헬름이 불현듯 발길을 멈추었다.

순간, 뇌리에 걸린 것은 지나치게 편리한 상담 상대의 조건이었다. ——머리 회전이 빠르고, 말을 잘하고, 인간관계의 처신이 빼어나게 우수해서.

"——여자를 여섯이나 구워삶다가 감옥탑에 처박힌 놈."

빌헬름은 고개를 돌리며 파란 눈을 가늘게 떴다. 왕성, 그 옆에 보이는 석조 탑. 감옥탑의 위용이 멀어지는 빌헬름을 내려다보고 있었다.

"그래서 일부러 조언 듣고자 면회하러 와 줬단 거야? 눈물 나는데 그래, 형씨."

"쓸데없는 소리 집어치워. 시간은 한정되어 있어."

빌헬름은 차가운 지하 감옥의 바닥을 딛고 쇠창살 너머의 남자를 노려보았다. 그 모습에 즐겁게 큭큭거린 사람은 수염이 듬성듬성 난 장발 미남자였다. ──귀족 아가씨 여섯 명을 그자랑하는 혀로 농락했다가 지나치게 연분 났다는 죄로 투옥된 『일구육언』오르페다.

빌헬름은 불과 몇 시간의 옥살이 동지였던 인연에 기대어 그를 찾아왔다. 스스로도 기가 찬 선택지지만 생판 다른 시점을 통해 해결법을 찾아낼 유일한 수단이기도 하다.

"그건 그렇고 댁이 『검성』을 해치운 『검귀』였다니 놀랐다고. 어쩐지 감옥탑에 처박혔다 했지. 여, 대도둑!"

"쇠창살 너머로도 널 벨 수 있다. 처형일을 앞당겨 줄까?"

너스레에 검기를 내뿜어 답례했다. 하지만 오르페는 어깨를 으쓱일 뿐이고 기죽은 내색이 없다. 과연. 확실히 담력은 남다르다.

여섯 명이나 동시에, 그것도 귀족집 아가씨를 꼬드기는 사내다. 신경 굵직하고 자신감이 있어야 감히 그렇게 막 나가는 법.

"그건 그렇고 형씨 남녀상열지사에 힘을 빌려주고 싶은 심정이야 굴뚝같다만, 그런다고 나한테 뭔 놈의 이득이 있어? 거저 일하는 건 사양이거든?"

"군에 복귀하면 서훈된 기사 작위도 돌아온다. 그렇게 되면 네가 은사 받는데 힘을 써주지. 여기 나가서 자유로워질 날이 앞당겨질걸."

"좋아, 접수했다! 난 쓸모있다고, 나리. 뭐든지 말만 해 줘."

"요령 좋은 자식이군……."

오르페가 즉각 태세를 뒤집자 빌헬름은 기세가 꺾이면서도 경위를 설명했다.

물론 세세한 감정에 관해선 다분히 생략했는데, 말 잘하는 인간은 아무래도 듣기도 잘하는지 중간중간 오르페의 질문도 포함해서 거의 적나라하게 사정을 몽땅 설명하고 말았다.

"오—호라."

빌헬름의 이야기를 다 들은 『일구육언』은 알겠단 표정으로 끄덕였다.

"배배 꼬인 사정은 파악했어. 형씨가 예상 이상으로 띨띨이인 것도 포함해서."

"베어 버린다."

"뭐든지 검으로 해결하려는 그 자세, 바로 그거야!"

가볍게 겁주려 하자마자 오르페가 과장되게 손뼉을 쳤다. 그 발언에 빌헬름이 눈을 깜빡이자 오르페는 쇠창살에 얼굴을 밀어붙이고 말을 이었다.

"자기 입으로도 말했잖아? 형씨의 특기는 검이고, 오히려 칼질 말고 재주가 없다. 검으로 해결 못하면 속수무책인 결함 인간이에유—라고."

"그러니까 난처해하잖아. 검으론 속수무책인 문제라……."

"형씨, 그게 틀렸단 거야. 소중한 걸 위해서 자기가 못하는 분야더라도 어떻게든 해 보자는 자세야 남자답지만 지성적이지 않잖아. 머리를 더 써먹고 혀도 써먹어서 영리하고 합리적으로 매사를 진행하자 이거야. 알겠어?"

자세가 틀려먹었다며 웃은 오르페가 빌헬름에게 끄덕였다.

그리고 『일구육언』은 『검귀』의 고민에 전혀 다른 차원의 답을 제시했다.

그것은——.

"——검밖에 휘두를 줄 모른다면, 검을 휘두르면 해결할 수 있는 형식으로 문제를 바꿔 버리라고. 그것 말고 형씨가 이길 길이 또 있어?"

사악한 웃음을 지은 오르페는 빌헬름에게 그렇게 말하고 윙크했다.

10

——저녁때를 지나 저택에 돌아가자 식당에서는 향긋한 냄새가 나고 있었다.

빌헬름은 따스한 향기에 코를 실룩이고 유인당하듯 그쪽으로 향했다. 식당 문을 열고 안에 들어가자 마침 식사를 차리고 있는 빨강 머리 여자의 뒷모습이 있었다.

가녀린 어깨. 가늘고 잘록한 허리. 좌우로 살랑대는 엉덩이. 마냥 바라보더라도 질리지 않는다.

"——집에 왔으면 다녀왔다고 말하는 법이야. 겸연쩍어서 입 다물다니 애도 아니고. 야무지게 굴어야지."

"별로. 그 이유 때문에 입 다문 건 아냐."

"그럼 왜 입 다물었어? 사과할 말이라도 찾고 있었어?"

테레시아는 고개도 돌리지 않고 뚱하니 토라진 목소리로 빌헬름을 말로 공격했다.

입을 다문 건 넋 놓고 보고 있었기 때문이란 말은 할 수도 없다. 결국 빌헬름은 불퉁하게 침묵하는 걸 대답으로 삼았고, 테레시아는 어이가 없다는 투로 한숨지었다.

"참 내, 솔직하지를 못해요. ······그러는 게 빌헬름다운 건 알지만."

"미안하게 됐군. 그래서 웬 바람이 분 거야?"

"······저녁 식사, 당신이 같이 먹자며. 흥이다."

테레시아는 깜찍하게 콧방귀를 뀌고 허리의 앞치마를 풀어 의자에 걸쳤다.

오늘은 식탁 위 요리도 멀쩡히 2인분 양이다. 쓸데없는 훼방이 없을 걸로 짐작되어 안도하는 반면, 이렇게 저녁 식사 자리를 함께해 주는 데에 의문이 솟았다.

아침에는 미처 화해할 말을 전하지 못했을 텐데──.

"아침 식사, 빌헬름이 만들어서 두고 가줬잖아? 그게 너무 끔찍한 바람에······. 저녁 식사도 그런 걸 만들면 못 배기겠다 싶어서."

"익히긴 했다만."

"익히기만 하면 다가 아니잖아?! 속까지 시커멓더라! 그런데도 재료만은 엄청 잘 썰어놔서 뭔 심술인 줄 알았거든!"

대드는 테레시아의 반응에 빌헬름은 섭섭하다고 얼굴을 찌푸렸다. 확실히 화력은 살짝 잘못 쟀지만 못 먹을 수준은 아니었을 텐데.

그런 속마음을 다 읽어낸 표정으로 테레시아가 정면 자리를 권하면서 말했다.

"2년간의 당신 식사 사정이 걱정스러워지더라. ……혹시, 누가 만들어 주던 게 아닌지 모르겠네. 그 왜, 그 사람이……."

"그거 로즈월 말하는 거라면 헛짚었어. 여러 번 말하게 하지 마라. 그 녀석은 맘대로 만나러 왔을 뿐이야. 환영한 적은 한 번도 없어. 감사도, 한 번밖에 안 했어."

"그 감사는……."

"식전 날을 가르쳐준 일이지. 안 그랬으면 너랑 만날 결심이 안 섰어."

"그, 그러세요. 으응, 어, 저기, 오호호호……."

마주 보며 별일 아닌 듯 단언한 빌헬름의 말에 테레시아의 얼굴이 붉어졌다. 그대로 힘없이 웃는 테레시아 앞에서 빌헬름은 식탁의 손수 만든 요리로 눈길을 돌렸다.

진열된 요리의 양은 어젯밤보다 훨씬 못하지만, 종류는 비등하다. 더해서 전날과 같은 요리는 하나도 없으니 테레시아의 풍부한 레퍼토리에는 놀랄 노릇이다.

"재주도 많군그래."

"재주도 많다니 칭찬하는 말투가 왜 그래? 후훗, 딱히 상관없지만."

말주변 없는 빌헬름의 칭찬에 테레시아가 기쁘게 입술에 미소를 머금었다. 그것이 거의 하루 만에 겨우 보여준 그녀의 본래 웃음이었다.

빌헬름은 저도 모르게 그 미소에 안도감을 느끼고 가슴을 쓸어내렸다.

"자, 식사나 하자. 뭘 좋아하는지 하나씩 감상 읊어줘."

"다 맛있더군. 어제 감상이다만."

"오늘은 그러면 안 돼. 빠짐없이 다 먹은 당신을 보고 있을 거니까. 어느 걸 좋아하는지 확인할 거야. 당신 말은 참고하지 못하는걸."

빌헬름의 요리에 대한 평가가 얼마나 낮았는지 테레시아의 요리 정신에 어지간히도 불을 지핀 모양이다. 그걸 핑계로 서로 다가설 수 있다면 그 혹평도 감수하리라.

그렇게 한 접시마다 반응을 요구받으면서 저녁 식사 시간은 훈훈하게 지났다.

테레시아의 요리 실력이 확실한 건 어젯밤 시점에서 다 알았다. 단지 어젯밤에는 깨끗이 비우는 걸 우선하는 바람에 충분히 맛을 즐겼다고는 말하기 어려웠다.

그 때문일까. 오늘 밤의 저녁 식사가 어젯밤보다 몇 배나 더 진미였던 건.

"어때? 오늘 만족도는 어제보다 높아?"

"그렇군. 어제보다 오늘 쪽이 맛있어."

"진짜로? 아싸. 어제는 왕국 남부 요리였지만 오늘은 북부 요리였거든. 그쪽 맛이 당신 입맛에 맞나 보네."

"글쎄. 너랑 같이 먹어서 그런 게 아닐까?"

"켈록! 콜록! 잠깐, 기습하지 마……."

별생각 없이 말했을 뿐이었는데 테레시아의 반응이 과민하다. 빌헬름은 물을 마시다가 사레들린 테레시아의 모습에 웃음기를 띠었으나 바로 뺨을 다잡았다.

즐거운 저녁 식사 자리지만 꼭 해야 할 이야기를 계속 미루기도 힘들다.

냅킨으로 입가를 막은 테레시아가 빌헬름의 그 변화에 눈길이 멎고 자세를 바로잡았다.

"테레시아, 할 말이 있어."

"네, 넷. 듣겠습니다……."

"실은, 내 군 복귀 이야기인데. 윗사람하고 말을 좀 터서 무사히 복귀할 모양새로 이야기가 정리됐어. 폐 끼치고 걱정 끼쳐서 미안했다."

"아, 그 이야기! 뭐야, 잘됐네. 나간다고 그럴까 봐 불안해서……."

"……그럴 일 없어. 자꾸 말하게 하지 마라."

얼마나 자신감이 없는지 테레시아의 의혹은 아무리 지나도 풀리질 않았다.

오히려 그녀보다 나은 상대는 없다는 게 빌헬름의 본심이다. 물론 그런 본심은 입이 찢어져도 절대 말 못하고, 말하지도 않지만.

"아! 물론, 빌헬름이 군에 복귀할 수 있단 이야기도 기뻐. 당신도 그림이나 보르도 님처럼 친구랑 같이 있는 편이 일할 맛 날 테고."

"친구…… 그런 식으로 생각해 본 적은 없는데."

바꿔 말해서 전우. 빌헬름과 그들의 관계는 그쯤일 것이다.

어쨌든 테레시아도 빌헬름의 군 복귀 자체는 기뻐해 주었다. 남은 문제는 테레시아 쪽이지만——.

"테레시아, 실은 아직 중요한 이야기가 남았어."

"그, 그건……."

"불안해하지 마. 그게 아니니까 안심해. 난 내일 하루 외출할 거야. 돌아오는 건 오늘과 비슷한 시간일 텐데…… 내일은 왕성에 절대 오지 마."

"————."

나지막하게, 강한 어투로 당부하자 그 말에 테레시아가 눈을 동그랗게 떴다. 그녀는 입술에 손가락을 짚고 들은 말을 되새기다가 물었다.

"성에 오지 말라니…… 왜?"

"왜고 자시고. 내 말 들어. 후회는 안 시켜."

"내가 성에 갈까 말까로 왜 후회 운운하는 이야기가 되는데. 그쪽이 훨씬 더 불안해지거든요."

부족한 설명에 불만을 내비치지만 빌헬름은 더 말할 뜻이 없었다. 둘은 잠시간 눈싸움을 벌였으나 빌헬름이 입을 다물자 테레시아가 먼저 항복했다.

테레시아는 장탄식을 하고는 "알겠어." 하고 패배를 인정했다.

"이유는 말하지 못하지만 성에는 오지 말라고? 내일 하루, 그 거면 되는 거지?"

"그래, 맞아. 그렇게 부탁하마."

"부탁은 받아 주겠는데…… 하나만 물어봐도 돼?"

테레시아는 자리에서 일어나 식탁을 치우기 시작하려는 낌새로 말했다. 빌헬름이 테레시아를 올려다보자 그녀는 손가락을 하나 세웠다.

"만약, 그 당부를 어기면…… 내가 미워져?"

"진심으로 화만 날 뿐이야."

"그래. 알겠어."

살랑살랑 손을 흔들고 식기를 겹쳐 든 테레시아가 개수대로 갔다. 빌헬름은 좌우로 경쾌하게 흔들리는 엉덩이를 배웅하면서 잠시 생각에 잠겼다.

지금 말로, 테레시아는 뭘 묻고 싶었는가. 설마 당부를 어기고 성에 올 거란 생각은 하기 싫은데.

"뭐, 안 온다고 한 이상은 안 오겠지."

그렇게 수긍한 빌헬름도 남은 식기를 겹쳐 들고 테레시아 뒤를 쫓았다.

11

이튿날, 빌헬름은 아침 일찍 테레시아의 배웅을 받으며 사흘 연속 왕성에 등성했다.

다만 오늘 빌헬름의 분위기는 어제와 엊그제와는 전혀 다른 것이었다.

──아니, 오히려 여태껏 풍기던 분위기 쪽이 비정상이었을지도 모른다.

성문을 지나가는 그가 두른 맹포한 검기. ──그것이 바로 빌헬름 트리아스를 『검귀』이게 하는 본질이자 왕국 최강을 깨트린 단 한 명뿐인 남자의 증명이다.

"──무운을."

묵묵한 빌헬름을 맞이한 사람은 성문에서 그를 기다리던 갑주 차림의 경비병이었다. 투구가 그 표정을 가리고 있었지만 뺨은 뻣뻣하고 이마에는 땀이 맺혀 있었다.

그는 빌헬름을 보고 한눈에 이해한 것이다.

『검성』의 화려한 공적에 덧칠되어 잊힌 『검귀』라는 이명──한때, 왕국군 내에서 독보하던 검의 총아가 지닌 실력, 그 일부를.

빌헬름은 경비병의 배웅을 받고 성내의 부지를 가로질러 그곳에 당도했다. 탁 트인 시야에 날아든 것은 피와 지방의 냄새가 배어든 연병장의 경관이었다.

주위를 널찍하게 벽으로 둘러싼 공간에는 수많은 병사들의 패기와 전의가 휘몰아치고 있다. 이곳에서 왕국군의 기사와 경비병이 매일 무예를 겨루고 실력을 키우고자 피를 토하는 것이다.

패기가 넘치고 전의가 치솟는 것이 당연하다. ──왕국군에서 이름이 난 강자, 용맹무쌍하기로 유명한 전사들이 집결한 상황이라면 더욱더 그러했다.

"왔느냐, 왕바보 자식."

연병장 중앙에 나아간 순간, 걸걸한 환영이 빌헬름에게 쏟아졌다. 목소리의 주인은 통나무처럼 굵은 팔로 팔짱을 끼고 장대한 전투도끼를 당당하게 거머쥔 대장부였다.

"보르도냐. 출세해서 현장에서 빠졌다고 하지 않았나?"

"와하하하! 허튼소리. 난 평생 현역이야. 출세 좀 했다고 무기를 놓는 길을 고를쏘냐. 그 생각만은 너랑 똑같다고 본다만."

크게 웃은 보르도가 꼿꼿이 선 빌헬름을 기세등등하게 쏘아보았다. 그 눈초리에 어깨를 으쓱이고는 대장부 주위에 선 이들로 눈길을 돌렸다.

하나같이 빠릿빠릿하게 갈고닦은 검기를 두른 패거리다. 빌헬름마저 약졸이라고 치부할 수 없는 전사들뿐. 그중에 낯익은 얼굴이 둘 보였다.

"너희까지 낄 셈이냐? 분수를 모르는 데에도 정도가 있다만."

콧방귀를 뀐 빌헬름의 정면에는 금발 여기사와 방패병——캐럴과 그림 두 명이 있었다. 챙겨온 장검과 남다른 방패를 장비한 둘은 그 도발에 턱을 주억였다.

"우쭐대지 마라. 이 자리에 모인 사람은 전원이 정예다. 무모하게 도전한 결과, 망신을 당할 쪽은 네놈이야."

"여기 있는 놈들이 한 수 있는 거야 알지. 그래서 왜 네가 있느냐고 묻는 건데?"

"뭐라고——!"

『캐럴 씨, 진정해.』

연인이 도발에 홀랑 넘어가 얼굴을 붉히자 그림이 만류했다. 그리고 그림은 사람 좋은 얼굴로 빌헬름을 보며 엷게 쓴웃음 지었다.

『봐주진 않아.』

"──말이 거침없어졌군."

웃음을 머금은 선전포고에 빌헬름은 사납게 웃었다.

그 세 명 외에도 곳곳에 내전 시대의 강자가 여럿 눈에 띄었다. 개중에는 체르게프 부대 시절의 동료도 포함되어서 솟구치는 투지가 연병장을 휘감는 게 실감됐다.

"──아무래도 전원 다 모이신 모양이구려."

팽팽한 연병장의 공기를 가른 것은 자리에 안 어울리는 부드러운 목소리였다.

고개를 꺾어 쳐다보자, 장내를 내려다보는 관람석에 모습을 내비친 사람은 마이크로토프였다. 짙은 감색 로브를 입은 재상 보좌는 눈 아래에 모인 전사들의 모습에 눈웃음을 지으며 깊이 끄덕였다.

"제법 장관입니다. 이미 기백도 충분. 구경하도록 하지요."

"구경거리가 될 생각은 없어. ──약속은 지키라고."

눈 아래에서 다짐을 받는 빌헬름의 말에 마이크로토프는 한쪽 눈을 찡긋하고 웃었다.

그리고 그는 배후를 돌아보며 "이쪽이나이다." 하고 공손히 인사했다.

마이크로토프의 몸짓에 연병장 전원이 눈썹을 모았다가, 다음 순간, 전율과 함께 그 자리에 무릎 꿇었다. 그것은 빌헬름도 예외가 아니었다. 왜냐하면——.

"——됐다, 됐어. 그리 예의 차리지 말게. 과인은 이번 결과를 지켜보러 왔을 뿐이니까."

또랑또랑한 목소리가 웃음기 서린 음색을 연병장에 퍼뜨렸다.

그 말을 입에 올린 사람은 호사로운 망토에 휘황찬란한 예복을 두른 남성이었다. 관람석에 모습을 드러낸 마흔 줄 안팎의, 풍채 넉넉한 남성—— 아니, 그렇게 경망스럽게 표현하는 건 적절하지 못하다.

왜냐하면 그가 바로 이 연병장에서, 왕성에서, 왕도에서, 왕국에서 가장 존귀한 인물이기에.

"——지오니스 루그니카 폐하."

"확실히, 마이크로토프 말마따나 장관이로고. 이만한 정병, 한자리에 모이는 건 정녕코 중대사일 때뿐……. 식전 직후, 바야흐로 지금 말고는 무리였겠지."

아는 척하며 끄덕이는 인물이 바로 지오니스 루그니카—— 친룡왕국 루그니카의 현 국왕이자 빌헬름이 이 상황을 만들어 내려고 힘을 빌린 장본인이다.

지오니스는 무릎 꿇은 신민들을 둘러보다가 그중에서 빌헬름을 찾아내자 웃었다.

"하하, 트리아스여. 과인과 담판 지으러 온 어제와 달리 기특한 태도가 아니더냐."

"……어제는 크게 무례했습니다. 그럼에도 이번 기회를 내려주신 폐하의 성심에는 감사 말고 드릴 말이 없나이다."

"상관없노라. 그대의 제의가 과인의 마음을 움직였을 뿐이야. 그리고 식전에서 본 『검성』과 그대의 검은 아름다웠네. 그 검무(劍舞)만으로도 이번 일을 고려하기에 충분하다."

지오니스가 빛나는 금발을 쓸어 넘기고 붉은 눈을 빛내며 어린아이처럼 티 없이 웃었다. 그 태도, 자세, 사고방식. 어느 하나 왕족이라고는 믿기 어렵다.

하지만 이것이 루그니카의 왕족. 친룡왕국에서 가장 존귀한 핏줄을 타고난 일족이다.

왕으로서 국정에 관여하는 수완은 빈말로도 칭찬받을 재능이라고는 말 못한다. 그러나 그들에게는 하나같이 다른 이를 매료하고 끌어당기는 인간성이 있었다. 그러한 혈족이었다.

"군 사령부를 수긍하게 할 방법을 고안하라고 조언하려는 의도였습니다만…… 설마, 한 발짝 뛰어넘어서 폐하를 끌어들일 줄은 몰랐습니다. 솔직히 놀라는 중입니다."

지오니스 옆에서 마이크로토프가 어이없다는 감정과 놀란 감정이 혼합된, 처음 보는 표정을 지었다.

──어제 들은 마이크로토프의 충고와 조력을 구한 오르페의 발안을 합친 결과, 빌헬름은 『검성』 테레시아의 칭호를 박탈하고자 대승부에 나섰다.

그러기 위해서 지오니스를 꼬드겼으며, 그를 통해서 실현한 것이 이 연병장에 모인 전사들—— 그들과의 결투가 선보이는 증명 행위였다.

"그래, 어디 보자꾸나, 트리아스. ——그대 홀로 왕국군의 정병을 모조리 쓰러뜨린다. 이를 달성하면 그대는 『검성』을 검으로 넘어서며 왕국군의 주력마저 단독으로 넘어선다는 사실을 증명할 수 있다. 『검성』은 왕국군에 불필요하다는 사실을, 자신의 검으로서!"

——그것은 지독하게 어이없는 결론이었다.

한사코 검 한 자루만으로 가능케 하는 증명. 그쪽을 파헤친 끝에 도달한 결론이다.

하지만 자기 방 발코니에 숨어 들어온 빌헬름의 탄원에, 식전에서 『검성』과 『검귀』의 정분을 지척에서 보았던 국왕은 웃으며 과인에게 맡기라고 가슴을 두드렸다.

그리고 현재, 연병장에는 내전 종결을 축하하는 식전 때문에 모인, 친룡왕국 루그니카에서 가장 강한 전사들이 집결해 있다.

그들을 전부 쓰러뜨려 『검성』의 존재를 『검귀』의 무력으로 지워 버리겠다.

테레시아의 검, 그녀가 『검성』으로 있을 곳을 모조리 빼앗아 베어 버리겠다.

——그녀가 그저 미소 지으며 꽃을 보듬는 평범한 여자이면 족하다고 증명하고자.

"——받거라, 트리아스!"

지오니스가 마이크로토프에게서 건네받은 검을 소리 지르며 눈 아래로 던졌다. 빌헬름은 회전하는 그 검을 잡고 뽑아낸 성검의 칼끝을 정병들에게로 겨누었다.

둔탁하게 칼끝이 번들거리고 솟구치는 검기가 연병장을 에워싸며 이 자리에 전장이 성립됐다.

"그럼 시작하라. ——과인이 몸소 『검귀연가』의 참관인이 되겠다."

관람석에서 국왕이 개전의 불씨를 당기는 말을 던졌다.

순간, 빌헬름은 발을 내디디고 전진했다. 적세를 향해 단숨에 베고 들어간다.

이를 요격하듯 보르도 측도 전진. 인정사정없는 투지가 일제히 밀어닥친다.

"흐으으으아아아아아아——!!"

짐승처럼 포효하는 빌헬름의 검격이 집단 한복판에 꽂혔다.

12

——딱히, 처음부터 당부를 어기려고 마음먹은 건 아니었다.

테레시아는 테레시아 딴에 상당히 숙고했다. 빌헬름이 신경 쓰인다. 무지무지 신경 쓰인다. 솔직히 생각하면 생각할수록 좋아진다.

그 사랑하는 마음이 크면 클수록 자기 눈이 안 닿는 곳에서 그가 뭘 하고 있을지 불안하고 걱정되고 무서워서 견딜 수 없었다.

또 두고 가 버리는 게 아닐까. 그런 공포가 항상 테레시아를 괴롭히고 있었다.

"아마, 왕성에 있……겠지."

어젯밤 대화와 오늘 아침의 배웅에 나눈 대화를 감안하면 틀림없으리라. 반대로 왕성에 없으면 없는 대로 놀랄 것이다.

그렇기에 그냥 확인만 할 뿐이라면, 지금부터 성에 가면 그만인데.

"하지만 오지 말라고 그랬고. ……그치만 그래도 걱정되는데."

이미 나갈 옷으로 갈아입었고, 남은 건 현관을 나설까 말까뿐인 지점까지 와 있었다. 그런데도 마지막 결심이 서지 않아 테레시아는 외출하지 못하고 있었다.

벌써 여기서 약 한 시간은 끙끙 앓고 있었다. 자칫하면 이대로 빌헬름이 돌아올 때까지 마냥 고민만 할 것 같지만——.

"——그으—건 살짝, 심심한 결과가 될지도 모르니이— 말이지."

"어?"

놀라는 소리를 낸 테레시아가 고개를 들었다. 한창 고민 중이었다고는 해도 테레시아가 기척을 깨닫지 못하는 상대는 예사 인물이 아니다.

그러나 이번 놀라움은 그 사실보다는 상대 목소리를 들은 기억이 있다는 이유 쪽이 더 컸다.

그건 며칠 전, 빌헬름과 재회한 식전 아침에 들은 목소리였다.

"요오—. 며칠 만에 보는걸. 건강하게 지냈어어—?"

남색 머리의 여성이 눈앞의 활짝 열린 문에 등을 기대어 미소를 보내고 있었다. 그 좌우의 색이 다른 두 눈과 정체가 모호한 미모는 낯이 익었다.

그와 동시에 테레시아 안에서 고민의 씨앗 중 하나가 싹을 틔우고 꽃을 피웠다.

"당신은…… 혹시, 로즈월 씨?"

"이런, 네게는 이름을 안 밝혔을 텐데—. 그 친구가 나에 대해 자세히 설명했으리란 생각도 안 들고, 어떻게 알아차렸지?"

"왠지 그냥…… 당신이 그런가 싶어서. 여자의 감이죠."

"오호라."

테레시아의 답변을 듣고 여성—— 로즈월이 얇은 입술을 혀로 축였다. 한쪽 눈을 찡긋한 로즈월이 노란 눈으로 주시하자 테레시아는 자세를 바로 했다.

"음, 저기, 저희 집에 어쩐 용무이신가요? 빌헬름이라면 없는데요."

"그렇게 맞상대하려 들지 않아도 괜찮아. 난 진즉에 그 친구에게 차였거든. 그 친구는 네게 홀딱 빠졌어. 그 마음을 의심할 필요는 없어."

"따, 딱히 의심 안 했어요. 사랑받는다는 사실에는 자신이 있어요."

테레시아는 가슴을 펴고 말대꾸하자마자 실언이었을지도 모르겠다는 생각에 얼굴이 어두워졌다.

로즈월은 빌헬름에게 차였다고 말했다. 그런 그녀에게 빌헬름과의 관계를 당당히 자랑하는 건 무신경한 짓이 아닐까.

"뭘, 신경 쓸 필요는 없어. 그 마음은 소중히, 쭈―욱 품고 있으면 돼. 그게 언젠가 중요한 사실로 이어지는 열쇠가 될 거야."

"……당신은, 무슨 말을 하고 싶어서 여기 온 거죠? 그냥 축복하러 와 준 거라면 차와 과자를 대접하고 싶은데."

"그런 용무가 아니란 거야 너도 알고 있을 테지. 나는…… 뭐어― 마지막 오지랖을 떨러 온 것쯤 되지."

그렇게 말한 로즈월이 어깨를 으쓱하고 익살스럽게 웃었다.

"―――."

그러나 테레시아에게는 그녀의 그 미소가 왠지 쓸쓸하고 허무한 것으로 보였다.

――왜 그런 식으로 느꼈는지, 그 이유는 알 수 없었지만.

13

연병장에 투기가 미쳐 날뛰고 칼부림은 무시무시한 열파로 변모해 대기를 태웠다.

"큭―!"

한 줄기 바람이 된 빌헬름은 농밀한 검압을 미끄러지듯이 뚫고 나가 적에게로 잇따라 검격을 갈겨 정예를 전투 불능으로 몰아넣었다.

――단 한 명의 『검귀』에 맞서서 모인 정예의 수는 마흔에 육박한다.

누구나 강자로서 저명한 걸물뿐이라, 검기가 꽂힐 때마다 온몸의 피가 끓어오르며 마음속에서 짐승이 포효를 터트리는 걸 느꼈다.

어처구니없는 조건이라고 웃으려면 웃어라. 하지만 그 조건을 증명해야만 했다.

만부부당(萬夫不當)의 조건을 달성해야만 왕국에 너무나 큰 힘을 포기할 결단을 강요할 수 있으니.

"카아아악——!!"

몸을 흔들어 창격을 코앞에서 회피하며 맞찌른다. 충격에 뒤로 꺾인 몸통을 발로 후려 차고, 반동으로 뒤로 크게 뛰어 한 호흡 폐를 부풀렸다.

산소가 피에 돌고 온몸에 활력을 채워 손발이 살아난다. 더 싸울 수 있다. 아직 더 할 수 있다. 이 정도로는 『검성』을 망각하게 할 전과에 한참 모자라다.

"막아봐라, 왕바보 자식——!"

"————."

기는 것만 같은 자세의 빌헬름을 노린 보르도가 전투도끼를 옆으로 후려쳤다. 바람을 때려죽일 타격이 짓쳐들자 빌헬름은 도끼질에 맞추어 회전했다.

스치는 바람에 통증이 퍼졌다. 하지만 생겨난 틈을 찌른다. 크게 휘둘러 빈틈을 보인 보르도의 몸통에 빌헬름은 검을 곧게 내질렀다. 그러나——.

"그림, 이 자식!!"

끼어든 큰 방패에 검격이 튕겨 나오자 빌헬름이 전우의 방해에 언성을 높였다.

제대로 하길 바랐으니 당연하지만, 그들 또한 전력으로 빌헬름에게 대항하고 있다.

테레시아의 심정, 빌헬름의 마음. 그걸 알아도 결코 힘은 빼지 않는다. 그 마음을 알아주기에 그들의 입회는 더더욱 진지하다.

"_____."

생각은 번갯불처럼 내달리고 팔다리는 몸에 밴 검격이라는 동작을 수행한다.

눈 깜빡할 새에 세 번 휘두른 칼날이 그림을 엄습했다. 두 번은 방패로 막았지만 세 번째는 따라붙지 못해 일격을 얻어맞고 신음과 함께 땅에 거꾸러졌다.

──한 명, 이제 한 명 남았다.

"_____."

빌헬름은 날아간 그림을 흘긋 쳐다봤다가 검을 고쳐 쥐고 보르도와 마주했다.

마흔에 이르던 정예는 이미 『맹견』 보르도 체르게프밖에 남지 않았다.

"트리아스……!"

팔을 부여잡은 캐럴이 마지막 일대일 대결의 광경을 이를 갈며 지켜보았다.

장검이 부러진 캐럴은 이미 전선에서 탈락했다. 그녀 주위에는 비슷하게 탈락한 전사들 다수가 마른침을 삼키며 결말을 기다리고 있었다.

　──『검귀』의 무시무시한 실력. 그 무력과 마음에 속수무책으로 패배했다.

　분하다. 정녕 분하다.

　그럴진대 캐럴은 안도와 환희를 느끼는 자기 자신을 깨달았다.

　"결국, 너란 말이지……."

　테레시아를 웃게 할 수 있는 것도, 테레시아의 소원을 이룰 수 있는 것도.

　테레시아를 위해 누구보다 강하게 있을 수 있는 것도 결국 빌헬름뿐이다.

　──그 사실이 억울한데, 그런데도 기뻐서 못 견디겠으니 역시 분했다.

　"간다, 빌헬름."

　"──오라고, 보르도."

　주고받는 말은 짧고, 공방은 그보다 더 짧게, 찰나에 결판났다.

　찢어지는 기합과 함께 도끼창을 쳐든 보르도가 간격을 좁히며 내리찍는다. 대지를 부수는 장렬한 일격을 『검귀』가 피하고 나서 짓밟아 움직임을 못 박았다.

　반격이 봉인된 보르도가 사납게 웃었다. 그 순간, 은빛 섬광이 뻗치고, 꿰뚫었다.

　충격음이 연병장에 드높이 울려 퍼지고 거구는 검격 앞에 번쩍 튕겨 나갔다.

날아가다 흙먼지를 피우며 땅바닥을 구르는 보르도. 이윽고 구르는 기세는 멈추고 팔다리에 힘이 빠진 그가 하늘을 우러르며 얼굴에 손바닥을 짚었다.

그리고——.

"——아아, 제길! 졌다, 졌어! 완패다, 왕바보 자식! 아아, 빌어먹을······!"

성에 모인 정예, 그 마지막 한 명으로서 당당히 『검귀』에게 패배했음을 표명했다.

——이 순간, 『검귀』의 무력은 어엿하게 증명된 것이다.

14

땅에 쓰러진 검사, 무릎을 꿇고 움직이지 못하는 그림, 대(大)자로 드러누워 껄껄 웃고 있는 보르도와 분하게 얼굴을 숙인 캐럴. 빌헬름은 그들을 바라보다가 길게 숨을 내뱉었다.

흐트러진 호흡에선 피 맛이 나고, 직격도 받지 않았는데 온몸은 묘하게 쑤셨다. 전의와 검압의 부담은 심상치 않아서 심신이 깎여 나가는 전투를 끝낸 『검귀』는 관람석을 올려다보았다.

그리고 결판을 지켜본 지오니스에게로 승리를 헌상하듯 성검을 쳐들었다.

"음! 훌륭했노라, 트리아스! 그대의 무력과 마음, 확실히······ 음음?"

눈 아래 펼쳐진 광경에 찬사를 읊으려던 지오니스의 표정이

구겨졌다. 그 반응에 빌헬름은 눈썹을 찌푸리고, 국왕의 시선을 따라 뒤쪽으로 고개를 돌렸다.

그곳에서 있을 리 없는 사람을 발견한 빌헬름은 눈이 휘둥그레졌다가 신음했다.

"이건…… 뭐 하던 거야? 빌헬름."

연병장 입구에, 빨강 머리 여자── 테레시아 반 아스트레아가 서 있었다.

그녀의 파란 눈이 연병장의 참상과 쓰러진 무수한 전사들을 보고 곤혹감에 일렁거렸다. 사정은 모르겠다. 다만 예사롭지 않은 무슨 일이 일어났다는 것만은 알 수 있는 광경이다.

"……아스트레아, 당대의 『검성』이여. 거기 사내는 그대를 왕국군에서 제명하는 걸 바라고 짐에게 직소했느니라. 검으로써 『검성』이 있을 자리를 **빼**앗아 그대의 제명을 요망하겠다며."

"지오니스 폐하……! 빌헬름, 저 말씀은 사실이셔?"

말문이 막힌 빌헬름을 대신해 지오니스가 경위를 설명했다. 테레시아는 국왕의 존재에 순간 놀랐지만 이내 빌헬름에게 진위를 물었다.

부채감을 지우지 않기 위해서 가능하면 이 사실은 그녀에게 비밀로 하고 싶었는데.

"그래. 사실이야."

"그래서, 이런 식으로 다들…… 캐럴까지."

수긍한 빌헬름의 말에 테레시아는 참전자 중에서 자신의 시종을 찾아내고 놀랐다.

캐럴은 마치 나쁜 짓을 한 게 들통난 표정으로 동요하며 고개를 떨어뜨렸다. 다른 관계자들도 하나같이 어색한 표정으로 『검성』과 『검귀』의 대화를 멀찍이서 보고 있었다.

빌헬름도, 테레시아의 다음 반응을 예측할 수 없어 움직이지 못했다.

화낼까, 때리려 들까. 적어도 쌍수 들며 기뻐할 리는 없으리라. 자기가 모르는 곳에서 크나큰 문제가 정리됐다고 좋아할 그녀가 아니다.

따라서 빌헬름은 아마도 테레시아는 화낼 거라고 예측했다. 그리고 그 예측은 절반만 맞았다. 실제로 테레시아는 화냈다. 단——.

"——폐하, 왜 이런 못된 장난을 하신 거죠?"

"뭐?"

허리에 손을 짚고 테레시아가 머리 위에다 물었다. 그 분노가 향한 곳은 멋대로 행동한 빌헬름도, 가담한 캐럴과 다른 사람들도 아니라 관람석의 지오니스 쪽이었다.

불경하다고 간주할 수도 있는 그 발언에 지오니스는 빈정 상하기는커녕 테레시아의 노기에 쓴웃음 짓고 자신의 금발에 손을 짚었다.

"아니, 그게 참. 과인도 미안하다 싶긴 했다. 단지 그대의 남편이 너무나 진지한 바람에, 그만 과인도 넘어가서 말이다……."

"폐, 폐하! 아직 남편이 아녜요! 그런 말씀, 참, 아유!"

"……테레시아?"

묘한 대화 흐름에 빌헬름은 얼굴이 빨간 테레시아를 불렀다. 그녀는 "네헤!" 하고 괴성으로 대답하고 허둥지둥 돌아보았다.

그 얼굴은 여태까지 본 것 중에서도 최대급으로 붉었다.

"아니, 아니야. 이건 저기, 폐하께서 하달하신 말씀을 제대로 못 전한 내가 잘못한 건데, 폐하께도 문제가 있어서⋯⋯."

"알기 쉽게, 처음부터, 설명해."

"응, 그게, 저기, 있지? 빌헬름이, 저기, 날 『검성』이 아니게 해 준 건 엄청 기뻐. 정말로, 기뻐. 그런데⋯⋯ 그 문제, 해결돼 있었거든."

손가락을 맞댄 테레시아가 더듬더듬 벼락 같은 발언을 던졌다.

생각도 못한 말에 빌헬름은 경악하고 마찬가지로 사정을 모르던 연병장의 다른 이들도 잇따라 놀란 소리를 질렀다. 넋이 나가고 아연실색하는 사람이 속출했다.

테레시아가 그런 수많은 반응에 쓴웃음 짓고 있을 때, 빌헬름은 침묵한 채로 다가붙었다.

"저, 저기, 빌헬름⋯⋯ 씨?"

"자세히 설명해."

"⋯⋯실은 식전 끝나고, 폐하랑 말씀 나눌 적에 말씀하시더라. 나, 나랑 빌헬름의 대화가 폐하께는 들리신 모양이라, 그래서."

"내전도 끝났지 않느냐. 『검성』은 충분히 왕국에 봉사했다. ──사랑하는 두 남녀를 가르는 고약한 짓을 어찌 할까."

설명을 도중에 넘겨받은 지오니스가 옳다고 연방 끄덕였다. 빌헬름은 그 뒤에서 마이크로토프만이 전혀 놀란 눈치가 없다는 사실을 깨달았다.

아마도 마이크로토프만은 처음부터 사정을 알던 게 확실하다.

"그래서 제가 말했잖습니까. 잘 대화해 보라고 말이지요."

빌헬름의 시선에 항의가 어리자 마이크로토프가 시치미 떼는 표정으로 말했다.

그 말에 빌헬름은 이번에야말로 힘이 쭉 빠져 자업자득의 괜한 피로감에 주저앉았다.

"아, 빌…… 꺅."

테레시아가 주저앉은 빌헬름을 부축하려다 도리어 팔이 잡아끌려 그의 품속에 들어가고, 둘은 그대로 땅바닥에 같이 앉았다.

씩씩한 팔에 껴안긴 테레시아는 깜짝 놀라 눈을 떴다.

"우— 또 땀 냄새 나. ……빌헬름은 항상 이 냄새가 나더라."

"넌 꽃처럼 달콤한 냄새가 나는군. 식전 때도 한 생각이지만."

"그거야, 당신의 꽃녀인걸."

예쁘게 미소 지은 테레시아가 빌헬름의 품속에 깊이 몸을 묻었다.

이대로 내내 그녀를 껴안고 있는 것도 한 재미지만——.

"아— 서로 사랑하는 것도 좋다만, 뭔가 까먹고 있는 게 아니더냐, 아스트레아."

"어, 아, 와, 넷! 무슨 말씀이신가요! 폐하!"

사람들 눈앞이라는 사실을 떠올린 테레시아가 펄쩍 뛰듯이 일어났다. 당황해서 자세를 바로잡는 테레시아의 모습에 지오니스는 희미한 쓴웃음과 함께 손을 내저었다.

"과인이 그대를 『검성』의 역할에서 물리고자 내놓은 조건 말이니라. 기억하고 있으렸다?"

"아, 으……."

국왕의 확인에 테레시아는 아픈 곳을 찔린 표정으로 신음했다.

조금 전부터 틈틈이 보이는 그녀의 반응에 빌헬름도 무거운 허리를 들어서 나란히 섰다.

"왜 그러지? 무슨 까다로운 주문을 들었어?"

"어―응, 그게, 있지……."

"너한테 어렵다면 내가 대신하지. 그쯤이야 맡겨 둬."

"정말로?! 아, 잠깐 기다려. 하지만 혼자라면 어렵고, 둘이어야 해서."

반응이 미적지근한 테레시아가 빨간 얼굴로 "아―." "우―." 하고 반복했다. 그동안 주위 사람들은 『검성』의 본 적 없는 표정에 놀라기만 할 따름이었다.

날카롭게 날이 선 검사로서의 그녀밖에 모른다면 별수 없는 반응이다. 하지만 빌헬름에겐 이 사랑스러운 모습을 남의 눈에 드러내는 데에 왠지 모르게 울컥하는 기분도 있었다.

그렇기에 빌헬름은 우물거리는 테레시아의 어깨를 거머쥐고는 외쳤다.

"확실히 말해! 뭐야!"

"으――! 폐, 폐하께선 내가 분명하게, 당신 아내가 되면 『검성』 그만둬도 된대!"

"————."

기세에 눌린 테레시아가 새빨간 얼굴과 눈물 맺힌 눈으로 그렇게 자백했다.

그 내용이 고막을 때리고 뇌에 흘러들어 이해에 이르러서——목이 턱 막혔다.

쳐다보니 테레시아가 불안해하며 빌헬름을 응시하고 있었다.

"그건, 무슨……."

"즉, 폐하께선 이리 생각하신 겁니다. ——어진 아내이자 아이의 어머니가 될 여성에게 바라지 않는 검을 쥐게 하는 것은 적절치 못하다고."

관람석에 자리 잡은 마이크로토프가 넉살도 좋게 거래 조건을 요약했다.

빌헬름은 그 내용을 곰곰이 따지다가 한숨지었다. 그 한숨에 테레시아는 고개를 젓고 말했다.

"몇 번쯤 저택에서 말을 꺼내려 했는데…… 기회가 없어서."

"말다툼 벌였으니 말이지. 그래도 그렇지, 설마……."

혼인을 조건으로 테레시아를 군에서 제명할 수 있을 줄은 상상도 못했다.

과연. 루그니카 왕족은 호인이 많기로 유명했지만 그 인식은 가벼웠다.

"——흐흥, 명판결 아니더냐?"

"네, 그렇군요, 폐하. 명철하십니다."

빌헬름은 으스대는 표정의 국왕과 옆에서 뻔뻔스럽게 끄덕이는 재상 보좌를 노려보다 곁에 있는 테레시아를 돌아보았다. 테레시아는 눈을 촉촉이 적시며 조용히 대답을 기다리고 있었다.

거절당할까 봐, 멀리할까 봐 불안해하며 눈이 일렁인다. ——
어처구니없다.

"——빌헬름 아스트레아."

"……응?"

"트리아스 가문은 이제 없어. 이름을 대려면 네 성을 대야 하
잖아?"

아연실색하는 테레시아에게 빌헬름은 엷게, 정말로 가물가물
할 만큼 엷게 미소를 보냈다.

그 미소와 말에 테레시아는 커다란 눈을 더욱 크게 뜨고 되물
었다.

"받아, 주는 거야……?"

"거절당할 거라 생각했다는 사실 쪽이 더 놀랍다. 대체 뭐냐,
너……."

"그치만! 결혼이라니 너무 이야기가 급작스럽고……!"

"너 말고는 없다. 늦거나 빠르거나 관계없어."

무뚝뚝하게 내뱉자 그 말에 테레시아는 크게 입을 벌렸다. 다
음 순간, 굵직한 눈물이 하얀 볼을 타고 주르르 흘렀다.

그 반응에 빌헬름은 한숨 돌리고, 테레시아를 머리부터 가슴
에 안았다.

"날…… 당신의, 신부로 삼아 줄 거야?"

"원래부터 내 꽃녀였는데 좀 변했을 뿐이지. 불안해하지 마,
바보야."

"그런 건…… 내가 한 소리 빌린 거잖아."

테레시아는 가슴에 얼굴을 붙이고 눈도 코도 뺨도 붉은 채로 웃었다.

그 얼굴을 바라보는 빌헬름은 테레시아의 말을 빌려 쓴 것만도 아니라고 생각했다.

처음 만난 그 순간부터 그녀에게 이끌렸다. 그녀 말고 누군가를 색시로 맞이한다는 생각은 들지도 않았다.

"……빌헬름 반 아스트레아."

"뭐?"

품속에서 빌헬름에게만 미소 짓고 테레시아가 말을 이었다.

"이름을 대겠다면 빌헬름 반 아스트레아지. '반' 은, 『검성』의 가문에서 검으로 공을 세운 사람에게 내려져. ……당신은, 내게서 검을 빼앗은 사람인걸."

──빌헬름 반 아스트레아.

테레시아의 그 말에 빌헬름은 작게 콧방귀를 뀌고 대답했다.

"나쁘지 않군."

──너와 같은 성을 댈 수 있는 건.

그 말은 덧붙이지 않았다. 『검성』이 아니게 된 아내를 맞이한 『검귀』는 그저 사랑스럽게 여자를 끌어안고 반짝이는 붉은 머리를 마냥 쓰다듬었다.

『검귀연담──혼례의 날』

1

 정원에 발을 디디자마자 부드럽고 따스한 바람이 빌헬름을 맞았다.

 바람은 꽃의 달콤한 향기와 몇 장의 꽃잎을 싣고 콧구멍을 스치며 푸른 하늘로 빨려 들어갔다.

 정원은 저택 주인의 의향을 반영해 지금은 제철 꽃들이 흐드러지게 핀 꽃밭이 됐다. 크고 작은 가지각색의 꽃들이 움튼 꽃밭이지만 손질과 범위 구분은 하나하나 완벽. 멋진 풍경이다.

 화사하고 아름다우며 심지가 굳은 꽃── 그것들을 보고 있자니 문득 떠오르는 생각이 있다.

 이 꽃밭의 주인이자 지금도 꽃밭 한복판에서 꽃들을 가꾸는 그녀의 자세는, 이곳에 만발한 그 어떤 꽃보다도 더욱더 '꽃'답지 않느냐고.

 "──테레시아."

 빌헬름은 그런 내면의 감상을 일단 끝마치고 꽃밭에 선 등에다가 말을 던졌다.

그 부름에 여자가 바람에 나부끼는 빨강 머리를 누르면서 돌아보았다. 그녀의 파란 눈에 빌헬름이 비쳐들고 꽃들의 존재를 잊을 만큼 아리따운 미소가 입매를 꾸몄다.

　"──빌헬름."

　이름이 불리자 미소에 넋이 나가 있던 빌헬름은 정신을 차렸다. 그리고 순간적인 망아(忘我)를 얼버무리듯, 미소 짓는 그녀에게 손을 들며 "어." 하고 무뚝뚝하게 응수했다.

　"……방금, 돌아왔어."

　"그래, 어서 와."

　빌헬름이 퉁명스럽게 인사하지만 여자── 테레시아는 사랑스럽다는 양 눈웃음 지었다. 그 대화만으로도 빌헬름의 가슴은 따스한 감정으로 차올랐다.

　가능하면 이대로 그 온기에 마냥 잠기고 싶었지만──.

　"그래서, 이야기는 제대로 알아주겠대?"

　하지만 그 허망한 소원은 미소 지은 채로 꺼낸 테레시아의 말에 끊겼다.

　"────."

　"빌헬름?"

　물음에 얼굴이 굳은 빌헬름. 테레시아는 그 변화를 놓치지 않았다. 거듭해서 이름을 부르는 목소리에는 털어내지 못한 불신감이 서렸다. 어느덧 미소도 사라졌다.

　그 눈초리에 빌헬름은 마치 날붙이를 눈앞에 둔 기분으로 한숨지었다.

"……헛수고일지도 모르겠지만 처음부터 말해 두지."

"……헛수고일지도 모르겠지만 처음부터 들어 둘게."

"화내지 마."

"……그건 내용에 따르지 않겠어?"

미리 쳐 둔 예방선이 무효화되고 한순간 둘 사이에 침묵이 내려앉았다. 그러나 결론을 뒤로 미루는 건 성미에 안 맞는다. 빌헬름은 각오를 마치고 입을 열었다.

"가까스로 상부를 대화 자리로 끌어내서 직소했어. 이번 일은 횡포라고."

"응, 그렇지. 부당하지, 부당해. 그래서?"

"그 결과, 순찰 행정이 곱절로 늘더군. 미안하다."

"왜 그렇게 된 거야?!"

입을 쩍 벌린 테레시아가 빌헬름의 멱살을 잡고 짤짤 흔들며 다그쳤다. 빌헬름은 그 여린 팔에 휘둘리면서 겸연쩍은 표정으로 항의했다.

"그러니까 화내지 말라고 처음부터 말했는데……."

"그럼 화를 안 내겠어?! 그게! 그도 그럴 게……."

거기서 목이 멘 테레시아는 빌헬름의 가슴을 떠밀었다. 그리고 뒤로 주춤한 빌헬름을 응시하고 파란 눈을 눈물로 적시면서 외쳤다.

"──사흘 뒤는 나랑 빌헬름의 결혼식 날이잖아!!"

테레시아의 카랑카랑한 목소리에 꽃밭을 내려다보던 새들이 일제히 푸드덕 날아올랐다.

그 무수한 새의 날갯짓 소리 아래 서로 바라보는 두 남녀. ―― 그것은 파란 끝에 맺어지고 지금 역시 새로운 파란 한복판에 있는 『검성』과 『검귀』 부부였다.

2

――오래도록, 오래도록 이어지던 전쟁이 있었다. 역사는 그것을 『아인전쟁』이라고 기록한다.

친룡왕국 루그니카에서 9년에 걸쳐 이어진 내전. 『검성』으로서 검을 휘두른 한 소녀가 그것을 종결로 이끌었다.

왕국은 그 공적에 보답하고자 그녀를 영웅으로서 떠받들려 했지만, 그 처우에 제동을 건 것이 『검귀』라고 불린 한 청년의 집념과 무력이었다.

아무튼 간에 우여곡절을 거쳐 『검성』은 한 여자가 되고, 『검귀』였던 청년에게 시집가서 행복해졌다. 그리고 사람들은 두 사람을 축복했답니다――.

――라고 끝낼 만큼 세상은 평탄하게 만들어지지 않았다.

한쪽은 내전의 영웅, 『검성』의 가문에서 태어나 왕국에 검을 바친 당대 『검성』.

한쪽은 내전 중의 탈영병, 전쟁 중에 몰락한 집안 출신으로 종전식전을 망친 『검귀』.

한 번은 서훈받았던 기사의 명예를 버린 빌헬름의 처지는 혹독해서, 두 사람의 혼인에는 다양한 문제가 장애로 들어섰다.

하지만 두 사람은 그 장애물들 또한 둘의 정과 주위의 협력을 통해 가까스로 넘어서 왔다.

그리고 둘이 마침내 맞이하는 결혼식 날—— 명실상부 빌헬름과 테레시아 두 사람이 부부가 되고 온 나라에 축복받을 때를 목전에 둔 것이다.

"그런데! 중요한 신랑께서 결혼식에 결석할 것 같은데 말이죠!!"

꽃밭에서 일으킨 분노로 여전히 얼굴을 붉힌 테레시아가 저택의 융단 위에서 발을 굴렀다. 빌헬름은 그 모습을 흘긋거리며 이를 어쩌나 한숨지었다.

"아! 아—! 지금, 엄청 귀찮다고 한숨 쉬었어! 우리 둘 문제니까 빌헬름도 잘 생각해 봐! 이거 큰일이라고?!"

"한숨 하나 가지고 아주 이기려 드는군……. 그리고 귀찮단 생각 안 해. 그냥 목청 한 번 크다 싶었을 뿐이지."

"그게! 진지하게 따져보지 않는다는 증거야! 세상에 어쩜 그럴 수 있어!"

무슨 말을 하든 긁어 부스럼이라고 빌헬름도 두 손 들었다. 지금의 테레시아는 예쁘장하게 꾸민 폭발물이고, 어디를 찌르든 간에 대폭발은 모면할 수 없을 성싶다.

"모처럼 빌헬름도 기사로 복귀하고 잔소리 많은 사람들도 이해시켰는데. 왜 갑자기 결혼식 직전에 체르게프 부대에 명령이 하달된 거야? 이번 같은 일을 맡길 수 있는 사람들이 달리 얼마든지 있잖아!"

한바탕 성화를 부린 다음에 테레시아가 간신히 당초 문제로 되돌아왔다.

빌헬름은 이로써 겨우 본론으로 돌아가겠다며 팔짱 끼고 대꾸했다.

"설명했잖아. 현재 성에서 자유롭게 움직일 수 있는 부대는 많지 않아. 전후 부흥 명목으로 왕국군은 온 나라에 파견됐으니까. 왕도에 남은 치들 중에서 이번 목적에 적합할 만한 건 우리 정도뿐……. 그래서 차례가 돌아온 거지."

"그딴 소리야 당연히 듣기 좋게 꾸민 거지! 어차피 누가 해코지하느라 손쓴 거야. ……아니 그보다, 뻔히 아버지 짓이야!"

"그건 너무 억측……이라고도 말 못하나."

"거 봐! 빌헬름도 그렇게 생각하고 있잖아!"

테레시아가 손뼉을 치고 노발대발한 표정으로 뺨을 부풀렸다.

테레시아의 부친—— 벨톨 아스트레아는 현 아스트레아 가문의 당주이며, 빌헬름에게는 장인어른에 해당하는 인물이다. 테레시아와 결혼하기에 앞서 당연히 그녀의 부모와 인사를 나눈 바지만, 그때의 압박 면접은 잊기 어렵다.

압도적인 양과 기세로 쏘아내는 질문 공세와 빌헬름의 본성을 살피고 트집을 잡으려는 혹독한 추궁. 벨톨은 악인이 아니지만 테레시아를 지극히 과보호했다.

이번 일이 둘의 혼인을 방해하려는 벨톨의 획책이란 말을 들으면 그걸 홀랑 믿어 버릴 만큼은.

"그 경우, 대대로 『검성』을 배출해 온 아스트레아 가문의 위세를 부려 왕국군의 상층부를 억지로 움직였다는 뜻이 되지만 말이지……."

그렇게까지 해서 딸의 결혼을 망치고 싶으냐고 고개를 갸웃하고 싶은 심정이다.

그러나 그런 빌헬름의 생각에 테레시아가 긴 속눈썹을 살며시 내리며 말했다.

"템즈 오라버니와 카를란 오라버니, 그리고 남동생 카질레스……. 내전에서 우리 남매는 나 말고 다들 세상을 떴어. 그래서 아버지는 마지막에 남은 날 걱정하는 거야."

"_____."

"하지만 그렇다고 딸의 행복을 방해하는 건 사리에 안 맞지! 단호하게 싸워야 해!"

"그래서, 단호히 싸운 결과가 순찰 예정의 곱빼기다. 상대가 안 좋군."

"나, 나는 싸워서 채 갔으면서 아버지 상대로는 꽁무니를 빼겠다는 거야?"

테레시아가 채 갔다는 자기 발언에 얼굴을 붉히면서 도발하듯이 빌헬름을 노려보았다. 그 눈초리에 『검귀』는 미간에 주름을 새겼다.

"널 채 가는데 진지하게 나서는 거랑 장인어른을 입 다물게 하는 건 사정이 다르지. 장인어른을 쓰러뜨려서 해결된다면야 편하겠지만…….”

“우리 아버지, 검은 보통 수준……이라기보다 서투른 수준일 걸. 내 안목으론. 작은 아버지…… 아버지 동생이 내 전의 『검성』이라, 아버지가 검의 길을 포기한 시기도 빨라서…….”

“그러면 검으로 눌러 봤자 인정 안 하겠지. 그리고——.”

거기서 말을 끊고 이번에 모략을 꾸몄다고 추측되는 벨톨의 진의를 상상했다.

전쟁 통에 가문을 잃고 제멋대로 군을 빠져나가 한 번은 기사의 지위도 버린 신분이다. 빌헬름도 아스트레아 가문이 자신을 쌍수 들어 환영하리라고는 기대하지 않았다.

실제로 결혼 전 인사 자리에서도 빌헬름의 인상은 최악이며 허락도 형식적인 것이었다. 짐작건대 벨톨은 딸의 상대로 빌헬름이 어울릴지 시험하고 있다.

결혼식 직전에 휴가를 없애고, 이 처사를 따져 물으니 구속 시간이 곱절로 늘었다. 이건 용서하기 어렵다.

“——하지만 결투를 신청받은 이상, 안 받을 수는 없잖아.”

“결투라니?”

“이게 장인어른 사주가 맞으면 결투를 신청한 거나 마찬가지야. 창칼이 아니라는 데 불만은 있지만 싸우는 방식이야 저마다 다르니까. 별수 없지.”

보자니 겨룰 건 검의 실력이 아니라 테레시아에 대한 마음이 얼마나 깊으냐는 것이다.

진정 테레시아를 채 갈 맘이 있다면 이쯤이야 튕겨 내라고 말하고 싶은 것이리라.

──그걸 증명하는데 이 정도 시련으로 충분하다면 오히려 바라는 바다.

"검신에게서 가로챘잖아. 부친에게서 가로채는 것쯤이야 진작 각오했어."

"아, 으…… 저, 응……."

정면에서 응시하며 하는 말에 테레시아는 조금 전까지 터트리던 분노를 잊은 얼굴로 그저 기쁨과 함께 부끄러워 얼굴을 붉혔다.

그리고 그녀는 민망하게 눈을 내리깔고 잠시 우물거리다가 말했다.

"……사흘 뒤, 틀림없이 당신 신부로 받아줄 거라고 믿어도 돼?"

"너야말로 내 걱정보다 자기 마음 준비나 해 둬. 말해 두지만 나 외에는 그 무방비하게 빨간 얼굴 보이지 마라."

"무방비?"

자각을 못하는지 테레시아는 어리둥절한 기색으로 고개를 갸우뚱했다.

"────."

그 모습에 빌헬름은 사랑스러움이 치밀어 올라 얼굴을 찌푸렸다. 그리고 그 감정을 얼버무리듯 소녀의 이마를 난폭하게 눌렀다.

"힝."

사흘 뒤에 『검귀』의 신부가 될 『검성』이, 귀여운 비명을 지르며 뒤로 꺾였다.

3

──체르게프 부대는 『아인전쟁』 중에 용감무쌍한 활약을 펼친 것으로 유명한 『맹견』 보르도 체르게프가 이끄는 왕국군의 유격부대다.

맹장으로서 수많은 전장을 내달린 보르도는 빌헬름에게도 오래 알고 지낸 상관이며, 은인 중 한 명이기도 하다. 결코 입 밖에 내놓은 적은 없지만.

그런 체르게프 부대를 포함한 왕국군인데, 최근 내전 종결의 흐름을 따라 군 전체가 대규모로 재편성됐다. 체르게프 부대도 예외가 아니라 그 결과 여러 무훈을 세운 부대장 보르도는 출세해서 군 사령부에 자리를 잡은 장군으로 승진했다.

그 때문에 체르게프 부대의 부대장은 공석이 되고 직책은 부대 내의 서열에 따라 재편됐지만──.

"──뭐가 어떻게 잘못되면 내가 대장이 되는 건데?"

왕도 루그니카의 중심. 루그니카 왕성 성문 앞 광장── 그곳에 정렬한 백 명을 넘는 부대원을 앞두고 빌헬름은 못마땅한 표정으로 투덜댔다.

『서열에 따른 거야. 어쩔 수 없지.』

"그 서열이 이상하잖아. 내내 부대에서 빠져 있던 내가 왜 대장 자리에 임명된 거지? 감투 없이 다시 병졸부터 시작 안 하면 모범이 안 서잖아."

『식전에 제 세상 만난 듯 쳐들어와서 '검성'을 억지로 마누라 삼는 남자가, 모범?』

"시끄러. 글자인데 시끄러."

혀를 차는 빌헬름에게 그렇게 말한—— 아니, 필담으로 그렇게 전한 사람은 이 또한 안 어울리는 부관직을 받은 전우, 그림 파우젠이었다.

빌헬름과는 내전 초기부터 안면을 튼 관계이며, 목소리를 잃은 지금도 왠지 그냥 의사소통이 가능한 관계인 만큼 대장과 부관의 대화에 문제없다는 점이 화딱지 난다.

빌헬름의 불편한 입장을 그가 즐기고 있다는 점도 화딱지 났다.

"뭐, 그림 부관님의 말도 진리죠, 진리. 적어도 여기 있는 놈들은 다들 당신이 대장에 부적격이란 생각 안 합니다. 완력이든, 식전에 쳐들어가는 똥배짱이든."

"썰어 버린다, 컨우드."

"오오, 무서워라, 무서워."

그렇게 말하고 웃은 사람은 체르게프 부대의 고참병인 컨우드 멜라하우다.

전투에 남달리 뛰어난 재능은 없지만 그 처신에는 빌헬름도 한 수 물리고 있다. 전장에서나 일상에서나 눈썰미가 빠른 인간은 우대받기 마련이다.

그를 비롯해 체르게프 부대에는 2년 전, 혹은 더 이전부터 빌헬름을 아는 이들이 많다. 새 대장이라고 해도 이만큼 낯익은 얼굴들이 모이면 위엄이고 나발이고 없었다. 가장 미숙하던 시절을 아는 작자들임을 감안하면 더더욱 그렇다.

"순 아는 얼굴이고 옆에 있는 낯짝도 물리도록 봤군……. 신선함이고 뭐고 없는걸."

그들 같은 고참 부대원에 부관 그림과 새 대장 빌헬름—— 그것이 새로 태어난 체르게프 부대다. 핵심이던 보르도는 없지만 부대의 이름은 변함없다.

『그렇게 하면 옛날 같이 싸운 전우의 이름도 사라지지 않아. 안 그래?』

"죽은 판국인데 부려 먹는 거냐. 피보트의 한숨 소리가 들리는군."

비꼬는 말에 그림이 쓴웃음 짓는다. 빌헬름은 그 모습을 거들떠보지도 않고 줄지은 대원 앞에 섰다.

지금부터 체르게프 부대는 왕도를 떠나 인근 마을을 순찰한다. 목적은 내전 때문에 악화된 치안의 개선, 혹은 내전 종결 뒤의 북새통을 틈타 악행을 꾀하는 패거리에 대한 견제다.

내전 중과 비교하면 별것 아닌 평화로운 임무다. ——그러나 체르게프 부대 대원들의 표정은 뻣뻣하고 눈은 성실이란 이름의 불길로 타올랐다.

"순찰이 행정표대로 진행되더라도 거의 꼬박 사흘……. 대장님과 테레시아 님의 결혼식 당일에나 돌아갈 수 있어. 솔직히 갑자기 순찰 예정이 추가됐을 때, 상부가 정신 나간 줄 알았지."

"이번 임무, 리파우스 가도에서 얼마나 시간을 단축할 수 있느냐가 관건이군. 전원, 『바람막이의 가호』에서 벗어나지 않도록 거듭거듭 주의해라."

"만약 도중에 지룡이 뻗으면 안타깝지만 그놈은 버리고 가. 발목 잡는 놈은 이번 임무에 필요 없다. ——그놈도 그러길 바랄 거다."

"암, 그렇지. 나한테 무슨 일이 있어도 절대로 돕거나 하지 마……!"

옆에 있는 부대원과 말을 나누며 각자 면밀하게 협의까지 하는 마음가짐이었다. 그 작태에 빌헬름은 눈썹을 찌푸렸다. 저들은 왜 이렇게나 진지한 거냐고.

결혼식에 시간을 맞추어야 하는 건 사실이지만 그건 어디까지나 빌헬름의 개인적인 사정에 불과하다. 궁극적으로는 그들과 관계없을 텐데——.

"——그만큼 이번 일은 다들 신경 쓰고 있단 뜻이다."

생각에 잠긴 빌헬름의 귀에 친숙하고 걸걸한 소리가 날아들었다. 그 목소리에 돌아보자 왕성 쪽에서 우락부락한 얼굴의 거구가 걸어오고 있었다.

파란 머리를 네모지게 깎은 우람한 거한—— 보르도 체르게프다.

"너도 이제 좀 주위를 살피는 법을 익혀. 앞으로는 부대장이고 남편도 되잖아. 자기 생각만 하면 그만이란 입장에서 벗어난다고."

웃음과 함께 느닷없이 치고 들어온 보르도의 말에 빌헬름은 과장되게 어깨를 으쓱였다.

"갑자기 튀어나왔다 싶더니 뭐야. 바쁘다며?"

"와하하하. 물론 바쁘지. 하지만 새로 태어난 체르게프 부대의 첫 임무다. 전임 대장으로서 배웅 정도는 해야지 체면이 서는 법 아니겠나."

굳셈 그 자체인 목소리로 웃으며 보르도는 빌헬름의 어깨를 때리듯 토닥였다. 그 충격에 『검귀』가 휘청거릴 때, 거구는 "그리고 말이다." 하고 목소리를 죽였다.

"이번 일, 횡포로 여기는 건 대원만이 아니고 나도 의견이 같아. 『검성』과 『검귀』의 혼인인데 그 일정을 상부가 파악 못했을 리가 없어. 수상쩍더군. 조심해라."

"여전히 너한테 그런 충고 듣는 건 익숙지 않은데."

"입장이 입장 아니냐. 나도 머리를 써먹게 될 만도 하지. …… 그리고 네가 전날 추천한 말주변 좋은 남자가 의외로 쓸 만했거든. 강짜 부려 감옥탑에서 꺼내길 잘했더군."

"아아, 오르페 말이군. 질 나쁜 결혼 사기꾼이지만, 아무튼 잘 써먹어 봐."

보르도가 화제로 꺼낸 인물은 전에 빌헬름이 감옥탑에서 안면을 튼 사기꾼이자 테레시아 관련의 문제 해결에 조언해 준 협력자이기도 한 남자다.

은사 받는 데 조언하겠다고 약속한 사항도 있기에 보르도에게 쓸 만한 남자라고 보고해 두었는데, 생각 외로 정말 도움이 된 모양이다.

"그렇게 눈치 빠른 놈이 있으면 편하지. 언젠가는 놈과 같은 일을 하는 집단을 조직해도 괜찮을지 모르겠어. 그 경우, 이름은 놈을 따라서 『일구육언』이겠군."

"그래서, 그 말 많은 게 자랑인 남자를 부려서 뭔가 알아냈고?"

"자세한 건 못 알아냈다. 하지만 이번 일은 너희 결혼을 좋게 여기지 않은 누군가의 방해겠지. 짚이는 곳은 있나?"

"……두통이 올 만큼은."

그게 신부의 부친이라고는 아무리 빌헬름이라도 말 못 했지만, 의혹은 거의 확신까지 깊어졌다고 생각해도 될 성싶은 상황이다.

그 대꾸에 보르도가 눈썹을 모으자 빌헬름은 "신경 쓰지 마." 하고 고개를 저었다.

"먼저 건 싸움이야. 이길 각오도 있어. 걱정할 필요 없어."

"이기고 지는 문제인가? 잘 모르겠지만, 잘 알았다."

사소한 곳에 집착하지 않는 결단력은 보르도의 무기이고 매력이다. 실제로 보르도는 곧장 "애써라." 하고 빌헬름과의 대화를 접은 뒤 부대원들을 다독이고 다녔다.

『대장님다운걸.』

"전 대장이지만, 동감한다. ……나 원 참, 보르도 직성이 다 풀리면 출발하지."

빌헬름은 소리 없이 웃은 그림의 필담 종이를 밀어내고 성문

쪽으로 뒤돌아서 올려다보았다.

부대의 총원은 백 명을 넘고 이를 태우는 용차도 스무 대 가깝다. 문 앞에 주욱 세워 놓으면 성의 경비병들도 마음 편치 않을 것이다. 보르도의 격려가 끝나는 대로 곧장 출발하자. ——빌헬름이 그렇게 생각했을 때였다.

"——빌헬름!"

성문 저편에서 이름 부르는 소리에 빌헬름이 눈을 부릅떴다. 쳐다보니 한 여자가 잔달음질로 숨을 헐떡이며 언덕 위에서 모습을 보이는 중이었다.

"테레시아? 왜 성에."

"다행이다! 아직 출발 안 해서 한숨 놨어."

테레시아는 놀라는 빌헬름을 아랑곳하지 않으며 성문의 경비병에게 묵례하고 광장에 들어왔다. 왕성 경비의 요체인 성문이 쉽사리 돌파당한 순간이었다.

"······그야 얼굴은 알겠지만, 퇴역한 여자한테 문지기가 이래도 되는 거냐."

"문 경비분하곤 완전히 친해졌는걸. 빌헬름보다 오히려 내가 저 사람들을 자주 봤다고 말할 수도 있겠더라."

그렇게 말한 테레시아가 눈앞에서 윙크하고, 빌헬름은 그녀를 미심쩍은 눈길로 쳐다보았다.

일단 저택을 나서기 전에 작별 인사는 마쳤다. 사흘 뒤의 결혼식까지 반드시 돌아가기로 맹세하고 미련이 남지 않도록 재빠르게 끝냈다. 그런데 이래서야 다 허사다.

이별에 시간을 들이면 들일수록 떨어지기 어려워진다. 그 부분에서 이 여자는 사랑받는다는 자각이 부족할지도 모르겠다.

"요거 봐. 빌헬름. 또 미간에 주름이나 잡고. 그거 그만두라니깐."

"……이건 너 때문이다."

"왜 내 탓? 엄청 뜬금없거든요. 아차차, 그런 것보다……."

테레시아는 미간에 주름을 잡은 빌헬름에게 뒷짐 지고 숨기던 뭔가를 내밀었다. 받아 든 그것은 밝은 노란색 꾸러미에 싸인 상자였다.

"이건?"

"멀리 나가는 당신을 위해 만든 거야. 사, 사, 사, 사랑, 사랑이 담긴 도시락 있잖아?"

"멋쩍어서 더듬거릴 정도라면 말을 마."

빌헬름은 도중부터 얼굴이 새빨개진 테레시아를 꼬집고 꾸러미의 무게를 확인했다. 급조한 것 같지 않은 중량감에 썩 나쁘진 않다며 내심 고마웠다.

꾸러미의 내용물은 물론이거니와, 이걸 만들어서 가져와 준 마음씨가 기쁘다.

"그래서, 저기, 뭔가 할 말이 없사와요?"

"할 말?"

"그―러―니―까, 그 왜, 일부러 만들어서 들고 와 줬잖아? 재치 있는 인사라거나."

"재치 있는 인사라. ――너라고 생각하며, 잘 씹어 먹지."

"어어어, 미묘해……!"

좀 고심한 결과였는데 테레시아의 반응을 보자니 실패한 모양이다.

아무튼 기쁘다는 말은 사실이다. 그 기분은 그녀에게도 전달된 듯 테레시아는 요령 없는 빌헬름의 대답에 살며시 쓴웃음 지었다.

"뭐, 별로 기대 안 했으니까 상관없지만. 딱히 상관없거든요. 난 순수하게 도시락만 받아 주면 그걸로 충분."

"그런가. 그래서, 왜 또 갑자기 사랑이 담긴 도시락 같은 걸 줄 맘이 든 거지?"

"선뜻사랑이라고그랬어선뜻사랑이라고그랬어선뜻그랬어……!"

표정만이 아니라 안색도 곧잘 변하는 아가씨다. 빨개졌다가 파래졌다가 하얘졌다가 바쁘기도 한 테레시아는 거기서 "어흠." 하고 헛기침했다.

"그 왜, 군의 식사는 맛없는 게 많잖아? 체르게프 부대는 남자들뿐이니 어차피 이동 중의 식사도 대충 하겠다 싶어서 그나마 저항한 거랍니다."

"식사 당번이라면 그림이 있어. 그리고 요리 정도야 나라도 할 수 있다."

"그림 혼자에게 백 명분의 부담을 어떻게 지워. 그리고 빌헬름의 속까지 홀랑 태운 고기나 삶기만 한 야채는 요리라고 인정 못 해."

"음……."

"아무튼 뭔가 해 주고 싶었어. 당신이 결혼식에 제때 올 수 있게, 조금이라도 건강할 수 있게, 가능한 일이라면 뭐든지……. 그뿐! 이었답니다."

마음 씀씀이가 헛돈 것을 깨달은 테레시아는 도중에 시선을 피하고 있었다. 그렇기에 그녀는 그 직후 빌헬름의 눈빛이 변하는 것을 놓치고 말았다.

"＿＿＿＿."

그 순간, 그녀의 기특한 마음씨에 제정신을 잊고 껴안으려는 충동을 가까스로 버텨냈다.

위험했다. 장소가 장소에다, 입장이 입장이다. 모범이 안 선다는 수준이 아니다. 전에는 마음에도 두지 않던 굴레가, 지금은 빌헬름의 충동적인 행동을 타박했다.

그에 도움받았다고도, 방해받았다고도 할 수 있는 복잡한 기분이긴 하지만.

"역시, 출세한다는 건 변변치 못한 일이군……."

"그래? 난 빌헬름이 여러 사람에게 인정받는 거, 기쁜데."

"너, 일부러 그러는 거냐?"

"＿＿？"

어리둥절. 자각 없이 귀여운 테레시아의 언동에 빌헬름은 어깨를 축 떨어뜨렸다. 그리고 『검귀』는 문득 주위가 자신들에게 보내는 눈초리를 너무나 늦게 깨달았다.

이미 보르도의 격려는 끝나고 대원들은 모두 둘의 대화를 구경하고 있었다. 그 『검귀』와 『검성』의 흐뭇한 대화를, 실로 즐겁게.

"……뭐야, 너희."

"아뇨, 아뇨. 그냥 아쉽다는 생각은 들지만 슬슬 출발 호령을 내릴 시간 아닐까 해서요. 사모님과의 달콤한 한때는 임무를 마치고 혼례를 치른 다음에 합시다. 홀몸인 대원에겐 벅찹니다."

"사모님이라니, 어떡해……. 아직 성급한데……."

컨우드의 넉살에 부대 내에 웃음이 빵 터졌다. 웃음거리가 된 빌헬름은 불만스럽게 혀를 찼지만 붉어진 뺨에 손을 짚은 테레시아는 마냥 싫은 눈치도 아니었다.

그러나 그 뒤에 테레시아는 작게 숨을 내쉬고 나서 체르게프 부대 앞으로 나섰다.

"음, 저, 출발 전에 시간을 빼앗아서 미안해요. 그리고 이렇게 여러분을 배웅할 날이 올 줄은 몰라서, 이래도 되나 했는데. 그 것도 왠지, 미안해요."

"_____."

쑥스러움과 죄책감, 그 감정이 뒤섞인 테레시아의 웃음에 대원들이 침묵했다.

테레시아와 체르게프 부대는 불과 3개월 전까지 내전에서 함께 싸운 전우였다. 군의 원정에는 그녀도 동행해 최전선에서 누구보다 과감하게 검을 휘두르는 『검성』이었던 것이다.

그런 테레시아가 왕도에 남고 체르게프 부대는 순찰하느라 원정을 나간다. 그것은 내전 중에는 있을 수 없던 광경이어서, 테레시아는 혼자 빠진 심정일지도 모른다.

하지만——.

"힝."

"사과할 필요가 어디 있냐, 바보. 이게 당연한 거지."

빌헬름은 테레시아의 머리를 뒤에서 치고 그녀보다 앞으로
나섰다. 머리를 문지르는 테레시아의 항의가 튀어나오기 전에
『검귀』는 세게 발을 굴렀다.

그에 맞추어 체르게프 부대의 대원도 땅을 구르고 정연하게
자세를 잡았다.

"——와."

"싸우는 것도 지키는 것도, 기사의 소임이다. 말했을 텐데, 테
레시아. 너는 나나 이놈들 뒤에서 꽃이라도 만지며 놀아. 그게
민간인의 소임이다."

"전업주부, 쪽이 그럴싸하지 않습니까, 대장님."

『말 멋지네.』

컨우드와 그림이 다시 헤살을 놓자 부대에 와락 웃음이 터졌다.

빌헬름도 쓸쓸하게 웃고 테레시아는 큼직한 눈을 동그랗게 떴
다.

"————."

그 파란 눈에 한순간만 위태로울 만큼 눈물이 고였다. 하지만
테레시아는 그것을 허둥지둥 소매로 닦고는 꽃이 피는 듯한 웃
음을 꾸몄다.

『검귀』 빌헬름도 역전의 용사들도 일제히 넋을 잃을, 어여쁜
웃음이었다.

그리고 그 웃음을 지은 채로 테레시아는 크게 고개를 숙이고.

"고마워요. ──여러분, 우리 빌헬름을 잘 부탁드려요!"

그렇게 매듭지으며 출발 전의 마지막 말로 삼았다.

4

"와하하하! 우리 빌헬름이란 말은 멋지더군, 테레시아 아가씨. 최고의 배웅 인사였소. 저놈도 마침내 목줄을 찼다고 생각하니 감개무량해."

"목줄이라니 당치도 않아요. 그리고 쉽게 묶거나 잡아 둘 만한 사람이 아니거든요. 꼬옥 잡혀 있는 것도 제가 아닐까 싶은데."

"자각을 못하는 것도 죄 많은 노릇이군. 그래야지 『검귀』의 부인을 해 먹을 수 있나."

체르게프 부대의 출발을 배웅하고 광장에 남은 테레시아와 보르도가 그런 대화를 나누었다.

이 둘의 관계도 역시 내전을 함께 헤쳐 나온 전우라고 할 수 있다. 출세해서 전선으로부터 물러난 보르도와 퇴역한 테레시아. ──입장에도 비슷한 점이 많다.

"보르도 님도 빌헬름 일행을 배웅하면 쓸쓸해요?"

"쓸쓸하단 말은 참 귀여운 표현이군. 근지럽긴 하지. ……아니, 맘 편하게 녀석들과 같이 뛰어다닐 입장에서 벗어난 건 역시 쓸쓸한 기분이 강할지도 모르겠어."

보르도는 도끼창을 들지 않은 두 손을 내려다보며 어조를 살짝 낮추었다. 하지만 그는 바로 두 손을 움켜쥐었다.

"하나 전장이 바뀌더라도 나는 나요. 젊어진 게 있지. 내가 상부로 가기를 기대하는 이도 있었지. 흠모와 기원을 받는 건 행복한 거야. 테레시아 아가씨가 빌헬름에게 바라듯이."

"그건…… 네, 저도 그렇게 생각해요."

테레시아는 전우의 말에 수긍하고 빌헬름 일행이 사라진 방향으로 눈을 돌렸다. 굵은 팔로 팔짱 낀 보르도가 그 옆얼굴에다 "그런데." 하고 말을 꺼냈다.

"그 새로운 전장에, 테레시아 아가씨한테 부탁받은 일…… 이번, 체르게프 부대에 수작을 부린 상대 말이오만."

"──억지 써서 죄송해요. 지금 부탁할 사람 중에 달리 짚이는 곳이 없어서."

"상관없소. 전우와 전우의 결혼식이야. 나로서도 남 일이 아니지. ……다만 이걸 전해도 될지는 망설임이 있소."

보르도는 자신의 단발을 쥐어뜯으며 뭔가 떨떠름한 표정이었다. 그 표정에 테레시아의 눈이 가늘어지며 그가 머뭇대는 이유에 꺼림칙한 예감을 숨기지 못했다.

"괜찮아……요. 괜찮으니 말해 주세요. 분명하게."

"분명하게, 말해도 되겠나?"

"분명하게, 부탁드려요."

"……이번 수작은 아스트레아 가문. 즉, 아가씨 춘부장께서 내린 지시 같더군."

쓸쓸한 보르도의 발언에 테레시아는 눈을 감았다.

그 직후, 방대한 검기의 분류가 발생해 성문 경비로 배치된 경비병들의 솜털이 일제히 쭈뼛 섰다. 그 압박감은 역전의 병사인 보르도마저도 죽음을 각오했을 정도다.

하지만 정작 검기의 발생원인 『검성』은 흘러나오는 검기를 황급하게 거두며 말했다.

"죄, 죄송해요! 그만 실수로! 실수예요! 아무 일도 없어요!"

테레시아는 경계하는 경비병들에게 고개를 숙이고 반성한다는 듯 자기 이마를 손바닥으로 쳤다. 찰싹 하고 귀여운 소리를 내는 『검성』. 그 인상의 낙차에 보르도는 쓴웃음 지었다.

"빌헬름도 그렇지만…… 테레시아 아가씨도 예상했던 모양이군?"

"네, 뭐. 믿고 싶진 않았고 지금도 거짓말이길 바라지만요."

예상 적중, 의외성도 없음. 정말로 친가의, 친아버지가 결혼식을 방해했음을 뼈저리게 깨달은 테레시아의 마음속과 머릿속에선 폭풍우가 미쳐 날뛰었다.

어쨌든 적은 알아냈다. 빌헬름이 결투하러 나섰다면——.

"나도, 결투하고 와야지……."

"테, 테레시아 아가씨? 말할 필요도 없겠지만 아가씨가 검을 들면 빌헬름이 슬퍼할걸? 물론 나도 애석하고."

"아, 결투라고 해도 말로 할 거거든요? 표현이 그렇다는 거예요. 기분 문제죠."

마음을 바꿔 먹고 주먹을 쥔 테레시아의 말에 보르도는 마지

못해 수긍했다.

테레시아는 빌헬름이 모르게 이번 조사를 해 달라고 보르도에게 부탁했다. 필경 부친과는 스스로 결판을 낼 심산이리라.

보르도는 일이 거칠어지지 않기를 절실히 빌었다.

"만약 입회인이 필요하다면 내가 기꺼이 동행하겠소만……."

"괜찮아요. 보르도 님도 바쁘실 텐데 그렇게까지 폐는 못 끼치죠. 그리고 이건 저랑 빌헬름 문제니까 똑바로 부부…… 부, 부붓! 부부끼리 해결할래요. 네."

새빨간 얼굴로 벼르는 모습을 봐서야 물러날 수밖에 없다.

테레시아는 걱정을 지우지 못하는 보르도에게 깊이 고개를 숙이고 바람같이 광장을 나갔다.

친아버지, 벨톨 아스트레아와 결판을 낸다. ──그런 각오가 엿보이는 등이었다.

"그건 그렇고 이 둘은 뭔 일이든 순순히 풀리질 않는군그래, 원 참."

팍 삭아 버린 심정으로 중얼거린 보르도는 직무로 복귀하려 성 쪽을 향해 걷기 시작했다.

그저 사흘 뒤에 있을 결혼식이 무사히 진행되기를 빌면서──.

5

이번 체르게프 부대의 순찰은 왕도 중심으로 깔린 가도를 순회하는 형태로 예정됐다.

왕국의 5대 도시라고 불리는 각 도시는 이미 부흥과 치안회복 때문에 왕국군이 파견됐으며, 이 순찰은 가도 근처에 있는 작은 마을이 주요 대상이다.

　이런 쪽 임무에 왕국군의 최정예인 체르게프 부대가 파견되는 건 본디 생각하기 어렵다. 그게 바로 이번 임무에 누군가의 의도가 작용했다는 증거였다.

　『그게 테레시아 님 아버님의 심술이라는 건 지나친 생각 아냐?』

　"넌 본인이랑 못 만나 봐서 그래. 실물하고 만나면 내 생각이 아예 허튼소리가 아니라고 알걸. ……과보호하는 이유를 모르는 것도 아니다만."

　빌헬름은 나란히 지룡으로 달리는 그림의 의견에 입술을 뒤틀었다. 그 대답에 전우는 쓴웃음 짓고, 종이에 대답을 쓱쓱 적어 넣었다.

　『바람막이의 가호』의 효과로 지룡의 등에는 바람이나 진동의 영향이 없다. 그래도 용 위에서 용케도 재주 좋게 글씨를 쓸 수 있다고 은근히 감탄했다.

　『다 경험이지.』

　"……아무 말도 안 했잖아."

　안색으로 속마음이 읽힌 빌헬름은 불편한 듯 얼굴을 찡그렸다. 그 반응에 그림은 눈웃음 짓고, 그 눈초리에 빌헬름은 "뭐, 왜." 하고 시비 걸었다.

　"얼빠진 낯짝이나 하고. 지룡에서 떨어져도 모른다."

『네 결혼식이 사흘 뒤라는 게 감개무량해서. 다 컸구나.』

그림은 진정으로 감개무량한 눈치여서 빌헬름은 독설을 뱉을 맘을 잃었다.

그림과의 관계는 7년——. 그 시간은 빌헬름에게는 왕국군에 소속한 다음의 역사나 다름없다. 실종 중이던 2년, 공백 기간까지 포함해서. 보르도와 체르게프 부대 내 고참과의 관계도 그렇지만 빌헬름에게도 감상은 있다.

"……속을 털어놓자면 널 첨 봤을 땐 곧 뒈질 줄 알았지."

『그렇겠지. 나부터 내전에서 살아남을 줄은 몰랐어. 지금도 무슨 착오거나 평생의 행운을 다 써서 여기에 있는 거라 생각 중이야.』

"평생의 행운이라."

빌헬름은 행운이니 불운이니 운운하며 인생이 운에 좌우된다는 발상을 싫어했다. 전장—— 쇠와 불이 맞부딪치는 장면의 생사에 관해서는 특히 더.

전쟁에서 생사란 그 인간이 그때까지 얼마나 쌓아 왔느냐는 것만이 좌우해야 마땅하다.

검에는 검을, 마(魔)에는 마를, 생명에는 생명을. 그래야만 한다.

따라서 이전의 빌헬름이라면 여기서 그림에게 대들었을 것이다. 하지만 지금은 약간 생각을 고쳤다. 왜냐하면 빌헬름은 만나고 말았기 때문이다.

——평생의 행복, 그것을 다 썼다고 생각할 정도의 여성과.

『순해졌네.』

"제길."

그림은 입을 다문 빌헬름의 눈앞에 그런 한 문장을 내밀었다. 또다시 속마음이 읽히는 바람에 빌헬름은 거칠게 그 종이를 밀쳐 냈다.

"_____."

그 반응에 만족한 그림이 의식을 싹 바꿨다. 안장에 매단 짧은 쇠막대기를 뽑아내고는 그것을 자신의 허벅지—— 그곳에 매어 둔 철판에 때려 쇳소리를 냈다.

철판은 목소리를 잃은 그림이 주위에 지시를 전달하기 위한 지시 도구였다. 그 철판 소리를 듣고 둘의 후방에서 달리던 컨우드가 옆에 따라붙었다.

"부르셨습니까?"

『순찰 과정, 다시 확인하고 싶어. 이번엔 특히 시간이 중요하니까.』

"그건 맞는 말이죠."

그림의 글에 컨우드가 아는 척 끄덕이고 빌헬름 쪽을 쳐다보았다. 빌헬름은 그 눈초리를 묵살. 『검귀』도 슬슬 학습하기 마련이다.

"테레시아 님을 홀로 외로이 식장에 보낼 수도 없죠. 대원 일동 모두 각골명심하고 있습니다. 출발 전의 말씀 때문에 더욱더 벼르고 있고말고요."

"그런 건 됐어. 아무튼 본론. 본론으로 들어가. 당장."

빌헬름이 가시 돋친 눈길로 노려보자 컨우드가 품속에서 지도를 꺼내어 펼쳤다. 도면은 왕도 주변을 그린 것으로, 행로에는 빨간 선이, 목적지에는 표식이 그어져 있었다.

"우선, 우리는 리파우스 가도를 지나 플뢰르로. 거기서 서쪽으로 진로를 틀어 밀그레, 보노보, 크램린을 돌아 왕도로 돌아갑니다. 강행군이죠."

"단순히 봐서 거리만으로도 이틀……. 순찰까지 포함하면 사흘로는 부족할지도 모르겠군."

"그리 안 되도록 가는 중에 전력으로 속도를 냅니다. 최악의 경우 늦는 사람은 버리고 가도 상관없습니다. 전원, 발목 잡을 바에는 죽을 각오입니다."

"이런 걸로 죽지 마라……."

진지한 표정의 컨우드와 출발 전에 들린 대원의 말소리로 보아 농담이 농담으로 안 들린다. 어쨌든 가급적 시간 단축에 도전하는 건 사실이다.

"이제는, 최소한으로 필요한 만큼 각 마을 순찰을 마치면 제 시간에 맞출 수 있겠죠."

"그래도 되나? 치안 유지 목적으로 하는 순찰 아니야? 들른 것만으로 퉁치면 임무의 의미가 없는 게 아니고?"

"문제없습니다. 애초에 이번 목적지는 하나같이 왕도의 안마당……. 말하자면 지금의 왕국에서 가장 치안이 나은 마을이죠. 그래서 그런 곳에서 무슨 나쁜 짓 했다간 왕도에서 곧장 무시무시한 『검귀』가 날아온다고, 그 말만 퍼뜨리면 충분합니다."

『우리가 모습을 보이는 것 자체에 의미가 있다. 그런 뜻이야.』

설명 끝을 받은 그림은 걱정할 것 없다고 끄덕였다.

왠지 임무를 확대 해석했다는 느낌이지만 그렇다고 형식대로 진행하면 시간은 확실하게 부족해진다. 시간과 임무를 저울에 올리고 타협한 결과가 이거다.

"이것도 내가 순해져서…… 아니, 약삭빨라진 것뿐이지 않나?"

『이것도 테레시아 님을 위한 행동이야.』

"그렇게만 말하면 내가 수긍할 거라고 생각하는 건 아니겠지……."

말은 그렇지만 그 핑계를 대면 상식이 사그라지는 것도 사실이었다.

"이 속도로 순찰 기간을 최대한 단축하면 이틀 반 만에 왕도로 돌아갈 수 있죠. 한나절 있으면 결혼식 예행 연습할 시간도 남고요. 만만세라 이거죠."

"그러면야 좋겠다마는……."

불안을 해소하려 그러는지 컨우드는 더더욱 밝게 단언했다. 하지만 이를 대하는 빌헬름은 미적지근하다. 속에 알 수 없는 불안과 의혹이 사라지지 않고 뭉쳐 있다.

대원들이 하나로 뭉쳐 빌헬름을 결혼식에 제때 보내려고 해주는 거야 고맙지만 벨톨이 꾸민 수작이다. ——이 정도로 물리칠 수 있을 수작일까.

『너답잖은 태도인걸. 역시 불안한 거야?』

"검이 안 닿는 상대와의 싸움이라면 난 그냥 막대기 장난하는 꼴이니까."

『알았어. 그렇게 불안하다면 안심하길 바라. 최초의 목적지, 플뢰르는 아마 지나가기만 해도 끝날 거야.』

빌헬름의 얼굴이 어두워지자 그림이 그렇게 적은 종이를 들이댔다. 그 내용을 훑어본 빌헬름의 눈이 동그래졌다.

"──음? 뭔가 믿는 구석이라도 있나?"

『플뢰르는 내가 태어난 고향이거든. 주민과도 그럭저럭 면식이 있어. 이번 순찰도 짧게 끝내자고 말을 해 둘게.』

"호오, 모르던 사실이군. 이렇게 가까이 고향이 있었나."

생각지 못한 제의에 눈썹을 올리자 그림은 복잡한 내색으로 살며시 쓴웃음 지었다.

그 표정은 빌헬름도 기억이 있다. 그건 불효를 저지른 인간 특유의 표정이었다. 형제 싸움 끝에 친가를 박차고 나온 결과, 사과할 기회를 놓친 자신과 같은 얼굴이었다.

"사람마다 역사가 있다고들 하니까요. 우리도 남 이야기가 아니죠."

"불효자 집단이라. 이게 왕국군 최정예라니 기가 차는군."

빌헬름도 컨우드의 넉살에 편승해 그 배려에 기대었다. 약간 기분이 편해졌다. 동료 복은 좋다. ──입 밖으론 안 꺼내지만.

『고마워. 아무튼 플뢰르에 관해선 맡겨 줘.』

그림이 힘차게 장담한 순간, 가도 저편으로 흐릿하게 건물이 보이기 시작했다.

화제에 오른 역마을, 플뢰르의 등장이다. 순찰의 첫 관문을 그림의 화술로 얼마나 빠르게 헤쳐 나갈 수 있을지——.

"——아?"

　빌헬름은 그렇게 생각하다가 나타난 마을의 모습에 놀란 소리를 흘렸다. 그리고 체르게프 부대의 전원이 같은 반응이었다.

　왜냐하면 플뢰르의 입구에는 「환영! 마을이 낳은 영웅의 개선!」이라는 현수막이 걸려 있으며 주민들이 총출동해서 체르게프 부대의 도착을 환영하고 있었기 때문이다.

　들려오는 대환성은 한때는 고향을 버린 소년이, 왕국군에서 책임 있는 입장을 쟁취했음을 알고 고향 전체가 환희작약하며 축하하는 광경이었다.

　그 돌아온 방탕아가 어디 사는 누구인지야 이미 논할 필요도 없다.

"……이봐. 정말로 짧게 끝내자고 설득할 수 있겠어?"

　대원 전원이 일제히 그림을 쳐다보았다. 그 부대의 의사를 대표해 빌헬름이 대량의 비지땀을 흘리는 그림에게 물었다.

　그 물음에 그림은 떨리는 손으로 종이에 펜을 놀리고.

『힘ㄴㅒ볼ㄱㅔ.』

　부실한 글씨로 조금 전의 힘찬 단언과는 정반대 대답을 한 것이었다.

"나 참! 그 여관집 골칫덩이가 이렇게 다 커서 돌아오다니 원!"

『오랜만입니다. 죄송합니다. 쌓인 이야기가 있는 건 굴뚝같은데…….』

"그림은 대단해! 난 결국 바로 군을 떠나 고향에 왔는데……."

『전장은 무서운 곳이니 그럴 만도 하지.』

"그림아. 실은 괜찮은 혼담이 있다만 상대랑 잠깐 이야기 나눌 수 없을까?"

『죄송합니다! 저, 사귀는 여성이…….』

그런 대화를 거치고 체르게프 부대는 간신히 플뢰르 마을에서 출발했다.

순찰 행정표로는 플뢰르를 위해 할애한 예정 시간을 두 시간으로 잡았다.

체르게프 부대는 플뢰르 출신인 그림의 힘을 빌려 그 두 시간을 훌륭하게 다섯 시간 초과했다. 최종적으로 일곱 시간을 쓰고야 출발하는 데에 성공했다.

"앞으로 다시는 네 말 안 믿을 거다!"

빌헬름은 집단 선두에서 지룡을 재촉하며 거칠게 내뱉었다. 아무리 그림이라도 그 『검귀』의 분노를 사고는 고개를 들지 못했다.

당당히 큰소리친 끝에 결과가 참패여서야 풀 죽는 게 당연하다. 오히려 이 사태에 관해서는 톡톡히 반성해야 마땅하다.

"대장님, 그렇게 화내지 말죠. 가출한 아들내미가 다 커서 돌아왔다면 부모 형제가 난리 피우는 것도 어쩔 수 없으니……."

"부모 형제뿐이라면 또 몰라도 일가친척에 은사와 소꿉친구까지 줄줄이 모였잖아! 다른 마을에 이사했던 먼 친척까지 모여서…… 웬 축제판이야!"

도합 일곱 시간까지 이른 성대한 축제를 되새기던 빌헬름이 노성을 터트렸다.

실제로 입신출세한 그림의 모습에 고향 사람들이 기뻐하는 모습은 예사롭지 않았다. 특히 그림의 친인 중에는 돌아온 그를 보자마자 울며 쓰러진 사람도 있었을 정도다.

『부모님은 내가 죽은 줄 알았던 모양이니까.』

"만났을 시절의 네 꼴에 몇 년이나 소식 불명이라면 그렇게 여길 법하지."

당시의 그림이 오래 살 수 있을 리가 없다는 데에는 아마 전원의 의견이 일치했다. 수많은 우연이 겹쳐 그림은 이렇게 옆에서 달리고 있다.

이걸 그림 투로 표현하자면 행운의 산물일지도 모르겠지만.

"시간은 꽤 치명적으로 빼앗겼지만 부관님의 가족분이 기뻐하던 건 사실. 순찰도 군의 존재감을 나타낸다는 의미로는 더할 나위 없을 정도의 성공이겠죠."

『이번 일은.』

"──아니, 됐어. 컨우드 말이 맞아. 일단 임무는 달성했어."

빌헬름은 거듭해서 사과하려는 그림을 막고 컨우드의 견지에 동조했다.

고참 대원의 의견은 같은 불효자로서 남 일 같지가 않았다.

다른 부대원들은 몰라도 적어도 빌헬름은 연락을 취할 수 있는 가족이 이미 없다. 가족과 고향은 내전의 불길로 말미암아 전부 잃고 말았다.

집안을 뛰쳐나온 것도, 소식 불명이던 것도, 그림과 완전히 처지가 같다. 다른 부분이 있다면, 빌헬름은 이제 다시는 가족에게 사과할 수 없다.

그걸 생각하면 그림이 일가친척과 재회한 건 기뻐할 일이다.

"앞으로 만회하면 돼. 넌 오늘 일 반성해서 이후론 정기적으로 편지라도 보내."

"_____."

"그리고 어차피 다음에 캐럴을 데리고 돌아갈 때는 더 소란스러운 꼴을 볼 거 아냐?"

빌헬름은 실수를 없던 걸로 하는 대신에 그림의 연인을 들먹였다.

그림이 군에서 감투를 썼다고 그토록 감격 어린 눈물을 흘리던 가족이다. 그런 그림이 귀족 집안 딸을 아내로 맞이한 걸 알면 대관절 얼마나 놀랄지 상상도 못하겠다.

『괜한 참견이야.』

그때까지 실수에 침울한 표정이던 그림이 비로소 웃음을 되찾았다.

그 대구에 일동은 마음을 다잡고 다시 가도에 들어섰다. ——
현재, 줄여야 했을 과정을 대폭으로 초과했지만 아직 만회는 가능한 범주에 있을 것이다.

"다행히 부대 안에 앞으로 들를 마을 출신자는 없더군요."

"그러냐. 그건 낭보군. 또 일가친척이 보이면 못 배기니까."

『그 확인은 너무 대놓고 비꼬는 거 아냐?』

"플뢰르에서 겪은 일을 반복하기 싫을 뿐이다. 피해망상이야."

석연치 않은 분위기인 그림은 내버려 두며 체르게프 부대는 리파우스 가도를 내달렸다.

그리고 다음 목적지인 밀그레에 무사히 도착.

여기서는 플뢰르 같은 축제판에 말려들지 않아 순찰을 단시간에 마치고는 더 발목 잡히지 않고 출발할 수 있었다.

『아무 일도 없어서 다행이다. 이런 식으로 가 보자.』

"얼마나 메꿨지?"

『아직 네 시간은 초과했어.』

"묻지 말 걸 그랬군."

그래도 초과 시간을 단축한 건 분명한 성과다.

이런 식으로 장래 예정도 메우면 가까스로 혼례 치르기 몇 시간 전에는 왕도로 돌아갈 수 있을 터.

"이거라면……."

테레시아를 화나게 할 결과가 생기지 않는다. 빌헬름은 그렇게 지푸라기라도 잡는 심정이었다.

──하지만 지푸라기를 잡으면 지푸라기가 가라앉는다. 그것도 당연한 사실이었다.

7

왕도 귀족가. 그곳은 왕도 내에서도 특별한 입장에 있는 사람만이 살 수 있는 구획이다.

장엄하고 호화로운 건물. 공들여 정비된 포장도로. 같은 간격으로 설치된 새 마법등이 밤을 밝히고 길을 오가는 용차는 거의 소리가 나지 않는 일등 고급품이다.

오랜 내전의 영향 때문에 피폐한 왕국. ──그런 평가도 이곳에선 통하지 않는다. 귀족가는 흡사 별세계 같은 분위기를 유지하며 모든 바깥 세계를 거절했다.

소란, 다툼은 일절 금지. ──그것이 귀족가의 방식이며 암묵적인 양해인 것이다.

그런 귀족가 한쪽을 두 여자가 발소리를 내며 걷고 있었다. 한 사람은 씽씽 거침없이, 다른 한 사람은 무슨 말을 상대에게 외치면서.

"테, 테레시아 님! 정말로, 정말로 벨톨 님과 이야기하실 건가요?"

"당연하지, 캐럴. 아무리 그래도 이번 일은 나도 화났어."

거침없이 나아가는 테레시아는 황망해하는 동반자── 금발에 벽안을 가진, 인상 날카로운 여성에게 입술을 삐죽였다. 그 반응에 여성—— 캐럴은 난처한 표정을 지었다.

"아니면 캐럴은 나한테 반대해? 결혼식에도 반대하고……?"

"그렇게 불안하신 표정 짓지 마세요! 제가 테레시아 님의 생각에 반대할 일은 없어요! 상대가 빌헬름인 건 마음에 안 듭니다만……."

"그럼, 역시 캐럴은 반대하는 거야……?"

"으——! 곤란하게 만들지 마세요, 울 거예요! 큰 소리로 볼썽사납게!"

"미, 미안, 미안해. 괜찮아. 캐럴을 믿으니까."

엄격한 분위기의 미모가 붕괴하려는 조짐에 테레시아는 허겁지겁 캐럴을 달랬다.

오래도록 테레시아를 따르는 시종은 평소에는 의연하건만, 주인 일에 끼면 그 즉시 여러 면에서 약해진다. 요새는 거기에 연인인 그림, 테레시아와의 인연으로 빌헬름까지 더해졌으며, 정에 약하고 귀여운 것을 좋아하는 등——.

"캐럴은 의외로 손이 가는 구석이 있는 애더라."

"가, 갑자기 웬 말씀이세요. 전 테레시아 님의 첫째 시종. 그리고 시중 담당이기도 하다고요. 여태까지도 앞으로도, 믿고 의지해 주세요."

"응. 엄청 의지할래."

"넷!"

테레시아가 토닥토닥 어깨를 두드리자 캐럴은 눈을 빛내며 힘차게 끄덕였다. 그리고 그녀는 "좋아!" 하고 기합을 넣다가 문득 갸우뚱했다.

"어라? 어느새 테레시아 님의 말에 휘둘리고⋯⋯?"

"자, 아버지랑 어머니는 여기 계실 거야. 따끔하게 말해 주러 가자."

테레시아는 캐럴의 의문에 상관치 않으며 귀족가에 있는 한 채의 대저택—— 먼 곳에서 왕도에 방문한 사람에게 주어지는 영빈관을 눈앞에 두었다.

내일 결혼식에 맞추어 테레시아의 부모—— 아스트레아 가문의 당주인 벨톨과 그 아내 티슈아가 이 안에 도착해 있을 것이다.

"애초에 우리 저택에 안 묵고 영빈관을 빌린다고 했을 때부터 이상하다 싶었지. 분명히 나한테 흉계를 숨기려고 그런 거야."

"그렇군요. 참고로 벨톨 님은 뭐라 하시며 저택에 묵는 걸 사양하셨죠?"

"그곳은 이미 나랑 빌헬름 부부의 집이니까 부모라고 헤집을 수 없다고⋯⋯ 딱히, 저기, 그, 부부란 말에 넘어간 건 아니거든?"

"⋯⋯네, 압니다. 캐럴은 테레시아 님 편이에요."

그렇게 말한 캐럴이 부드럽게 미소 지었다.

그 표정은 내전 종결 후의 식전에서 바라지 않는 영예를 받으려는 테레시아를 잠자코 지켜볼 때의 미소와 똑 닮았다.

다시 말해 속마음을 꾹 숨긴 웃음이었으며, 숨은 속마음을 확인할 용기는 테레시아에게 없었다.

"아무튼 가자. ——다시는 이런 짓 안 당하게."

"이번 일, 벨톨 님이 잘못을 인정하셔도 해결이 되지는⋯⋯."

"이번 일은 됐어. 이다음 대응을 약속시킬 거야. 왜냐면——."

영빈관 입구로 가면서 테레시아는 바로 뒤를 따르는 캐럴을 돌아보았다.

그리고 아무 의심도 없는 눈빛으로 또렷하게 단언했다.

"——빌헬름은 결혼식에 절대 안 늦는단 말이야. 날 그 사람의 신부로 삼아 주겠다고 약속했으니까. 그러니까 그 걱정은 안 해도 돼."

말을 끝마친 테레시아는 그 기세대로 영빈관의 정문에 당당히 손을 뻗었다.

8

——그래서 테레시아에게 확고한 신뢰를 받는 빌헬름은 과연 어땠느냐 하면.

"————."

어두운, 어두운 공간이다.

그곳은 암흑만이 지배하는, 빛이 없는 어둠의 세계였다.

사방에 빛의 조짐은 없으며 공기는 씁쓸한 모래 맛과 감촉을 머금고 있다. 발밑에 느껴지는 발판은 딱딱하지만 또한 축축하기도 해서 미끄러지기 쉬웠다. 그야말로 최악의 환경이라고 할 수 있다.

그런 암흑 속에서 날카로운 쇳소리가 여러 번 거듭해서 울렸다.

강철끼리 부딪치는 소리가 암흑을 뛰어다니다가 멀고 깊이 사라진다. 귀를 곤두세워 그 소리를 쫓다가 소리가 머나먼 저편으로 사라지는 것을 깨닫고 한숨이 새어 나왔다.

"깊군……."

의심할 도리 없이 뻔한 결론에 대답은 없다.

하지만 그 또한 당연하다. 왜냐하면 현재 이 자리에 있는 건 빌헬름을 제외하면 단 두 명뿐. 그중 한 명은 『검귀』의 품속에서 기절 중이며, 다른 한 명은——.

"————."

어깨를 두드리는 손길에 그쪽을 돌아보았다. 어두워서 상대의 얼굴은 보이지 않는다. 그러나 친숙한 기척에 상대의 내력은 금방 알 수 있었다. 그림이다. 그리고 그건 최악의 답이었다.

짙은 암흑과 그림. 그 궁합이 얼마나 나쁜지 설명할 필요도 없으리라.

필담으로 의사소통하는 그림에게 어둠은 가장 큰 천적이다. 표정과 몸짓을 보면 다소는 속내를 짚어낼 수 있지만, 암흑 속에서는 그것도 불가능하다.

"우——."

"그렇게 애써 봤자 뭔 말 하고 싶은지 모르겠다……."

아마도 안 좋은 상황을 비관하며 당황이라도 하고 있을 것이다.

갈라진 숨결과 신음성만이 들려서 빌헬름은 도리어 냉정해졌다. 사람이란 자기 말고 다른 사람이 당황하고 있으면 오히려 침착해지기 마련이다. 그 때문일까.

혹은 불운이 너무 겹치는 바람에 득도한 경지에 이르렀을지도 모른다.

"아―."

뺨을 긁으면서 빌헬름은 머리 위를 쳐다보았다. 그곳에는 낙반 때문에 막힌 동굴의 입구였던 장소가 있었다. 그러나 그곳에는 도저히 손이 안 닿는다. 그림이 두드린 철판의 반향을 믿을 경우, 동굴 안쪽에 다른 출구가 있다고 믿으며 전진할 수밖에 없지만―.

"테레시아한테 죽을지도 모르겠군……."

결혼식에 늦지 않는 걸 떠나 무사히 돌아갈 수 있을지부터 미심쩍은 심정에 빌헬름은 탄식했다.

결혼식까지 앞으로 한나절―. 생매장된 동굴에서 『검귀』는 첫걸음을 내디뎠다.

9

――정면에 마주한 남자의 위압감에 캐럴은 조용히 숨을 집어삼켰다.

그것은 일류 검사만이 두른 검기와 많이 비슷했다. 하지만 눈앞의 남자가 검을 못 쓰는 건 주지의 사실이며, 캐럴 또한 그 사실을 잘 알고 있었다.

따라서 이 위압감은 검기가 아닌 의지의 파동임이 분명하다.

"――우선은 왕도까지 왕림해 주셔서 감사합니다."

몸이 굳은 캐럴 옆에서 평생의 주인인 테레시아가 대화의 물꼬를 틀었다.

그 눈초리는 날카로워 어설픈 상대라면 눈빛만으로도 압도할 수 있을 것이다. 그러나 이 상대는 눈빛에 겁먹기는커녕 이를 정면으로 받으며 입술에 미소를 띠었다.

당연하다. 왜냐하면 테레시아와 마주한 인물은 적이 아니다.

"거창한 인사구나, 테레시아. 여기는 가족뿐인 곳이야. 더 허물없는 태도라도 돼."

"하오나……."

"여러 번 말하게 하지 마라. 여기는 가족뿐인 곳. 난 네 아비다. 형식을 챙길 필요는 없어."

그렇게 테레시아에게 미소를 건넨 사람은 수염이 어울리는 장년의 신사였다. 장신. 풍성한 빨강 머리. 밝고 파란 두 눈──. 그 특징은 테레시아와 가깝다. 부녀지간이니 당연하지만.

남자의 이름은 벨톨 아스트레아. 명실상부한 테레시아의 친부이며 대대로 『검성』을 배출한 아스트레아 가문의 현 당주, 검사 가문의 정점에 선 양반이다.

단, 그 직함과 반대로 본인의 검 실력은 형편없는 건 유명한 일화이기도 하다.

"──캐럴."

"……네, 넷! 격조했습니다, 벨톨 님."

"인사는 됐다. 너도 왜 그러느냐. 테레시아도 그렇고 너도 그렇고, 그리 뻣뻣하게 긴장할 것도 아니지. 무슨 일이 있었나 싶어 움찔하겠다. 안 그래?"

말을 건네받은 캐럴이 긴장을 숨기지 못한 채 등을 곧게 폈다. 벨톨과는 거리감을 재기 어려워서 캐럴은 그와 대화하는 게 서먹했다.

이건 캐럴의 생가와 아스트레아 가문의 관계와는 또 별개의 문제였다.

"아버지, 너무 캐럴을 괴롭히지 마요. 이 애는 성실하다구요."

"괴롭히다니 누가 듣고 오해하겠구나. 하나 이제야 원래 태도가 나왔나 보군. 내일 일 때문에 긴장될지도 모르겠지만 네가 그래서야……."

"──아버지, 그 내일 일 때문에 말씀이 있어요."

테레시아가 벨톨의 말을 가로막고 날카롭게 본론으로 치고 들어갔다. 이를 계기로 캐럴은 볼이 굳고 벨톨도 슬며시 눈이 가늘어졌다.

"내일 결혼식을 앞둔 신부에게 내일 일 때문에 할 말이 있다고 들으니 긴장되는군."

벨톨이 가볍게 긴장을 풀듯 입가에 웃음기를 띠며 말했다.

그 미소에는 내일 화제에 대한 가책이 전혀 느껴지지 않았다. 그 사실에 캐럴은 전율했다. 이미 빌헬름의 순찰에 그가 관여했음은 명백하다. 따라서 놀랍다.

사람이란 이토록 훌륭하게 진솔함을 가장하며 대화에 임할 수 있는 거냐며.

"정석을 따른다면, 신부가 할 말은 지금까지 키워 준 것에 대한 감사와 미래에 대한 맹세인가. 이건 식 치르기 직전이 될 때가 많은 모양이다마는, 코앞에서 하면 눈물을 감출 수 없으니 말이지. 나쁘지 않은 배려구나."

"감사는 물론 하고 있어요. 하지만 그 이야기가 아녜요."

"그럼 식의 연기거나, 아니면 중지더냐? 직전에 앞두고 그런 이야기는 도저히 허용할 수가 없지. 당가로서도 망신이…… 그래, 망신이 되지."

고개를 가로젓는 테레시아의 말에 벨톨이 최악의 가능성을 언급했다. 결혼식 중지의 가능성을 거론한 벨톨은 한탄스럽다는 양 얼굴을 손으로 가렸다.

"너와 캐럴만이라서 의심스러웠지만 설마 사위가 달아났나? 혹은 그 친구에게 뭔가 중대한 문제라도? 상견례 때에 경력은 한 차례 조사했을 텐데, 아직 뭔가 숨기는 게 있다거나. 아니지, 아냐. 표면상으론 나오지 않은 성격이나 기호…… 특수한 성적 취향인가?"

"아버지."

"진정해라, 테레시아. 부끄러울 건 없어. 이래 봬도 부부 사이에 상대의 감성은 제법 중요해. 정식으로 혼인을 맺기 전에 부조화가 발각된 건 오히려 요행이지. 뭘, 식이 중지되는 건 확실히 망신이지만 대신에 더 중요한 걸……."

"아 · 버 · 지!"

벨톨이 유창하게 이야기에 속도를 붙이자 테레시아는 말을 끊으며 대차게 대들었다. 그 목소리에 벨톨의 눈도 동그래졌다.

테레시아는 입을 다문 부친을 밑에서 물끄러미 노려보았다.

"아직 아무 말도 안 했는데…… 아버지, 마치 망신당하길 바라는 것 같아요."

"망신당하길 바란다? 그건 이상한 이야기군. 난 어디까지나 널……."

"——아버지, 빌헬름한테 무슨 짓 했죠? 그 정도야 다 알아요."

벨톨의 발뺌에 테레시아는 가차 없이 말의 검격을 갈겼다. 딸의 눈과 입의 공세에 벨톨은 잠시 침묵했다. 그리고——.

"——가령, 그렇다 친다면?"

흑막의 느낌을 듬뿍 담으며 벨톨은 매몰차고 비릿한 웃음을 띠었다. '가령'이라고 수식했으나 그 미소에 뒷면의 진실을 숨길 작정일랑 털끝만큼도 없었다.

테레시아의 의혹은 옳다. 벨톨의 웃음과 태도는 그 사실을 증명했다.

그 친아버지의 악의에 테레시아는 작게 숨을 내쉬고 선언했다.

"오늘까지 신세 많이 졌습니다. 아스트레아 가문의 이름은 버리겠습니다. 안녕히 계세요."

"잉?! 테, 테레시아, 잠깐 기다리거라! 아버지는 그런 짓 용납 못해!"

"용납 못할 사람은 저죠! 아버지는 왜 이렇게 쓸데없는 짓이나 해요! 상견례 때도 그렇지만 우리 빌헬름의 뭐가 마음에 안 드는데!"

태도가 딱 부러지는 테레시아의 말에 벨톨이 당황해했다. 그 직후 터진 추궁에 벨톨은 눈이 오락가락하며 입을 뻐끔거렸다. 그 모습에서는 직전까지 풍기던 위압감이 흔적도 없었다.

그곳에 있는 건 흉계가 역효과를 낳는 바람에 쩔쩔매는 소인배 그 자체였다.

"아버지 수법은 찌질하거든요! 빌헬름이 맘에 안 들면 아예 정면에서 분명히 말하면 그만이지. 뭐가 안 되는데요. 자, 말해 봐요! 경력? 집안? 검 실력? 얼굴? 경력은 엄청 노력 중이고, 집안도 원래 번듯해요. 검 실력은 말할 필요도 없고, 얼굴도 근사하잖아요?!"

"테, 테레시아 님, 말씀이 딴 데로 새고 있어요……."

"안 샜어! 빌헬름은 근사해! 캐럴도 그렇게 생각하지?!"

"전 그림이 제일이라서 뭐라고 할 수가!"

빠르게 퍼붓는 테레시아의 말에 휘말려 생각도 못한 속마음이 튀어나오고 말았다. 그 사실에 캐럴이 얼굴을 붉히자 테레시아도 입에 손을 짚었다.

"캐럴도 참 귀엽기도 하지……."

"노, 놀리지 마세요, 테레시아 님……!"

"그래. 그만 놀리거라. 너무 놀라서 아비 수명도 크게 줄었다."

"아버지한테 한 말은 농담 아녜요. 이대로 있으면 작별할 거예요!"

"이잉?! 왜?!"

"왜고 자시고 결혼 방해하니 그렇죠! 왜 모르는 건데!"

테레시아에게 호통 듣고 의기소침해진 벨톨은 꼼짝없이 코가

납작해졌다. 그 모습에 캐럴은 한숨짓고 싶은 맘을 참고 향방을 지켜보기로 했다.

이 부녀의 대화는 정말 늘 이런 식이다.

처음에는 관록 넘치게 행동하는 벨톨이 테레시아의 감정적인 발언에 혼쭐이 난다. 특히 요즘 테레시아의 결혼 이야기가 나온 이래로 비슷한 사례가 넘쳐 났다.

테레시아의 하소연을 곧잘 듣는 캐럴은 이미 잘 알고 있었다.

"상견례 전에 맘대로 경력을 조사하지, 체르게프 부대의 인사에 개입해서 빌헬름을 직책에서 빼려고 하지, 게다가 결혼식 날짜도 몇 번씩 연기해서 혼란을 일으키고……. 이만큼 당하면 정나미도 떨어지죠! 오히려 안 떨어졌던 내가 바보 같아!"

"테레시아 님은 자상하신 분이니까요. 하지만 저 또한 이건 아무리 그래도 아니다 싶습니다."

"뭣! 캐럴, 너까지 그런 말을 하느냐!"

손가락을 꼽아가며 나열하는 결혼 방해 공작에 캐럴도 벨톨에게 경멸의 시선을 보냈다. 그 눈총에 벨톨은 수염을 곤두세우며 캐럴에게 삿대질했다.

"캐럴이여, 레멘디스의 딸아. 너는 대대로 아스트레아 가문을 섬기던 레멘디스의 혈족이다. 그런 네가 아스트레아 가문 당주의 판단에 이의를 제기하느냐!"

"외람되지만 전 레멘디스이기 이전에 캐럴입니다. 그리고 제 충절은 아스트레아 가문이 아니라 테레시아 님 개인에게 바치는지라——."

"으그극……!"

직설적인 단언에 벨톨의 말문이 막혔다. 그리고 테레시아는 말을 잇지 못하는 아버지를 흘겨보고 캐럴의 발언에 감격해서 눈이 촉촉해졌다.

"……만약 내가 남자였으면 꼭 캐럴을 색시 삼았을 거야."

"감당 못할 말씀이십니다."

"자, 잠깐! 이 아비는 용납 못해! 설혹 상대가 캐럴이라도 테레시아는 못 줘!"

"비유로 성립 안 돼요. ……아니, 그보다 아버지."

농담을 참말로 들을 만큼 여유가 없는 아버지의 말에 테레시아의 눈이 사악 가늘어졌다.

"설혹 상대가 캐럴이라도라고 말했죠? 그건 혹시 방해할 이유는 빌헬름한테 있는 게 아니라 다른 쪽이라는 거예요?"

"딸꾹."

"벨톨 님, 방금 딸꾹이라고 하셨어요?"

벨톨의 낯빛이 창백해지고 눈은 오락가락, 몸은 떨기 시작했다. 소심하고 뭘 감출 줄 모르는 사람이었다. 이게 딸에 얽힌 일이 아니라면 좀 더 번듯하지만.

그러는 중에도 테레시아의 말 없는 주시가 이어졌다. 벨톨의 속내야 이미 명확하지만 여러 번 결혼을 방해받은 테레시아에게 자비는 없다. 이대로 가면 벨톨이 졸도한다.

"──어머나, 쩔쩔매는 거 봐. 당신도 그만 포기해."

그러나 벨톨이 쓰러지기 전에 휴게실에 새로운 인물이 모습을 드러냈다.

그 목소리에 돌아보는 세 사람. 그 반응은 각양각색이다. 벨톨의 얼굴은 더욱 핏기를 잃고, 테레시아는 뺨이 굳었다. 그리고 캐럴은 허리를 굽히며 인사했다.

"티슈아 님, 격조했습니다. 캐럴입니다."

"그렇게 딱딱하지 굴지 말아. 너는 내 딸이나 마찬가지니까."

인사하는 캐럴에게 웃어 준 사람은 긴 황갈색 머리를 가진 묘령의 여성이었다. 그녀의 본디 나이를 생각하면 놀랍도록 젊고 요염한 매력으로 가득한 용모였다.

여성의 이름은 티슈아 아스트레아. 벨톨의 아내이며, 테레시아의——

"——어머니."

"너도 그래, 테레시아. 그렇게 뾰로통한 표정 하지 말렴. 모처럼 예쁘게 낳아 줬는데 얼굴을 그렇게 하고 다니면 빌헬름 씨가 정나미 떨어져."

"빌헬름은 저한테 정 안 떨어져요. ……아마."

"그래. 그건 멋지구나. ——그래서, 여보?"

테레시아의 어머니, 티슈아는 딸의 자랑에 미소를 띠다가 남편에게로 눈길을 돌렸다. 그 눈짓에 벨톨이 어깨를 들썩이더니 허둥지둥 두 손을 휘둘렀다.

"기, 기다려봐, 티슈아. 이건 그게, 오해…… 그래, 오해야."

"오해? 딸이 결혼하는 게 서운해서 그 남편이 되려는 애한테 실컷 해코지한 끝에 중요한 결혼식과 일정을 겹친 임무를 억지로 할당하고, 그 흉계가 맥없이 딸에게 들통 난 결과, 부녀지간의 연이 끊어지려는 상황이…… 오해?"

"우와아…….."

과연 테레시아의 친어머니. 티슈아의 추궁은 딸 이상으로 매서워서 벨톨은 변명도 못하고 그 자리에 무릎을 꺾고 있었다. 아니 그보다 객관적으로 그의 흉계를 읊으니 그 쪼잔함에 눈을 가리고 싶은 기분이다.

티슈아는 격침당한 벨톨을 보며 탄식하다가 딸을 돌아보았다.

"미안해, 테레시아. 이 사람, 소심한 데다가 엄청나게 속 좁고 생각이 없어서, 너희에게도 폐를 끼쳤지 뭐니."

"저, 어머니……. 보통은 아버지 사정 좀 봐주지 않아요……?"

"하지만 이 사람 소행에 조금이라도 옹호할 데가 있었니?"

그건 없다는 게 벨톨 외 여성진 세 명의 공통 견해였다.

아내에게, 딸에게, 딸과 다름없는 상대 전부에게 책망당한 벨톨의 자존심이 조각조각 부스러졌다. 그러나 이때 벨톨은 마음이 꺾이면서도 고개를 들었다.

"사, 상관없어. 맘대로 말하라지. 하지만 사실은 변함없다. 여기서 그 청년이 결혼식에 늦으면, 그 친구는 당가의 이름에 먹칠하는 꼴이 되지. 그러면 결혼식은 파장이야. 테레시아는 결혼 같은 거 못해……!"

"왜 그렇게까지……. 아버지는 제가 노처녀 됐으면 해요? 어쩌고 싶은 거예요?"

"그건 아직 지금 여기서 해야 할 이야기가 아니다."

"젠체하지만 별다른 이유가 아니란다. 그냥 귀여운 딸을 한사코 수중에 두고 싶어서지. 그러기 위한 방해질도 참 쪼잔하긴."

"티슈아?! 넌 대체 누구 편이야?!"

"어머나. 그거야 당연히 테레시아지?"

"으이잉?! 왜?! 마누라인데?!"

"아내라면 당연히 남편을 따를 줄 알았어? 참 속도 편하시지."

티슈아의 독설에 눈을 부릅뜬 벨톨이 몇 번째인지 모를 꿍침을 맞이했다. 그 모습에서 벨톨에게 티슈아가 설명한 것 이상의 의도가 없다는 사실도 똑똑히 알 수 있었다.

"생각도, 목적도, 바닥이 얕아……."

"그게 이 양반의 귀여운 구석이지마는."

기가 막힌 캐럴의 말에 티슈아가 장난스러운 눈으로 남편을 바라보았다. 이 부부관계도 신기하지만 이래 봬도 실은 티슈아 쪽이 벨톨에게 홀딱 반해 있다.

오래 알고 지낸 캐럴도 아리송한 사실이지만, 그건 제쳐 두고 ──.

"어머니께는 귀여울지도 모르지만 저는 힘들거든요. 그 아버지의 바보 같은 쪼잔한 수작 때문에 빌헬름이 무슨 꼴을 당하고 있을지……."

"아까도 말했지만 소심한 사람이니 별다른 짓은 못한단다. 오는 중에 얼추 시간이나 버는 수준……. 그것도 진짜로 막을 작정은 없는 사소한 함정이야. 말해 보자면 이번 일은 이 사람의 마지막 발악인걸."

"마지막 발악, 말입니까?"

티슈아가 불안한 눈치의 테레시아를 쓰다듬으며 자상하게 말을 건네자 캐럴이 눈썹을 찌푸렸다.

캐럴의 물음에 티슈아가 긴 속눈썹을 두른 눈을 내리깔고는 대답했다.

"그래. 마지막 발악. 하다못해 끝까지 테레시아의 행복을 위해서 사위를 시험해 주겠다고, 이 집안의 마지막 남자로서 가슴을 펴고 싶은 거야."

"아⋯⋯."

티슈아의 그 말에 테레시아와 캐럴은 눈을 크게 떴다.

아스트레아 가문의 마지막 남자── 그것은 『아인전쟁』에서 두 오빠와 남동생을 잃고 단 혼자 남은 테레시아의 가족, 부친으로서 품은 마지막 오기다.

"템즈 오라버니, 카를란 오라버니, 카질레스⋯⋯."

눈을 내리깐 테레시아가 부른 것은 전사한 세 형제의 이름이었다. 사이좋은 남매였다고 캐럴은 생각한다. 적어도 그들은 다들 테레시아를 사랑했다.

그, 세상을 뜬 형제의 이름을 입에 담은 테레시아는 티슈아를 쳐다보았다.

"오라버니들이 살아 있었으면⋯⋯ 역시, 결혼에 반대했을 것 같아요?"

"글쎄, 모르겠네. 그 애들은 벨톨만큼 말귀가 어둡지 않으니 이런 볼썽사나운 짓은 안 하겠지만⋯⋯ 그래도 시험은 했을 거야. 정말로 빌헬름 씨가 널 행복하게 할 수 있을지.”

“전 진즉에 행복해졌는데요.”

“앞으로도 계속 행복하게 해 줄 수 있을지를 말이야.”

테레시아의 중얼거림에 티슈아는 미소 짓고 허물어진 벨톨 옆에 붙었다. 그리고 청승맞은 남편의 어깨에 손을 올리며 말했다.

“자, 두 사람은 내일 혼례 준비를 해야지. 특히 신부는 하루 동안 인생에서 가장 미인이 되어야만 하니까.”

“어머니. 하지만, 아버지는…….”

“이 사람도 이번이 마지막 발악이란다. 더 이상은 아무 짓도 못하게 할 거야. 그리고 이 사람의 잔수작쯤 네 신랑은 넘어설 수 있어. 그치?”

“당연히, 그렇죠. ……근데, 어머니.”

어머니의 도발에 반사적으로 대답한 테레시아가 얼굴을 찡그렸다. 맥없이 손바닥 위에 놀아났다고 깨달았지만 이미 늦었다.

이로써 테레시아는 벨톨을 추궁할 이유가 없어지고 말았다.

“하지만 아버지는 진짜로 반성해요! 전 지금 진짜로 화났어요.”

“새, 생각해 두마……. 알았다! 알았다고! 반성할래! 진짜로!”

벨톨은 지기 싫어했지만 입이 검기로 막히자 진심으로 항복을 선언했다. 아버지의 그 모습에 테레시아가 콧김을 내뿜고는 캐럴에게 힘없이 어깨를 으쓱였다.

“갑자기 엄청 지쳤어…….”

“하지만 훌륭하셨습니다. ──저도, 내일이 기대되는군요.”

엷게 미소 지은 캐럴의 대꾸에 테레시아가 살짝 놀란 듯 눈썹을 치켜 올렸다.

"캐럴도 빌헬름이 안 늦을 거라 믿어 주는구나. 좀 뜻밖이야⋯⋯."

"그림이 붙어 있으니까요⋯⋯라는 말은 농담이지만 저도 믿고 있어요. 그 남자가⋯⋯ 빌헬름이, 테레시아 님을 맞이하러 오지 않을 리가 없죠."

그렇게 대답한 캐럴의 뇌리에 『검성』 테레시아가 한 여성으로 돌아온 날이 되살아났다.

그때, 빌헬름에게 구원받은 것은 테레시아만이 아니다. 말로 표현한 적은 한 번도 없고, 앞으로도 절대로 안 하겠지만 캐럴 또한 그에게 구원받은 한 사람이다.

그날 목격한 『검귀』의 마음과 싸움은 지금도 이 눈에 새겨졌다.

"그러니 테레시아 님, 내일 준비를 하죠. 티슈아 님 말씀대로 내일 테레시아 님은 세상에서 제일 아름다워집니다. 그걸 거들게 해 주세요."

"캐럴⋯⋯."

"그런 테레시아 님을, 그 남자에게 건네는 것만이 울화통이 치밀지만요."

"내 생각도 그렇다."

"아버지──!!"

쑥스러움을 덮으려던 캐럴의 말에 회복이 빠른 벨톨이 수긍했다. 그 발언에 테레시아가 빽 소리 지르고 얼굴을 붉혔다.

그러나 그 붉은 얼굴은 분노보다 내일에 대한 기대 쪽이 훨씬 강하게 빛났다.

"……기다리고 있거든."

그 뺨을 붉게 물들인 채로 테레시아는 이곳에 없는 정인을 향해 중얼거렸다.

벨톨의 마수 따위 모조리 넘어서서 내일 결혼식장에 마냥 사랑하는 그 사람이 자신을 맞이하러 와줄 거라고, 의심 한 점 없이 믿으면서——.

10

——한편, 왕도에서 신부가 의심 없는 신뢰를 입에 담은 것과 같은 시간.

"……제길, 공기에서 흙내 나."

청년은 욕설과 함께 침을 내뱉고 고개를 돌려 주위를 돌아보았다.

하지만 두꺼운 바위벽에 가려 빛이 닿지 않는 동굴에선 시야를 거의 확보할 수 없다. 기껏해야 요행수에 의지해 발판을 확인하고 변변찮은 희망에 기대듯 바람을 따라갈 뿐이다.

장소는 왕도 남동쪽의 마을, 『크램린』에 가까운 콜드로 산의 중턱—— 통칭 『흙뱀의 둥지』란 이름으로 유명한 동굴이다. 위험한 장소로 현지민도 접근하지 않는다는 마굴이었다.

결혼식을 한나절 뒤로 앞둔 신랑—— 빌헬름은 그런 곳에 갇혀 말 그대로 암중모색의 궁지에 빠져 있었다.

—일의 발단은 몇 시간 전으로 거슬러 올라간다.

매서운 기개로 순찰에 임한 체르게프 부대는 플뢰르에서 발목 잡힌 걸 제외하면 순조롭게 예정을 소화해냈다. 풍차로 유명한 밀그레나, 주조소로 이름 날린 보노보를 단기간에 돌파해 마지막 목적지인 크램린에도 지체 없이 도착했다.

지체를 부른 건 도착한 체르게프 부대 쪽에 전달된 '마을 아이들이 여러 명 행방불명됐다'는 보고였다.

그냥 밤놀이, 미아, 장난일 가능성도 충분히 있다. 하지만 여러 명의 아이가 얽힌 모종의 비상사태라고 간주하면 치안 유지를 목적으로 순찰하는 체르게프 부대가 맡을 일이었다.

"대장님, 여기서 시간을 잡아먹으면 결혼식에……."

"늦지. 그래서 테레시아한테 애들은 못 본 척하고 널 우선했다고 보고하라고? 나만이 아니라 너희까지 모조리 베어 죽일걸."

『그치. 나도 캐럴 씨한테 혼나.』

이것이 아이들의 행방불명 사건에 대한 체르게프 부대의 결론이었다.

결혼식을 우선해 직무를 소홀히 해선 본말전도. 빌헬름의 그 답변에 이의를 제기할 대원은 한 명도 없었다. 대신에 그 뒤의 부대 행동은 신속했다.

체르게프 부대는 마을 내 수색을 주민에게 맡기고 주위 산야의 수색에 나섰다. 그리하여 마을의 뒤편에 있는 콜드로 산, 그

기슭에서 발견한 발자국을 쫓다가 산길의 균열을 통해 동굴로 굴러떨어진 아이들을 발견한 것이다.

그 시점에서 크램린에서 체류한 시간은 두 시간. 쓰라린 시간이긴 했지만 만회는 가능하다.

그렇게 안도하며 동굴로 내려간 빌헬름은 네 명의 아이들을 한 명씩 동굴 위로 밀어 올리고, 마을로 돌아가 순찰을 끝내려 생각했다.

——지진이 일어나 동굴 입구가 붕괴한 건 그런 최악의 순간이었다.

잔물결 같은 진동에 붕괴가 시작됐다가 진동이 거세지며 바위 벽의 금이 단숨에 퍼져 나갔다. 그 결과, 동굴은 토사와 낙석으로 메워져 입구였던 곳은 그냥 벽으로 전락했다.

그리고 동굴에는 빌헬름과 마지막으로 위로 보낼 생각이던 아이, 지진 직전에 받아 든 아이를 동료에게 던지고 대신에 낙하한 그림까지 세 명이 남았다.

——그 뒤로 몇 시간. 세 명은 아직껏 어둠 속을 헤매고 있다.

"입구를 다시 파는 것보다는 낫다고 생각했는데…… 지금 와서 보면 거기서 구조를 기다리는 쪽이 상책이었을 것 같군."

빌헬름이 암흑에 시력을 집중하며 앞이 깜깜한 상황에 그렇게 중얼거렸다. 그러자 즉시 꾸짖는 것 같은 날카로운 쇳소리가 바위굴에 메아리치기 시작했다.

경쾌한 소리는 말 없는 그림의 항의였다. 철판을 자신의 왼쪽 발에 달고 두드린 소리로 의사를 전달하는 그림에게서는 『포기하지 마.』라는 의도가 강하게 느껴졌다.

　신경질적인 대비책 덕에 두 사람은 말이 없어도 가까스로 의사소통이 가능했지만, 그 탓에 그림의 잔소리는 필담보다 물리적으로 시끄러웠다. 말 안 해도 포기할 심산은 없는 빌헬름 입장에서는 동굴과 쇳소리 쌍방으로부터 시급히 해방되고 싶은 참이었다.

　다행이라고 할지 보호한 소년은 동굴 붕괴 때문에 실신했고 그 뒤로는 마냥 기절 중이다. 그 조그만 몸을 그림이 들쳐 메고 경계하는 빌헬름을 앞세워 동굴 안쪽으로—— 막힌 입구를 버리고 흘러오는 바람을 의지해서 다른 출구를 찾고 있다.

　"———."

　시시각각 시간은 끊임없이 흘러간다.

　동굴에는 광원이 없어 탐색 속도는 느릿느릿 오르지 않는다. 마음은 애가 단다.

　크램린에 도착한 시점에서 시간은 불의 각(刻) 끄트머리로 접어들고 있었다. 지금쯤 바깥에선 태양이 저물어 기온이 내리기 시작했으리라. 동굴 안에 들어오는 바람도 차가워져서 조금씩 상황이 나빠진다.

　이대로 가면 결혼식에 때를 맞추기란 절망적. 그런 사실도 초조한 심경에 박차를 가한다.

　그러나——.

　"이봐. 너무 앞에 나서지 마. 바닥 상태가 나쁘다. 갑자기 무너져서 거꾸로 뒤집히기라도 하면 널 구해 줄 자신이 없어."

그림의 숨결이 거칠고 발걸음은 조급했다. 결혼식의 당사자인 빌헬름 이상으로 초조해 보이는 그림. 그 태도에 빌헬름은 갸우뚱했다.

체르게프 부대의 대원들과 마찬가지로 그림이 자신과 테레시아의 결혼을 축복해 주고 있으며 빨리 왕도로 돌려보내고 싶어 하는 건 알지만.

"너답지 않은데. 안전제일, 생명이 최우선이란 게 네 신조잖아. 그런데 이런 상황에서 초조해하면……."

"──우."

조급해하는 전우를 달래며 익숙지 않은 말을 애써 건네는 빌헬름을 그림이 돌아보았다. 그 얼굴은 어둠에 이지러져 보이지 않지만 시선에는 분노와 비슷한 감정이 서려 있었다.

그건 아마도 『왜 넌 남의 일처럼.』쯤 될까.

이대로 가면 결혼식에 늦는다. 그럼에도 불구하고 빌헬름은 평정을 잃고 성급하게 나설 조짐이 없다. 물론 초조해하긴 하지만 그뿐이다.

그야 당연하잖은가.

"만약 식에 늦더라도 가장 중요한 마음은 이미 주고받았어. 그게 안 갈라졌으면 내가 볼썽사납게 정신 못 차릴 이유는 없지."

"────."

"그리고 늦을 생각은 없다고. 그 녀석을 내 신부로 삼겠다. 반드시 돌아가겠다. 둘 다 약속한 처지야. 어기면 다시는 그 녀석 밥을 못 먹어."

빌헬름은 비장한 눈치의 그림에게 완전 당당하게 거짓말했다. 그 넉살을 섞은 발언에 한순간 어안이 벙벙해진 그림의 기척이 있었다.

그리고 바로 그림은 긴 한숨을—— 그다운, 반응을 흘렸다.

"————."

"그 눈초리 관둬. 보이지 않아도 글로 안 써도, 네가 무슨 생각하는지 대강 알겠거든. 그리고 잡담할 시간도 아깝고. 안 그래?"

빌헬름은 험악한 기색이 가시고 뜨뜻미지근한 기색만이 남은 그림의 시선을 떨쳐내며 동굴 탐색을 마저 하자고 재촉했다. 그 말에 아마도 그림이 어깨를 으쓱이고, 탐색을 재개——하려던 차에, "……아." 하고 가냘픈 소리가 암흑 속에 울렸다.

조그만 신음성은 그림 쪽에서 들려왔다. 그것은 그림이 메고 있던 소년의 신음 소리였다. 기절해 있던 소년이 꿈지럭거리며 천천히 정신을 차렸다.

"아, 우, ……어?"

"……깼나. 제발 소란피우지 말아다오."

혼란에 빠진 목소리와 기척에 빌헬름은 정신 차린 소년에게 침착한 목소리로 말을 건넸다. 그 말에 그림이 바닥에 내려놓은 소년은 암흑 속에서 두 사람의 모습을 찾으며 물었다.

"여, 여기는…… 아저씨들은?"

"아저씨……. 우리는 널 찾으러 온 왕도 사람이야. 여기는 산에 있던 동굴이고, 너랑 다른 애들은 행방불명이래서 온 마을에서 찾았지. 여기까지는 알겠어?"

"아, 우리, 『흙뱀의 둥지』를…… 그럼, 이 동굴은."

빌헬름의 설명에 암흑의 정체를 깨달은 소년이 몹시 겁먹었다.

"일단 침착해라. 확실히 이곳은 『흙뱀의 둥지』란 동굴이다. 입구가 무너져서 우리는 다른 출구를 찾는 중이야. ……너희는 왜 이런 동굴에 온 거지?"

"……어른들은 들어가면 안 된다고 그랬었는데."

"그럴 테지. 우리도 산에 들어가기 전에 주의받았을 정도야."

"하지만 요새 마을에 자꾸 지진이 일어나서……. 옛날, 할아버지한테 이야기 들은 적 있거든요. 지진은 산에 사는 흙뱀님이 일으키는 거라고. 그래서……."

어조를 낮춘 소년. 그 진의에 빌헬름은 수긍했다.

"흙뱀을 죽이러 왔단 말이군. 용감한데."

"아, 아냐! 공물을 바쳐서 얌전히 있어 달라고 한 거예요!"

지레짐작이었다. 당황하는 소년의 목소리가 뒤집히다가 왠지 자기 품속을 뒤졌다. 그리고 소년은 손에 든 뭔가를 바닥에 내던지더니──그 순간, 하얀색 빛이 켜졌다.

몇 시간 만의 강한 빛에 빌헬름과 그림이 희미하게 신음했다.

"……라그마이트 광석, 가지고 다녔었나."

"동굴에 들어가니까 당연하잖아요. 아저씨들은 왜 안 들고 있어요?"

"_____."

어린애에게 준비 부족을 지적당한 빌헬름과 그림은 쓸쓸한 표정을 교환했다. 하지만 소년 덕분에 빛은 손에 넣었다. 이로써 탐색은 현저하게 진척될 것이다.

빌헬름이 손을 내밀자 소년이 들고 있던 광석을 마지못해 건넸다. 라그마이트 광석이다. 손아귀에서 빛나는 광석의 감촉을 확인하면서 말했다.

"너와 애들의 의기는 높이 사지만 역부족이었군. 다음부터는 주위에 폐를 끼치지 않게 주의하며 검 실력을 키우고 나서 해라."

"으, 응…… 알았어요. 죄송해요."

살짝 생뚱맞은 조언에 고개 떨구는 소년. 뒷일은 빛과 바람을 의지해 바깥으로 통하는 구멍을 찾아내면 밖에 나갈 수 있을지도 모른다.

밖에 나왔을 때, 얼마나 시간이 지났을지는 두렵지만——.

"그건 나간 다음에나 할 걱정이지. 흙뱀이란 미신에 휘둘린 건 불만스럽지만."

소년들 나름대로 마을을 염려해서 한 행동이다. 그걸 마냥 꾸짖어봤자 별수 없다. 긍정적이게, 건설적이게——. 그런 빌헬름의 중얼거림에 소년은 눈이 동그래졌다.

"미신이라니 무슨 말이야? 흙뱀님은 진짜로 있는데?"

"————."

어리둥절한 소년의 발언. 그 말에 빌헬름의 눈이 가늘어졌다. 그 직후, 빌헬름 바로 뒤에서 뒷덜미를 건드린 그림이 철판을 세게 울렸다.

날카롭게 울리는 쇳소리. 그 신호는 『최대한의 경계』다.

그림의 위기 감지 능력, 그 후각은 빌헬름마저도 크게 웃돈다.

따라서 그의 반응은 의심할 여지없는 최대급 위기를 나타냈다.

"제길, 뭐가———."

오냐고 말을 잇기보다 먼저 그것은 찾아왔다.

검을 뽑은 빌헬름이 동굴 안쪽으로 빛을 내세웠다. 순간, 광석이 발하는 하얀빛에 그림자가 스치고, 세차게 꿈틀대는 그것이 사납게 동굴을 뒤흔들며 짓쳐들었다.

"샤아악———!"

동굴의 길을 양쪽 꽉 차게 메우는 질량. 그것은 빌헬름 일행의 몇 배나 되는 거구의 존재였고, 대비하던 세 사람의 의식에서 한순간 현실감을 앗아갔다.

다음 순간, 거구를 꿈틀대던 그림자가 강렬한 일격을 가하고———.

"큭———?!"

쏟아지는 가차 없는 파괴에 동굴은 두 번째 붕괴를 맞이했다.

11

———『흙뱀』이라고 불리는 그것은 십여 미터나 되는 거대한 지렁이처럼 생겼다.

동굴에 적응해 눈은 퇴화하고 굼실대는 육체에는 팔다리도 없다. 하지만 그 거뭇거뭇한 이마에는 뒤틀린 뿔이 나 있어 그 추악한 내력을 한눈에 깨닫게 했다.

머리에 뿔이 돋은 존재. 그것은 틀림없이 인류에게 해를 끼치는 적, 마수(魔獸)라는 증거였다.

마수의 행동 원리는 모든 생명에게 해를 끼치고자 하는 의지다. ——즉, 마수는 사냥터에 멋모르고 들어온 세 사람에게 가차 없는 파괴를 후려치는 행위를 가장 우선한다.

"큭——!!"

꼬리를 내리치는 공격에 그림이 잽싸게 방패를 들어 저항했다.

방패병으로서 교묘하게 적의 공격을 흘리는 그림의 기술은 탁월하다. 상대는 마수. 질량 차이는 절대적. 그럼에도 그림은 적의 첫 공격을 가까스로 받아 흘려 내는 데 성공했다.

"————."

그림은 전심전력을 방패에 담아 충격을 자신의 바로 옆쪽으로 흘려 냈다. 조준이 엇나간 일격은 단단한 바위벽에 격돌하고 동굴 전체에 거센 진동이 내달렸다.

"커, 훅——."

퍼져 나간 충격에 머리가 진탕된 그림의 입에서 피가 흘렀다. 받아 흘린 일격임에도 위력은 다 죽이지 못했다. 팔은 삐걱거리고 무릎은 무너졌다. 두 번째는 흘릴 수 없을 것이다.

하지만 그래도 한순간의 틈은 만들었다.

그림은 그 한순간을 『검귀』가 살릴 거라고 그 누구보다 신뢰했다. 따라서——.

"——잘했어."

한마디. 짧지만 최대급의 찬사가 나오고 어둠 속에서 무수한 은빛이 번쩍였다.

내지른 참격이 종횡무진 미쳐 날뛰며 움직임이 멎은 흙뱀의 육체에 꽂혔다. 흙뱀의 가죽은 탄력적이며 미끈거리는 몸은 발톱 및 칼날에 대한 강한 내성이 있었다.

그러나 『검귀』의 참격은 첫 공격이 막히면 그에 대응해 성질을 바꾼다. 검격의 각도가, 위력이, 일격마다 정밀도를 높이며 끝내는 방어를 돌파, 참격이 먹힌다──.

"흐으으아아아──!!"

포효와 함께 빌헬름은 피를 뒤집어쓰며 검을 휘두르고 또 휘둘렀다.

그 검격과 찢어지는 기합에 기가 죽은 마수가 몸통에서 피를 뿌리면서도 단숨에 후퇴. 바닥을 기는 소리와 함께 흙뱀과의 간격이 크게 벌어졌다.

"그림, 일어서! 여기는 장소가 안 좋아! 이동한다!"

빌헬름은 무릎을 꿇은 그림의 어깨를 부축하고 굳어 버린 소년을 옆구리에 꼈다. 둘 다 잽싸게 행동할 상태가 아니지만 여기서 한판 겨루는 건 너무 불리하다. 라그마이트 광석의 빛에 의지해서 동굴 안쪽을 향해 다시 달리기 시작했다.

하지만 도망치는 중에 빌헬름은 깨달았다. 삐뚤삐뚤 굽이친 동굴. 그것은 흙뱀의 몸통에 깎여 생긴 길이고, 자연 발생한 바위굴이 아니라는 사실을.

"그렇다면……!"

최악의 경우 아무리 달려봤자 동굴의 넓이가 똑같을 가능성이 있다. 흙뱀의 거체에 맞설 공간이 없으면 놈과 싸울 방법이 없다.

"이 마당이면 도망쳐도 도망쳐도 손해만 볼 뿐인가……."

전투 본능이 토해낸 답에 빌헬름은 그 자리에서 발을 멈추었다. 끼고 있던 소년을 그림에게 떠넘기고서 검을 거머쥐고 등 뒤를 돌아본다.

말 못하는 그림이 소년을 안고 빌헬름에게 뭔가 신음성을 질렀다.

"여기선 나나 너나 제 실력을 발휘 못해! 다 같이 살려면 이게 최선이야! 내가 저거랑 붙는 동안에 얼른 안쪽으로 가!"

빌헬름은 물고 늘어지려는 그림에게 호통치고 수중의 라그마이트 광석에 검격을 가해 둘로 쪼갰다. 크기가 절반이 되어도 광석의 특성은 사라지지 않는다.

작아진 빛의 절반을 그림에게 던진 빌헬름은 남은 빛을 입에 물었다.

"빠리, 가하――!"

빛을 손에 든 그림은 소년을 안고 동굴 안쪽으로 달려갔다. 멀어지는 발소리가 서서히 정면으로 다가오는 거구의 바닥 스치는 소리에 묻혔다.

입에 문 광석의 흰빛에 커다란 입을 벌린, 눈 없는 괴물의 돌격이 비쳤다――.

"흐으으아아아――!"

팽팽하게 힘을 모은 찌르기를 돌격에 맞추어 마수의 이마에 꽂아 넣었다. 칼끝은 한순간 마수의 가죽에 튕겨날 뻔했지만 터져 나온 검기가 조준을 수정해 가죽을 뚫고 찌르기가 박혔다.

어둠 속에서 색깔도 모를 마수의 체액이 분출되고 몸 절반에 이를 뒤집어쓴 빌헬름이 울부짖었다. 하지만 선제공격이 먹힌 것도 거기까지. 마수의 돌격을 끝까지 받아내지 못한 검귀의 몸은 몸통에 직격을 받아 뒤로 훌쩍 날아갔다.

"커헉!"

바위벽에 등을 찧어 숨이 막힌 빌헬름이 즉각 옆으로 뛰었다. 그 직후, 빌헬름이 있던 지점에 마수가 몰아친 공격이 벽을 크게 깨트렸다. 충격에 입에 물던 광석을 떨어뜨렸다. 쳐다보니 빛은 고개를 쳐든 마수의 바로 눈앞에 있었다.

"_____."

빛의 회수── 아니, 찰나에 떠오른 판단은 다른 것이었다.

앞으로 내디디며 빛나는 광석을 칼끝으로 걷어 올리고, 공중에 떠오른 광석을 찌르기가 뚫었다. 칼날은 끝에 광석을 싣고 마수의 상처를 다시 깊이 파고들었다. 발성 기관이 없는 마수가 세차게 몸부림치고 좁은 동굴의 길에 충격파와 바람이 휘몰아쳤다.

빌헬름 또한 그 충격에 얻어맞아 연거푸 벽에 찧었다. 이마가 깨지고 찢어진 입 끝에서 피가 흐른다. 하지만 목적은 달성했다.

"이로써 네 위치는 훤히 드러났군."

상처에 라그마이트 광석이 박혀서 마수의 머리는 하얀빛을 내고 있었다. 이로써 이 동굴 속 어디에 숨든 간에 놓칠 일은 없다.

시각이 없는 흙뱀은 그 사실도 깨닫지 못한 채 평소 사냥과 마찬가지로 어둠에 잠복해서 사각에서 사냥감을 저격하고자 행동을 개시했다. 하지만──.

"뻔히 다 보여. 얼간아."

그 거구를 봐서는 믿기 어려운 무음(無音)의 공격. 그러나 빌헬름은 그 공격을 종이 한 장 차이로 피한다. 공격은 훤히 보여도 길 너비가 회피하기에는 너무나 좁다. 극한까지 유인하다가 아슬아슬한 순간에 피한다. 그 반복 작업이다.

때때로 엇갈리듯이 참격을 먹이지만 치명상과는 거리가 멀다. 쓰러뜨리려고 해도, 피한다고 해도, 여기서는 자유롭지가 않다. 적어도——.

"——?! 그림이냐!"

전투 도중, 별안간 동굴 안쪽에서 쇳소리가 연속해서 들렸다. 그것은 자포자기한 것처럼 앞뒤 안 가리는 소리로 들렸지만 빌헬름에게는 확실한 지시로 전해졌다.

『긴급소집』—— 무슨 일이 있든 간에 모여라. 그 신호다.

"————."

철판의 지시에 따라 빌헬름은 즉각 동굴 안쪽으로 몸을 돌렸다.

그 질주에 마수가 신나게 쫓아오지만, 얄궂게도 다름 아닌 마수의 빛나는 머리가 길을 밝히며 그 도주를 거들고 있었다.

구불구불한 길을 지나 균열을 뛰어넘자 이윽고 어두운 길 앞에 끝이 보이고——.

"——그림!"

빛이 가닿는 곳. 동굴의 막다른 곳에서 두 팔을 벌린 그림의 모습이 있다. 그 이름을 부르던 빌헬름의 뇌리에 한순간 의문이 스치고 지나갔다.

그의 곁에 맡긴 소년이 없다. 동굴의 막다른 곳. 그림이 빌헬름을 부른 이유. 그리고 신뢰의 시선을 보내는 이유——.

"_____."

생각을 비우고 그림 쪽으로 달린다. 그리고 그와 동시에 빌헬름이 옆으로 뛰었다. 등 뒤, 빌헬름에게로 직진하던 마수는 그 행동을 따라잡지 못하고 머리부터 벽에 격돌했다.

굉음이 동굴을 꿰뚫고 뒤로 뛰어 물러난 빌헬름과 그림에게 먼지가 밀어닥쳤다. 하지만 그 이상 가는 충격이 돌격을 받은 벽의 붕괴에 따라 일어났다.

다시 낙반이 발생하고 좁은 동굴에 토사가 흘러들었다. 그러나 가장 큰 변화는 그것이 아니다.

"——체르게프 부대, 총공격!!"

노호 같은 호령이 일고 다음 순간에 거센 창칼이 잇달아 번뜩였다. 그것들은 동굴의 벽을 깨고 기세를 타며 밖으로 뛰쳐나간 흙뱀의 머리를 가차 없이 유린했다.

"전투 종료. ——대장과 부대장, 무사히 확보!"

한순간에 찢겨나간 마수의 주검을 밟고서 동굴을 들여다본 컨우드가 토사에 묻힌 빌헬름과 그림 둘을 바라보고 있었다.

"——느려터지긴."

하반신이 토사에 묻힌 빌헬름은 그렇게 투덜거리는 게 고작이었다.

——결혼식은 불의 각 정시에 개시될 예정이었다.

약속 시간을 목전에 두고 식장은 이미 성황리에 참석자로 꽉 꽉 들어찼다. 초대객은 누구나 아름다운 『검성』의 혼례에 기대를 모으고 있으며 왕국의 중진 또한 다수 참가했다.

"식구끼리만 모인, 조촐한 식이면 된다고 몇 번씩 말했는데……."

"그럴 수가. 당치도 않으세요. 테레시아 님의 결혼식은 온 나라가 주목하고 있어요. 그리고 저도 그게 당연하다고 봐요."

식장의 성황을 듣고 그렇게 중얼거린 테레시아의 말에 캐럴이 씩씩댔다.

신부의 들러리인 캐럴도 화사한 드레스로 그에 맞게 꾸몄다. 그 옷차림은 늠름하고도 아름다운 그녀의 매력을 돋보이게 했으나 당사자는 관심이 없었다.

지금의 그녀에게 중요한 건 오직 눈앞의 테레시아뿐이기에.

"테레시아 님, 정말로 아름다우세요. 제가 납치해 도망치고 싶을 만큼."

"캐럴이라면 납치당해도 될지 모르겠지만…… 그랬다간 쫓아온 빌헬름이랑 결투할 것 같아. 나 때문에 싸우지 말아요!"

"지금의 테레시아 님이라면 검을 휘둘러서라도 가로챌 보람이 있습니다."

그런 농담을 섞은 캐럴의 칭찬에 테레시아는 입에 손을 짚고 웃었다.

하얀 신부 의상으로 꾸민 테레시아. 그 모습 앞에선 모든 찬미의 말이 힘을 못 쓴다. 그만큼 지금의 테레시아는 곱고 아름답다. 동성인 캐럴마저도 그 자태에 눈이 타고 목이 마르는 착각을 느낄 정도로.

길고 보드라운 빨강 머리를 묶고 옅게 화장만 해도 평소 인상과 크게 달라진다. 검을 든 그녀가 늠름한 영웅이라면, 사랑으로 가득 찬 그녀는 꽃의 요정이었다.

옷매무새와 화장을 거든 자신이 자랑스럽다. 캐럴은 그런 감동에 잠겨 있었다.

나머지는 이 아름다운 테레시아를 막돼먹은 남자에게 시집보낼 뿐———. 그 사실이 부아 치민다.

"차라리 정말 납치해서 내빼면……."

"캐, 캐럴? 괜찮지? 애, 지금 목소리가 진심 같던데……."

"걱정하시지 마세요. 농담이에요. ……현재로선."

캐럴은 테레시아의 고운 눈길을 피하며 자기 자신을 제어하고자 애썼다. 그런 캐럴의 고뇌는 대기실의 문이 거칠게 열리는 소리에 막혔다.

"테, 테레시아! 빌헬름 군은 아직 돌아오지 않았느냐? 빨리 안 하면 식이 시작해! 그리고 참석자 중에 국왕 폐하와 닮은 분이 계신 것 같던데……. 아무래도 그건 아니겠지만, 아니, 그보다 신부 의상이 어울려서…… 우어어엉!"

"아버지 엄청 성가셔……."

황망하게 대기실에 들어온 사람은 침착함이라곤 하나도 없는 벨톨이었다. 그는 정신 못 차리며 식장과 대기실을 번갈아 쳐다보다가, 종잡을 수 없는 화제를 쏜살같이 내뱉더니 결국엔 테레시아의 눈부신 신부 의상에 아버지로서 흐느끼고 쓰러졌다.

그 모습에 테레시아는 눈썹을 찌푸렸지만 아버지를 보는 눈길에 분노는 없고, 오히려 몹시 온화하고 자상한 기색만이 있었다.

벨톨의 혼란이 나타내는 대로 순찰하러 나간 체르게프 부대는 아직 돌아오지 못했다. 예정보다 한나절 이상이나 귀환이 늦는 건 뭔가 도중에 문제가 발생했다는 증거다.

실제로 그 문제에는 벨톨이 획책한 수작이 포함되어 있을 테니, 벨톨이 쩔쩔매며 당황하는 건 도리에 안 맞지만——.

"거 봐요. 그러니까 쓸데없는 짓 하지 말고 얌전히 있으라 그랬지."

흐느끼며 무너진 벨톨에 이어서 드레스를 입은 티슈아가 나타났다. 신부의 어머니로서 차려입은 티슈아는 의자에 앉은 신부 의상의 딸을 보고 눈이 가늘어졌다.

한순간, 항상 평정을 잊지 않는 티슈아의 두 눈에 또렷한 감정이 스쳤다. 캐럴은 그게 희로애락 중 어느 것에 속하는 감정인지 읽어내지 못했다. 다만——.

"——예쁘구나, 테레시아. 아마 네 형제들도 기뻐할 거야."

"네. 고마워요, 어머니. ……그리고 오라버니들과 카질레스도. 그리고 아버지도."

처연하게 미소 지으며 테레시아가 티슈아의 말에 끄덕였다. 덩달아 붙인 것처럼 낀 벨톨도 그 말에 결국 넘친 눈물을 손수건으로 훔쳤다.

"그래……. 네 오빠들도 널 축복한단다. 테레시아."

"아버지는 미담인 것처럼 끼고 있는데, 전 아직 용서 못 했거든요."

"으이이잉?! 벌써 식 직전인데?! 그보다 지금은 문제가 생겼지 않느냐!"

"애초에 그 문제를 누가 만든 줄이나……."

"테레시아 님, 너무 흥분하면 머리랑 화장이 망가집니다. 벨톨 님도 테레시아 님의 화를 돋우는 짓은 삼가 주세요. 눈치 좀 보고."

"마침내 캐럴까지 그런 말을 하기 시작했어!"

캐럴은 당최 반성이 부족한 벨톨에게 엄하게 말한 다음 테레시아의 눈치를 살폈다. 실제로 빌헬름 일행이 돌아오지 않은 건 사실이다.

만약 그네들이 돌아오지 않으면 식은 성대한 촌극이 되고 많은 사람 얼굴에 먹칠한다.

"괜찮아. 만일, 그런 상황이 되더라도…… 이제 다른 사람 허락은 필요 없어."

"테레시아 님?"

"아버지의 꿍꿍이는 관계없어. 결혼식에 늦는다면 빌헬름이랑 같이 어디 먼 곳에서 맺어질래. 난 진즉에 그 사람 것이고, 그 사람은 내 것이야. 그건 절대 변치 않는걸. 그러니까 당당하게 있을 수 있어."

왕국에 있어서 이번 일은 『검성』과 한 기사의 결혼식이다. 하지만 당사자인 테레시아에게 이건 그저 한 여자와 남자가 맺어지는 의식——. 여기에 끼어들 수 있는 사람은 없다.

참석해 준 사람들에겐 고마운 마음이 있다. 축복받는 데 기쁨도 있다.

그렇다고 해도——.

"그날, 빌헬름이 와 준 것보다 기쁜 일은 없는걸."

화사한 테레시아의 미소에 캐럴은 호흡을 잊었다. 그것은 벨톨도, 티슈아마저도 예외가 아니었다. 신부의 지극한 미소에 전원이 이해했다.

이미 테레시아와 빌헬름은 맺어졌다. 한참 옛날에, 필시 그 꽃밭에서.

그리고——.

"——왠지 밖이 소란스러운가 봐."

문득 뭔가를 깨달은 듯이 티슈아가 대기실의 문을 돌아보았다. 그러자 마침 그 타이밍에 문을 노크하고 고개를 숙인 거구가 얼굴을 내비쳤다.

근육질 몸을 답답하게 예복에 구겨 넣은 인물, 보르도였다.

보르도는 방 안의 사람들을 웃으며 바라보고 힘차게 끄덕였다.

"불안하게 해서 미안하오. 겨우 녀석들이 돌아왔소이다."

그리고 결혼식 개시 시간과 거의 동시에 왕도에 신랑이 돌아왔다는 사실을 알려주었다.

13

식장의 문이 열리기 직전, 테레시아는 가슴이 크게 뛰는 것을 느꼈다.

대기실에서 중요한 시간을 기다리는 동안에는 평정을 유지했었는데, 막상 결혼식을 눈앞에 두자마자 침착함이 사라졌다. 그런 면에서 자신 또한 마음이 약하다고 우스워졌다.

이 또한 필시 이 문 너머에서 기다리는 신랑의 존재가 원인이리라. 그 사람만이 테레시아를 그냥 테레시아로, 『검성』도 검사도 아닌, 그런 존재로 격하한다.

"본인이야 그런 자각이 없겠지만."

"테레시아, 시간 됐다."

미소와 함께 중얼거릴 때, 바로 옆에 서 있는 벨톨이 살며시 팔을 내밀었다.

관례상 결혼식장에는 신부와 그 부친이 나란히 입장하는 법이다. 테레시아는 긴 드레스 옷자락을 나풀대며 벨톨이 내민 팔에 자기 팔을 끼었다.

열기와 함께 뻣뻣해진 아버지의 팔 감촉에 테레시아는 살짝 숨을 내뱉고 말했다.

"아버지, 여러모로 폐를 끼쳐서 죄송해요. 전, 행복해질게요."

"욱……. 여기서 울리면 아스트레아 가문의 체면이 망가진다."

"그래서 말한 거예요."

"넌 정말로 옛날부터 제일 손이 가는 애였지."

마치 앙갚음하는 듯한 말에 테레시아는 복받치는 감정을 참으며 미소 지었다. 그 미소에 벨톨이 끄덕이고, 부친의 손이 식장으로 가는 문을 밀어젖혔다.

빛과 함께 눈앞에 펼쳐진 광경은 왕도의 성당을 성대하게 꾸며낸 식장이었다.

테레시아가 걷는 꽃길에는 말 그대로 대량의 꽃이—— 그것도, 테레시아와 빌헬름의 밀회를 아는 사람밖에 모르는, 그 꽃밭의 노란 꽃이 무수히 장식되어 있었다.

아마도 캐럴의 소행일 것이다. 얄미운 연출이라고 테레시아가 고개를 들고 꽃길 저편에 줄지어 있는 참석자들 쪽을 쳐다보았다. 그리고 그 기이한 광경에 눈을 깜빡였다.

"———."

예복으로 꾸며 입은, 거창하고도 화려한 참석자들 옆에 그들이 당당히 줄지어 참석해 있었다.

온몸은 흙먼지와 땀으로 지저분하며 갑옷과 망토 또한 걸친 상태다. 행색은 엉망이고 수면 부족이 훤히 드러난 표정으로 체르게프 부대의 대원들이 집결 중이었다.

그 모습은 평생에 한 번뿐인 결혼식에 참석자로 서도 될 만한 풍채가 결코 아니었다.

실제로 그걸 이유로 무례함을 꾸짖으며 퇴장을 촉구하는 것도 충분히 가능하다. 놀란 벨톨이 옆에서 테레시아를 흘깃거리는 게 전해졌다.

하지만 테레시아는 딱 한 번 눈을 감고, 그저 그들의 참석에 깊이 감사했다.

"——고마워요."

지저분한 그들의 모습에 테레시아는 입 안으로만 감사를 전했다.

이 결혼식을 축복하고자 잘 차려입어 주는 게 배려라면, 이 결혼식에 늦지 않고자 아무리 지저분해져도 달려와 준 것 또한 배려다.

그리고 테레시아는 여러 번 말머리를 나란히 하며 싸운 그들의 됨됨이를 알고 있다. 그들에게 축복받는 것은 『검성』으로서도 한 여자로서도 영광스러운 일이었다.

테레시아는 붉은 꽃길을 지르밟으며 참석자의 박수와 축복과 함께 앞으로 나아갔다. 감격에 겨운 벨톨의 팔을 끌고, 어느 쪽이 신부인지 모르겠다고 쓴웃음 지으면서.

체르게프 부대 앞을 지나가는 순간, 몸을 곧게 세우고 박수해주는 그들에게 묵례를 보냈다. 전원이 그에 맞추어 일사불란한 경례를 해 준 것이 마음에 굳게 새겨졌다.

부대 가장자리에는 그림과 캐럴이 나란히 어깨를 맞대고 서서 테레시아를 바라보고 있다. 두 사람에게도 비슷한 기회가 필시 곧 찾아올 것이다.

그때는 누구보다 자신이, 그와 그녀를 축복하겠다고 굳게 맹세했다.

두 사람 옆에는 보르도가, 그리고 왕국의 중진들이 모두 모여 있다. 보르도 옆에는 후드를 눈까지 뒤집어쓴 인물—— 지오니스 폐하까지 있어서, 놀람과 동시에 쓴웃음을 지었다.

이 결혼식에 참석하고 관계해 준 사람들에게 진심으로 감사를.

그리고——.

"——빌헬름."

꽃길의 끝, 단상에서 한 청년이 테레시아를 내려다보듯이 서 있었다.

테레시아는 그 이름을 부르고 벨톨의 팔을 풀었다. 대신에 단상에서 내려온 청년이 풀려나온 팔을 잡고 신부를 자기 팔에 껴안았다.

신부가 부친에게서 신랑에게로 양도되는 순간이다. 그 사실에 테레시아는 눈을 감으며, 자신을 안은 청년의 냄새를 크게 들이켜고——.

"——또, 땀 냄새 나."

필사적으로 달려온 신랑의 고생을 그런 말과 웃음으로 치하했다.

14

『흙뱀의 둥지』에서 벌인 공방은 결혼식 당일의 아침 어스름과 동시에 막을 내렸다.

"그림 부관님의 임기응변 덕분이죠. 동굴 안쪽, 바람이 지나는 길은 좁아서 어른은 못 지나겠더군요. 하지만 애라면 지나갈 넓이는 있었죠. 그 애를 시켜 전언을 보내서……."

"부대를 밖에서 매복시키고 마수더러 동굴을 무너뜨리게 했나. 용케 우리가 거기로 나올 줄 알았군."

"대장님 생각한 것보다 필사적이었단 말이죠. 총출동해서 산을 싹 털었다고요."

이는 생매장된 빌헬름 일행을 회수한 컨우드의 발언이다.

사건의 전말은 그가 설명한 대로. 그림의 임기응변과 체르게프 부대의 총공격으로 마수를 토벌했다. 크램린의 안전을 확보했을뿐더러 아이들도 보호했으니 치안 유지로서는 대성공이었다.

"남은 건 지룡을 버릴 각오로 대장님을 왕도로……식장으로 배달할 뿐. 자, 쉬고 있을 겨를은 하나도 없습니다. 갑시다!"

"그거야 고마운데…… 너희 왜 그렇게 필사적으로 돕는 거지? 나랑 테레시아의 혼례가 그렇게 큰일인가?"

컨우드의 귀기가 감도는 모습에 빌헬름은 결국 그 의문을 입에 올렸다.

그 말에 지룡에 앉은 컨우드가 콧잔등을 긁었다.

"몇 번씩 말했잖습니까. 테레시아 님을, 혼자 식장에 서게 할수는 없다고. 그 사람은…… 그 애는, 행복해져야만 하는 애라고요."

"――――."

"대장님은…… 아니, 빌헬름, 너야 눈치 못 챌지도 모르지."

컨우드가 평소의 스스럼없는 말투를 목소리에서 지우고 옆얼굴에 진지한 기색을 띠었다. 고참 중 한 명으로서, 예전 빌헬름을 대하던 시절의 언동으로 돌아간 그가 말을 이었다.

"근데 말이야. 우리는 그 애랑, 『검성』이랑 함께 여러 번 내전에서 싸웠어. 그 검에 여러 번 구원받고, 여러 번 지켜지고, 여러 번 용기를 받았어. 살아남은 것도 『검성』 덕분이지. 그건 거짓말도, 과장도 아니야."

달리는 지롱 위에서 고삐를 잡은 컨우드가 곧게 앞을 바라보고 있다. 빌헬름은 그 두 눈에 별안간 자기 자신에 대한 분노가 스치는 걸 알 수 있었다.

"그 강함에, 『검성』의 검에 나는 압도당했었지. 그래서 그 식전 날에 네가 『검성』을 패배시킨 광경을 본 순간, 난 후회했어."

"후회?"

"그 애가, 『검성』이, 그냥 여자애란 걸 깨닫지 못한 우리에게."

컨우드는 어금니를 깨물며 무뚝뚝한 표정의 빌헬름을 흘긋거렸다. 그리고 그는 굳은 뺨의 힘을 풀고 힘없이 쓴웃음 지었다.

"너한테야 별것 아닌 사실이라도 우리는 깨닫질 못했어. 줄곧 믿고 기대며 강함의 상징 같던 『검성』이, 약한 면도 있는 여자애일 줄 상상도 못했지."

"_____."

"그 애 손에 검을 주고 싸우게 해 놓고서 뭐가 기사야. 뭐가 용맹과감한 체르게프 부대냐고. 그러니까 우리는 모두 네가 그 애에게서 검을 빼앗은 것을 감사하고 있다. 네가 우리에게, 기사로서도 사내로서도 실격이던 우리에게 해야 할 일을 깨닫게 해

줬기 때문이야."

컨우드는 그 말을 끝으로 자기 뺨을 두 손으로 세게 두드렸다. 마른 소리가 울리고, 다음 순간에는 평소와 같이 고참다운 여유를 되찾은 얼굴로 돌아왔다.

"그러니 대장님은 테레시아 님을 행복하게 해 주셔야 합니다. 그러니까 서두르죠, 서두릅시다. 씻을 시간도, 옷 갈아입을 시간도 없어도."

"그 녀석을 혼자 두지 않게 말이지."

"바로 그거죠."

빌헬름은 활짝 웃는 컨우드에게 콧방귀를 뀌고 지룡을 몰았다.

그리고 일제히 왕도에 귀환한 체르게프 부대는 보고도 미룬 채 식장으로 달려갔다.

"──또, 땀 냄새 나."

품속의 소녀가 불만스러운 표정을 짓자 빌헬름은 쓴웃음을 지었다.

이번만큼은 부정할 수도 없었다. 순찰 중에는 잘 시간도 씻을 시간도 없었던 것이다. 그래도 결혼식 전에는 전부 씻어낼 예정이었지만 결국 그 또한 시간이 나질 않았다.

가까스로 결혼식에는 늦지 않았고 초대객 중에도 결석자는 나오지 않았다. 씻을 시간은 없었지만 갑옷 장구를 벗고 갈아입는 정도는 가능했다. 그걸로 만족해 줬으면 싶다.

그러나, 물론──.

"미안하다고는 생각해."

"아냐, 괜찮아. 이게 빌헬름의 냄새, 이게 당신인걸."

"땀 냄새 나는 게 내 특색이란 말은 아무래도 부정하고 싶은걸."

"그런 의미가 아니랍니다. 바보."

껴안은 상태의 신부와 말을 주고받던 빌헬름의 시선이 정면의 벨톨에게로 돌아갔다.

아마도 순찰 임무 및 중간에 여러 가지로 획책했을 인물이다. 지금까지 겪은 마음고생 몸 고생을 감안하면 한마디 항의하더라도 천벌은 안 받겠지만——.

"벨톨 공. ——당신의 따님, 테레시아는 받아가겠습니다."

빌헬름의 입술에서 원망은 나오지 않았다.

필요한 말을, 필요한 상대에게 건넨다. 그 말에 벨톨은 얼굴이 굳으며 대답했다.

"……행복하게, 해 주게."

"맹세하겠습니다. ——단, 제 다음이 되겠습니다만."

첫 번째는 사랑하는 소녀를 아내로 맞이한 자신이니까 양보할 수 없다.

그런 빌헬름의 선언에 테레시아가 얼굴을 붉히고 벨톨은 눈을 크게 떴다. 하지만 벨톨은 바로 신부의 아버지로서 인사하고 참석자 자리에 있는 아내 곁에 섰다.

그리되니 꽃길에 남는 것은 빌헬름과 테레시아 두 사람. 식의 주역인 두 사람뿐.

빌헬름은 복장이야 신랑다운 예복으로 갈아입었지만 머리는 헝클어졌지 얼굴은 더럽지, 신랑으로 볼품 있다고는 결코 못할 몰골이었다.

　한편 테레시아는 백색 기조의 화려한 드레스를 입어 이 세상에서 으뜸가는 신부의 모습이었다.

　"드레스의 감상은…… 식이 끝난 뒤에 들을 거야."

　"솔직히 말로 표현할 자신이 없다만."

　"말로 못하겠으면 태도와 행동으로 표시해 주면 되니까."

　"……그건 그거대로, 어마어마하겠는데."

　"응?"

　신랑은 자기 매력을 자각 못하는 신부의 모습에 이골 날 대로 난 한숨을 지었다. 그리고 빌헬름은 소녀를 가슴에서 풀어 준 다음, 그 몸을 안아 올렸다.

　빌헬름은 무릎과 허리에 팔을 두르자 희미하게 놀라는 그녀를 안은 채로 단상에 올랐다. 호리호리하고 가벼운 몸. 그러나 이 세상의 무엇보다도 곱게 다뤄야 할 사랑하는 소녀.

　"아이 참, 창피하니까 내려 줘……."

　"이렇게, 네가 누구 것인지 과시해 두지 않으면 불안해서 말이야."

　"그런 건, 그 식전 날부터 진작 온 나라 사람들이 다 알거든!"

　얼굴 붉힌 테레시아의 말에 빌헬름은 그게 그런가 하고 갸웃했다. 섣부른 변명은 도움이 되질 않았다. 궁극적으로는 그냥 빌헬름이 그러고 싶으니까 그러는 것이다.

이 누구보다 아름답고 가련한 소녀가 내 신부라며 자랑하고 싶을 뿐이다.

식이 진행된다.

단상에서 신부와 신랑이 마주 보고, 결혼식을 진행하는 마이크로토프가 긴말을 늘어놓았다. 빌헬름과 테레시아는 반은 듣고 흘리면서 서로 사랑과 맹세를 주고받는다.

"그럼, 두 번째가 되겠습니다만, 이 자리에 모인 분들 앞에서 맹세의 입맞춤을——."

쓸데없이 한마디가 덧붙었지만, 빌헬름은 테레시아에게 한 걸음 걸어갔다.

"빌헬름, 당신을 사랑해."

"———."

"당신은?"

장난스러운 신부의 질문에 빌헬름은 말로 대답하지 못했다.

그저 그녀가 바란 대로, 태도와 행동으로 표시하고자 그 입술에 입술을 포갰다.

그것은 혼례의 일, 훗날까지 오래도록 노래로 전해지는『검귀연가』의 후일담——.

소란스럽고도 사랑스러운 나날을 엮은,『검귀연담』의 한 장면에 어울리는 맑은 날이었다.

『검귀연담──픽타트의 은화난무(銀華亂舞)』

1

──강풍을 두른 참격이 우짖고, 『검귀』는 죽음의 틈새를 누비며 흙을 박찼다.

흩날리는 흙덩이를 시야 구석에 포착한 『검귀』가 몸을 돌리며 검격을 날렸다. 상대의 굵은 목을 향해 번뜩이는 은빛은 정확하게 치명상을 노렸지만, 바로 밑에서 터진 일격에 코앞에서 튕겨났다.

"────."

혀를 찰 겨를도 없다.

검격이 막힌 충격을 이용해 『검귀』는 기세에 거스르지 않고 하늘로 뛰었다. 언뜻 도망칠 곳이 없는 하늘로 내빼는 건 하책이지만, 이 순간에는 유일한 활로──.

"쉭──!!"

순간, 세 방향에서 동시에 엄습한 칼날이 가차 없이 살갗을 긁어 혈무를 뿌렸다.

하지만 치명상은 면했다. 가속한 의식이 통증을 뒤에 내버리고, 피바람을 두른 『검귀』는 허공에서 몸을 뒤집어 거꾸로 된 상태에서 눈 아래의 거구를 올려 베었다.

칼끝이 검푸른 어깨에 침입. 얕다. 팔 한 짝도 떨어뜨리지 못했다. 어금니를 깨문 직후에 답례로 날아온 한 방이 꽂혔다.

"컥——."

억지로 뒤튼 옆구리에 어린애 머리통만 한 거대한 주먹이 틀어박혔다. 묵직한 일격에 갈비뼈가 비명을 지르고 몸은 그대로 옆쪽으로 날아갔다.

돌담에 격돌하는 바람에 낙법도 충분히 못 취하고 지면에 나동그라졌다. 포석에 이마가 깨져 흐르는 뜨거운 피를 혀로 핥아내고 고개를 들었다. 공격은 더 없다. 상대 역시 무사하진 않다.

"————."

정면. 한쪽 무릎을 꿇은 『검귀』의 시야에, 고개를 꺾어서 봐야 할 수준의 거구가 당당히 서 있다. 그 거구는 자신의 팔——『검귀』를 후려치고 손목이 잘려나간 왼팔을 응시하고 있었다. 굵은 손목에서는 요란하게 피가 솟구치며 커다란 왼쪽 주먹이 그 발 아래에 나뒹굴고 있었다.

한눈에 봐도 중상. 『검귀』 역시 상처가 작다고는 못하지만 팔을 잃은 상대와 비교하면 어느 쪽이 우위인지는 불을 보듯 훤하다.

——상대의 왼팔이, 세 개나 더 남지만 않았다면.

"오래도록 적수를 얻지 못했으나…… 이건 얻기 어려운 행운이로다."

나지막하게 묵직한 목소리로 중얼거리고는 파란 나신을 드러낸 거구의 팔이 부풀어 올랐다. 그 순간, 손목을 잃은 팔의 상처에서 출혈이 멎었다. 상궤에서 벗어난 근육량으로 핏줄을 묶어 억지로 지혈한 것이다. 가능한가 불가능한가는 중요하지 않다. 눈으로 본 게 전부다.

　"……괴물이냐, 너."

　"서운하게 말하는군, 호적수. 본인이나 그대나, 피차 기연을 얻었어."

　"풰……. 그게 남의 여자를 빼앗겠단 남자의 대의명분이냐? 잘나셨군."

　"그대만한 적수를 거꾸러뜨리고 포상으로서 미녀를 원한다. 이해 못할 게 어디 있는가."

　"야만족의 논리군."

　"검과 함께 사는 짐승의 섭리인 법."

　핏덩이를 뱉어내는 『검귀』의 말에 거구── 여덟 개의 팔을 지닌 투신이 사납게 웃었다. 그 위용이 뿜어내는 압도적인 패기에도 『검귀』는 기죽지 않고 맞상대했다.

　당연하다. 물러난다는 선택지는 없다. 왜냐하면──.

　"＿＿＿＿＿."

　돌로 지은 대교의 입구로부터 한 시선이 등에 꽂히고 있다.

　이 상식을 초월한 결투에는 많은 관객의 눈길이 모여 있었다. 쏠리는 시선의 수는 헤아릴 수 없고 무수한 감정이 휘몰아치고 있다는 실감을 느꼈다.

하지만 『검귀』에게 중요한 건 단 하나뿐. 그 하나만을 강하게 느끼면 족하다.

"―――."

맑게 트인 하늘을 비춘 눈으로 타오르는 불꽃 같이 아름다운 머리를 바람에 나부끼며, 한사코 의심 없이 오로지 『검귀』의 승리만을 믿는 눈초리를 등에 받고 있다.

그 눈에 자신이 비치는 한, 『검귀』는 누구에게도 감히 질 수야 없는 것이다.

따라서―――.

"맘대로 실컷 떠들어. 어차피 내가 이긴다. ―――『여덟팔』의 쿠르강."

"그렇다면 본인은 미녀가 밴 아이에게 그대의 이름을 붙이지. ―――『검귀』빌헬름."

굵고 탄탄한 일곱 개의 팔이 날 너비가 두꺼운 대도 『귀식도(鬼食刀)』를 움켜쥐었다.

온몸에서 검기를 터트리며, 『검성』마저도 물리친 검술의 묘리가 다시 그 몸에 깃든다.

끝이 없는 광란, 거세고 가열한 투기의 소용돌이, 『검귀』와 『여덟팔』의 일대일 대결―――.

―――세상에 이름 높은 격전, 사투, 목숨을 건 결투 『픽타트의 은화난무(銀華亂舞)』.

그 발단과 결판의 이야기는, 애젊은 남녀의 『검귀연담』 중 일막이었다——.

2

"——아버지는 바보! 이젠 몰라!"

새벽의 저택에 카랑카랑한 미성이 울려 퍼지고 정원수에서 날개를 쉬던 작은 새들이 일제히 날아올랐다.

놀라는 날갯소리가 멀어지고 세상에 한때의 고요함이 내려앉았다. 그러나 그 한순간의 동결이 녹자마자 당황해서 움직이기 시작한 사람은 키 크고 마른 체구에 수염을 기른 남성이었다.

남성은 대범하고 침착한 겉모습이었으나 그와 전혀 안 어울리는 행태로 안절부절 손을 내저으며 말했다.

"자, 잠깐, 테레시아. 화내는 건 좀 성급하지 않느냐? 잠시만 더 진정하고, 천천히 아버지의 제안을 고려한 다음이라도 늦지는……."

"아버지 생각이 더 엉뚱하고 성급하죠! 왜 그렇게 중요한 일을 한마디 상의도 없이 맘대로 정했어요?! 제가 이상한 소리를 하는 거예요?!"

"그거야 물론, 소중한 딸인 널 놀라게 해 주려고 말이다."

"네, 놀랐죠. 대단히 놀랐어요. 아주 나쁜 쪽으로! 연을 끊고 싶을 만큼!"

"어?! 왜?! 이렇게나 가족을 사랑하는데?!"

남성이 화들짝 놀란 표정으로 말하자 말다툼하던 소녀가 요란하게 지친 한숨을 쉬었다.

고운 빨강 머리와 하늘색 눈. 아리따운 소녀다. 꾸밈은 없지만 여성다운 매력을 북돋는 하얀 경장에, 의외로 풍만한 가슴을 강조하듯 팔짱을 끼고 있다.

소녀의 이름은 테레시아 반 아스트레아———. 이 저택의 주인이자 맞상대하는 벨톨 아스트레아의 친딸이다. 요컨대 이건 부녀 싸움 현장이었다.

그리고 이 부녀 싸움 말인데, 실은 썩 드문 일이 아니다. 오히려 자주 발생한다. 테레시아가 사는 곳에 벨톨이 방문한다면 정말로 거의 확실하게.

그러는 이유도———.

"애초에 아버지는 한 달에 몇 번씩 이 집에 오는 거예요! 달마다 절반쯤은 있잖아요! 제게 지금이 무슨 시기인지 아는 거예요?! 신혼이거든?!"

"당연히 알지! 그래서 더더욱 젊은 두 사람이 폭주하지 않도록 제동을 걸자고 빈틈없이 확인하러 오는 것이야. 이게 딸 사랑이 아니면 뭐겠느냐?"

"아버지 따위 지룡에 차여서 된통 다쳤으면 좋겠어!"

"어어?! 그거, 카라라기에서 쓰는 관용구 중에 들어본 적이 있다만?!"

신혼 가정에 가슴을 펴고 당당히 자리 잡는 신부의 아버지, 딸에게 진심으로 혼난다.

빌헬름이 소파에 앉아 부녀의 대화를 지켜보다 한숨지었다. 그 눈앞에 살며시 찻잔이 놓였다. 돌아보니 차를 나눠 준 사람은 황갈색 머리의 고상한 여성이다. 그 모습에 빌헬름은 고쳐 앉았다.

"항상 미안해, 빌헬름 씨. 바깥양반이랑 우리 딸아이가 저 꼴이라."

"슬슬 이골 난 참이지……. 이골 났으니까요. 장인어른의 마음도 모르는 것도 아니지. 딸을 걱정하는 건 당연한 일이야. ……입니다."

"그렇게 격식 차릴 필요 없거든? 나랑 빌헬름 씨도 가족이니까. 저 사람도 순순히 그 사실을 인정할 도량이 있으면 좋을 텐데."

빌헬름이 익숙지 않은 존댓말에 고심하자 여성은 그렇게 말하고 미소를 보냈다. 그 미소에선 빌헬름이 가장 매력적으로 느끼는 미소의 그림자가 느껴졌다.

당연하다. 그 여성이 바로 테레시아의 친어머니인 티슈아 아스트레아이므로.

아침의 아스트레아 저택── 빌헬름과 테레시아의 신혼 가정에, 테레시아의 부모인 벨톨과 티슈아가 찾아온 것이 현재 상황이었다.

그리고 그 방문을 한탄하는 테레시아의 말대로 이건 이미 항례 행사나 마찬가지였다.

"안녕하세요. ……저, 오늘 아침에는 뭐가 원인으로 언쟁이 났죠?"

귀에 익은 말다툼이 이어지는 휴게실에 인사와 함께 새로운 인물이 들어왔다. 고지식한 성격을 반영한 표정에, 반짝이는 금발을 어깨 높이에서 자른 늠름한 여성이다.

테레시아의 시종이자 빌헬름과도 교류가 있는 캐럴 레멘디스.

아스트레아 가문을 섬기는 집안에 속한 그녀는 이 부녀 싸움에도 이골이 난 눈치다. 말다툼하는 두 사람을 무시하고 맨 먼저 티슈아에게 묻는 구석에서 그 사실이 엿보였다.

"안녕, 캐럴. 그러게. 좋은 질문이야. 참고로 당신은 뭐일 것 같아?"

"빈번하게 저택에 행차하시는 데에 테레시아 님이 마침내 격노하셨다거나."

"어머나, 딱 맞췄네. 뭐, 저이가 하는 짓은 한결같으니까 알 만도 하겠지."

"하아……. 그렇군요."

티슈아가 미소 지으며 긍정하자 캐럴이 애석하단 표정을 지었다. 주군의 친부다. 벨톨에게서 모종의 장점을 찾아내려다가 찾아내지 못하자 낙담한 모양이다. 그 낙담부터 실례라는 말은 빌헬름도 꺼내지 않았다.

그렇게 아침 인사 대신 벨톨을 보며 셋이 함께 한탄하고 있으려니, 그 모습을 깨달은 테레시아가 눈을 빛내며 "캐럴!" 하고 소리를 질렀다.

"내 말 들어봐, 캐럴! 아버지가 있지, 또 자기 맘대로 말하며 날 난처하게 만들지 뭐니! 그런데 전혀 켕기는 눈치도 없고…… 앗, 안녕."

"안녕하세요, 테레시아 님. 저기, 테레시아 님의 심정은 저 또
한 매우 강하게 공감하지만, 아버님을 너무 탓하시면 안 됩니
다. 가엾어져요."

"맞다, 테레시아. 너도 캐럴의 경의를 조금은 본받으려무나."

"후후, 이이도 참, 가엾게 보는 것도 깨닫지 못하고……. 귀엽
지 뭐야."

테레시아와 캐럴의 대화에 벨톨이 엉뚱한 방향에서 가슴을 폈
다. 그 모습을 아내만이 황홀하게 지켜보는 광경에 빌헬름은 이
마에 손을 짚었다.

해괴한 가족관계다. 지금은 그 일부에 자신도 포함된 상황이
지만, 기억 저편에 있는 자신의 친가에서 부모와 두 형과도 이
렇게나 피곤한 관계였던 것일까.

만약 그랬다면 자신이 집을 뛰쳐나온 이유가 의심스러워진다.

"형님의 말에 화가 치민 건 틀림없었을 테지만……."

"잠깐, 빌헬름! 당신도 아버지한테 뭐라고 말해 봐! 이런 건
이상하다고 생각 안 해? 말을 안 하면…… 말해도 아버지는 못
알아먹어!"

"그러면 내가 말해 봤자 의미가 없지 않나?"

"빌헬름이 내 편이면 내가 기뻐! 그러면 되잖아?"

사유에 잠겨 있으려니 테레시아가 빌헬름에게 지원을 청했
다. 마지막에 덧붙인 한마디에 얼마나 큰 힘이 있는지 이 소녀
는 전혀 자각을 못한다.

본능적으로 상대의 치명상을 아는 구석은 역시 전직『검성』이라고 해야 할까.

"──음? 왜 히죽거려? 자, 이리 와, 이리. 내 편 들어."

"그래, 알아. 그래서, 오늘 아침은 뭣 때문에 입씨름 중이지?"

테레시아의 손짓에 쓴웃음 지은 채로 대꾸하며 갈피를 못 잡을 말다툼의 원인을 물었다.

신혼 가정에 한 달 중 절반은 드나드는 것만이 문제는 아닌 모양이다.

과연, 벨톨은 어떤 꼬장을 부렸는가. 그 의문에 테레시아가 얼굴을 붉히며 열변했다.

"아버지가 말이야, 나랑 빌헬름의 신혼여행에 따라오겠대! 진짜 어이없지? 빌헬름도 설득하는 데 협력해 줘!"

──오호라.

이건 상상 이상으로 눈치 없는 양반이라고 빌헬름은 천장을 우러렀다.

3

"그래서, 아버지. 자세히 설명해 보세요. 말하는 거 봐서 태도를 정할 거예요."

"하하하. 태도를 정하겠다니 꽤 철렁한 협박문인데, 테레시아. 아비를 시험하겠다니 터무니없는 애로구나. 이건 더더욱 눈을 못 떼겠군……."

"이야기 듣기 전부터 아버지의 평가가 쭉쭉 떨어지고 있어
요."

"이이잉?! 왜?! 아직 아무 이야기도 안 했다만?!"

테레시아의 꿰뚫는 눈초리에 벨톨이 진짜로 깜짝 놀랐다. 빌
헬름은 왜 놀라느냐고 눈썹을 모았지만 익숙한 건지 다른 여성
셋은 덤덤했다.

그래도 이대로 놔두다간 앞선 언쟁의 재탕이다. 빌헬름은 별
로 내키진 않지만 별수 없이 둘 사이에 끼어들어 발언했다.

"진정해, 테레시아. 우선은 이야기부터 들어봐야지. 장인어
른도 함부로 테레시아를 자극하지 말아 주시죠. 이 녀석은 금방
감정적이 돼요."

"우…… 네에— 알겠습니다. 빌헬름이 그렇게 말한다면 따를
게."

테레시아는 불만스러운 내색의 뾰로통한 얼굴이지만 마지못
해 공세를 거두었다. 그에 안도하며 벨톨을 쳐다보니 그는 자기
수염을 만지면서 입술을 뒤틀었다.

"마치 자기가 더 테레시아를 잘 안다는 태도로군, 빌헬름 군.
말해 두겠네만 난 테레시아랑 같이 목욕한 적도 있네."

"아버지, 도대체 몇 년 전 이야기로 대항심을 불태우는 거예
요!!"

"미안하지만 나도 있습니다."

"끄헉!"

"잠깐, 빌헬름?!"

벨톨이 털썩 주저앉고 얼굴이 새빨개진 테레시아가 빌헬름의 멱살을 잡아 방구석으로 밀어냈다. 테레시아는 거기서 남편을 벽에 밀어붙이고 수치와 초조와 애정으로 눈물 글썽대며 호소했다.

"무, 무, 무, 무슨 말을 하는 거야! 가, 같이 목욕한 적은 아직 없는데!"

"미안하다. 그만 대항심이 솟더군."

"아버지랑 입씨름하지 마! 난 아버지랑 같은 눈높이로 말다툼하는 빌헬름은 절대 보기 싫어!"

자기 부친을 두고 어마어마한 말을 하지만 빌헬름도 그 말에는 같은 의견이었다.

공통의 적을 얻음으로써 부부간의 정을 다지며, 소파에 돌아가기 전에 두 팔을 벌린 테레시아를 가볍게 껴안았다. 그리고 둘이서 얌전히 소파에 앉았는데———.

"……캐럴, 왜 그쪽에 앉아 있니?"

왠지 테레시아와 빌헬름 맞은편, 즉, 벨톨 옆에 캐럴이 가담했다. 조금 전까지 그녀는 테레시아 뒤에 시립해 있었다. 서 있는 위치로 자신이 어느 편인지 표명하는 줄 알았는데.

그런 테레시아의 질문에 캐럴은 고지식하고 단정한 얼굴로 고개를 가로저으며 대답했다.

"저 발칙한 남자가 부부임을 악용해서 테레시아 님께 파렴치한 짓을……."

"잠깐! 그, 그래도 나랑 빌헬름은 결혼한 사이인데?"

"네. 하오나 남편의 권리를 남용해서 테레시아 님과 같이 목욕을 하다니 용서할 수 없는지라."

"부부인데도?!"

부모님 원수라도 노려보는 눈으로 캐럴이 빌헬름을 적대시했다. 그 태도에 벨톨도 "옳소, 옳소." 하고 추임새를 넣는다. 연합의 결속은 단단했다.

아무래도 저쪽 또한 공통의 적을 얻음으로써 정을 다진 모양이다. 민폐다.

"죄송합니다, 테레시아 님. 제게도 절대 양보 못할 일선이 있습니다. 그걸 위해선 설사 벨톨 님과 본의 아니게 협력하더라도 그렇습니다."

"옳소, 옳…… 어?! 본의 아니게?!"

"캐, 캐럴까지 저런 말을 하고, 어떡하지……."

"너희가 뭐라고 하든 말든 난 테레시아랑 같이 목욕할 거다."

"네 이놈——!"

진심으로 분개한 캐럴이 달려들자 빌헬름은 가뿐히 받아 흘렸다. 그대로 실력 차이가 나는 드잡이질에 빠지는 두 사람을 흘겨보고 난처한 표정이 된 테레시아가 방관 중인 티슈아에게 도움을 청했다.

"어머니이……."

"어머나, 시집까지 갔는데 웬 청승이야. 하지만 확실히 이건 좀 딱한걸. ……여보?"

"히익! 난 잘못 안 했다?!"

벨톨이 머리를 끌어안고 잘못한 사람의 상징 같은 말을 입에 담았다. 그 모습에 말없이 눈이 가늘어지는 어머니. 떠는 아버지. 테레시아로서는 낯익은 부모의 모습이다.

그리고 낯익은 광경은 낯익은 흐름을 타고 낯익은 결과에 당도했다.

"시, 신혼여행에 동행하는 건 아무리 나라도 지나치다고는 생각해서…… 그러니까 테레시아가 그렇게 화내지 않아도 실행하지는……."

"그렇대. 소심하고 분위기 파악 못하는 사람이지만 악인이 아니라 소악당에 소인배니까 너희가 걱정할 일은 안 생긴단다."

"어머니, 좀 더 살살……."

"살살 했다가 재미 붙이면 너랑 빌헬름 씨에게 면목이 안 서잖니. 그러니 철저하게 들볶을 거란다. 아아, 괴로워라……."

티슈아는 책망당해 웅크린 벨톨을 몹시 환한 얼굴로 연거푸 매도했다. 테레시아는 그때마다 작아지는 아버지의 모습을 동정하면서도 안도감에 가슴을 쓸어 내렸다.

신혼여행에 부친이 동반한다는 건 아무리 효도하고 싶은 테레시아라도 승복할 수 없다. 물론 잔일 시중 때문에 캐럴이 동행하는 거야 양보한 처지지만.

"그러니 슬슬 두 사람도 아옹다옹하는 건 그만두라니깐."

"난 상대도 안 해. 이 여자가 한사코 끈질길 뿐이지."

"큭, 왜, 내게는 힘이 부족한가……. 검신이여, 만약 소원을 들어준다면 지금 여기서 놈을 쓰러뜨릴 힘을 내게……!"

"여기서?! 그 악질에게 그런 부탁 하지 마! 그만둬, 캐럴!"

테레시아는 이를 악물고 분해하는 캐럴을 껴안고 자상하게 그 머리를 쓰다듬었다. 정이 깊은 시종은 주군의 마음을 참작해 장이 끊어지는 심정으로 분노를 거두어 주었다.

"빌헬름도 더 이상 도발하면 안 돼. 다음은 내가 상대할 거야."

"……그건 승산이 없으니 관두지."

볼을 부풀린 테레시아의 항의에 빌헬름은 바로 백기를 들고 항복했다. 이로써 간신히 아침 일찍부터 시작된 신혼여행 논쟁도 일단락 지어졌다.

죄다 처음부터 벨톨이 얌전하게 있었으면 수습됐을 것 같지만.

"아무튼 첫 여행이란 같은 집에 사는 것과는 다른 형식으로 부부의 새 출발일세. 거기서 실수가 있거나 테레시아를 상처 입힐 일이 없도록. 알겠는가?"

"알았어. ……알았습니다."

"테레시아, 불만이 생기면 언제든 집에 돌아오…… 아야야야, 아파!"

"오호호호. 그럼 테레시아, 빌헬름 씨. 여행, 즐기고 오렴."

티슈아가 쓸데없는 말을 하려던 벨톨의 귀를 잡아당기며 남편을 끌고 휴게실에서 나갔다. 한 달 중 절반은 저택을 방문하는 것에 비해, 결코 묵고 가려 하진 않는 구석에서 가까스로 벨톨의 양식이 느껴지는 것 같다.

"그게 기분 탓이 아니라면 좋겠습니다만……."

"깊이 따져 보지 않으려 하고 있어. 그래서 캐럴은? 오늘은 쉬는 날이잖아?"

테레시아의 질문에 캐럴이 가볍게 숨을 죽였다. 테레시아의 시종인 그녀에게 고정된 휴일이라는 개념은 별로 없다. 따라서 테레시아가 지적한 『휴일』이란 캐럴과 편안한 시간을 함께 보내는 상대의 휴일을 가리킨다.

"오늘은 부대가 휴식이니까. 그럼 녀석도 병영에 처박혔을 테지. 가 보라고."

"네, 네놈한테 들을 필요도 없어! 처음부터 그럴 작정이었다!"

"그래그래, 뜨거우셔라. 자자, 시간이 아깝잖아. 오늘이 여행 전의 마지막 쉬는 날이니, 우리에게 어울린 만큼 즐기고 와."

"아, 알겠습니다……. 테레시아 님이 그렇게까지 말씀하신다면."

작은 오기를 부리는 모습이 실로 아가씨다워서 테레시아는 흐뭇하게 캐럴을 내보냈다. 캐럴은 끝까지 힐끔힐끔 무슨 말을 하고 싶은 눈치였지만, 똑같이 사랑하는 아가씨인 테레시아에게는 무슨 말을 하든 헛수고라고 체념했는지 터덜터덜 저택을 뒤로했다.

"상업가에서 그림이랑 만나려나. 요즘 캐럴은 엄청 귀여워서 왠지 그림한테 샘나더라."

"저 녀석들도 성격이 영 귀찮으니까. 얼른 결합하면 그만일 것을."

"그러면 나랑 빌헬름보다 그림을 우선하겠지? 난 그건 그거대로 좀 서운하지만……."

혀를 차는 빌헬름의 말에 테레시아는 엷게 미소 지으며 자기 머리카락을 빗었다.

빌헬름의 의견도 이해하지만 둘의 관계는 약간 복잡하다. 캐럴의 레멘디스 가문 또한 아스트레아 가문만큼은 아니더라도 왕국 귀족에 이름을 올린 집안이다. 그 집안의 장녀인 캐럴과 평민 출신인 그림이 맺어지기란 쉬운 일이 아니다.

설령 둘의 마음이 연결됐어도 집안 이름과 핏줄이란 그러한 법이다.

"──그림이 기사가 되면 돼. 체르게프 부대의 부관이다. 그렇게 먼 이야기도 아냐."

"……응, 그렇지."

테레시아가 품은 염려를 알아채고 대답한 빌헬름이 어깨를 만졌다. 테레시아는 그대로 끌어안는 그의 어깨에 몸을 내맡기고 느껴지는 온기에 눈을 감았다.

자신과 빌헬름이 맺어진 건 기적의 연속이었다. 뭔가 하나라도 어긋났더라면 일어나지 않았을 행복──. 지금, 그 사실에 진심으로 감사하고 싶다.

테레시아는 그렇게 복받치는 사랑에 가슴을 가득 채우고 빌헬름을 쳐다보았다.

그리고──.

"……그, 그런데, 빌헬름?"

"왜 그러지?"

"오늘은 빌헬름도 쉬는 날, 맞지? 하루, 아무 예정도 없이."

테레시아가 시선을 쭈뼛쭈뼛 왔다 갔다 하며 그렇게 묻자 빌헬름은 눈썹을 모았다. 질문의 의도를 모르겠다. 그런 표정으로 그는 끄덕였다.

"그렇지. 그게 왜?"

"……아직 아침이지만, 캐럴도 없고, 저기…… 목욕물, 끓일까?"

달아오르는 뺨을 자각하면서 테레시아는 가진 용기를 쥐어 짜내어 말했다.

『검성』으로서 전장에 설 때와 비교하는 것도 실례지만, 어쩌면 그때보다 훨씬 긴장한 느낌이 드는 건 이 또한 진검승부 자리이기 때문일까.

"―――."

그 말에 빌헬름의 파란 눈이 번쩍 뜨였다. 그의 파란 눈에 비치는 자신의 얼굴이 보여서 어쩜 상스러운 얼굴이냐고 수치로 죽어 버릴 것만 같았다.

죽어 버릴 것 같았지만――.

――그날, 부부에게 첫 번째 경험이 하나 늘어났음을 여기에 적어 두겠다.

4

빌헬름과 테레시아의 신혼여행 말이지만, 그 실현에는 다양한 문제가 있었다.

예를 들면 재편된 왕국기사단에서 빌헬름이 이끄는 체르게프 부대의 입장은 무거우며, 국왕 직하 부대로서도 기대받고 있었다. 나라 안팎에 아직 내전의 영향이 짙게 남은 현 상황에 그 부대장인 빌헬름이 왕도를 비우는 것에 대한 우려 등이다.

실제로 그걸 구실로 여행을 연기하라고 제시하면 거절하기 어렵다.

그러나——.

"——아니, 『검성』과 『검귀』가 기껏 맺어지지 않았느냐. 그 새 출발이 될 여행을 우리 사정 때문에 방해하겠다니 용도 꾸짖을 것이야. 가도 좋다!"

그 우려도 사정을 주워들은 지오니스 폐하의 한마디로 쉽사리 박살 났다.

변함없이 소탈하고 속이 깊은 국왕의 배려에 빌헬름은 깊이 감사했다. 그 왕의 그릇과 접촉하면 왕국에 검을 바치겠다는 공치사에도 혹하는 마음이 생긴다.

그런 까닭에 빌헬름은 그렇게 말해 준 지오니스 폐하에게 선물과 이야깃거리를 들고 가기로 약속하고 신혼여행의 일정을 뜯어내는 데에 성공한 것이었다.

그렇게 남편의 직장 문제가 해결되니 다음으로 문제가 되는 게 아내 쪽이었다.

물론 『검성의 가호』가 몸에 깃든 상태라도 테레시아는 이미 왕국군에서 제적되어 그 소속은 일개 귀족부인—— 유부녀로 변신했다. 그런 그녀에게 무슨 문제가 있느냐면, 그건 『검성』의 압도적인 지명도였다.

"테레시아 님인 줄 알면 저잣거리에 혼란이 생깁니다. 그건 테레시아 님도 바라시는 바가 아닐 터. 그러니 주의에 주의를 거듭하죠."

이는 테레시아의 여행에 동행해 오랜만의 시종 역할에 의욕을 태우는 캐럴의 각오였다. 지나치게 벼르고 있는 캐럴의 모습에 테레시아는 살짝 기가 죽었다.

"저, 저기, 캐럴? 좀 콧김이 거칠지 않아?"

"테레시아 님을 자유롭게 꾸며도 되다니, 시중드는 보람을 느낍니다……. 결혼식에서도 실력을 발휘했지만 제가 온 마음을 다해 테레시아 님을 사랑스럽게 꾸며보겠습니다! 각오하시길!"

"아——아——."

캐럴이 뜻밖일 만큼 테레시아를 좌지우지하며 재주 좋게 꾸며냈다. 이 여기사는 본인을 꾸미는 건 싫어하면서 테레시아를 치장하는 데에는 본 실력을 냈다.

그 결과, 테레시아는 그녀의 특징적인 매력을 누그러뜨리면서 그 어여쁨과 고상함은 오히려 높인 마성(魔性)의 자태로 승화됐다.

"이걸 그 남자 앞에 바치는 것만이 제 가장 큰 고통이에요……!"

"웬 호들갑을……. 여행 중에는 빌헬름과도 적당히 다퉈."

이를 가는 캐럴의 말에 쓴웃음 지은 테레시아는 몸거울에 비친 자기 모습에 감탄했다.

눈에 띄는 빨강 머리는 챙이 넓은 하얀 모자로 인상을 죽이고, 대신에 기장이 긴 원피스와 치마 부분에 놓인 멋들어진 자수가 이목을 모은다.

이런 모습이니 용검만 차고 다니지 않으면 아무도 자신을 『검성』이라고 여기진 않을 것이다.

"역시, 캐럴이야. 응응, 엄청 만족했어."

"그건 다행이군요. 그럼, 여행 준비를……."

"──그 전에, 캐럴도 치장 안 하면 불공평하지?"

"네?"

테레시아가 웃으며 돌아보자 그 웃는 얼굴을 본 캐럴은 굳어 버렸다.

테레시아는 슬금슬금 후퇴하는 캐럴을 몹시 양갓집 규수 같은 행색인 채로 벽에 몰아붙였다. 그리고 놓치게 않겠다고 두 팔을 벌리고 선언했다.

"자, 당신도 단념하고 여자애 노릇 해! 나만 창피한 건 안 돼."

"테, 테레시아 님, 용서해 주세요! 저 같이 우락부락한 여자가 치장해 봤자……."

"뭔 말도 안 되는 소리 하고 있어! 자, 어서, 자자, 어서!"

"어, 얼─라─."

그런 흐뭇한 막간을 사이에 두고서 부부의 신혼여행은 간신히 결행됐다.

5

신혼여행 일정은 참으로 호기롭게 2개월의 시간이 주어졌다.

이번에도 지오니스 폐하의 배려가 관계했다고 들었지만, 감사의 말을 전할수록 후대받는 까닭에 배려가 늘어나는 것을 두려워해 감사의 뜻은 후일 한꺼번에 전하기로 했다.

"그렇다고 해도 왕국을 한 바퀴 도는 건 도저히 불가능하겠지만……."

"북쪽이나 동쪽은 가 봤자 특별히 눈길 끄는 것도 없어. 이번은 넘겨."

"하지만 트리아스령은 왕국의 북쪽이잖아?"

"……이번엔 그냥 넘어가. 신혼여행으로 가도 부담스러워할 뿐이야."

여행길에 트리아스령—— 이미 망했기에 전 트리아스령이지만, 빌헬름의 고향을 들르려는 테레시아를 타일렀다. 조상과 가족이 잠든 땅이지만 결혼 전에도 일단 인사하러 발길을 옮겼다. 자주 찾아가서야 망자에게도 민폐이기 마련이다.

"알겠어. 그럼 빌헬름의 말에 따르겠는데…… 서쪽이랑 남쪽, 어느 쪽?"

"서쪽으로 가면 수문도시. 남쪽으로 가면 지룡의 본고장과 상업도시……라. 맘대로 골라."

"음—, 음—, 음음음—……!"

선택권을 위탁받은 테레시아가 고민하고 고민한 결과, 번쩍 파란 눈을 부릅떴다.

"——첫 여행은, 남쪽으로 가겠습니다!"

용차를 타고 왕도에서 출발한 부부는 우선 『플랜더스』로 진로를 잡았다.

플랜더스는 지룡 발상의 땅이라고 일컬으며 다양한 지룡이 생식하는 하이클라라 고원에 존재하는 도시다. 그곳에서 태어난 지룡은 국내만이 아니라 타국에서도 귀히 여긴다. 덕분에 이곳은 지룡 산업의 땅으로 크게 번영해 루그니카 5대 도시 중 하나로도 꼽았다.

"신룡 볼카니카가 초대 검성 레이드와 현자 샤울라와 우정을 나눈 것도 플랜더스였다고들 하더라."

"유달리 지룡이 많이 태어나는 건 그때 신룡이 모종의 은혜를 베풀었기 때문이란 이야기는 들은 적이 있군. 영 미심쩍긴 하지만."

"하지만 진짜라고 믿으면, 어쩐지 엄청 가슴 설레지 않아?"

눈을 빛내며 환해진 테레시아의 말에 빌헬름은 가슴의 감개를 참으며 쓴웃음 지었다.

플랜더스는 '지룡의 본고장'이란 별명에 부끄럽지 않은 경치로 세 사람을 맞이했다.

넓은 도시 안 어디를 가도 지룡이 있는 건 당연했다. 이 도시에선 온갖 도시 기능의 동력원을 지룡에게 의존하고 있는 것이다.

알기 쉬운 일례가 거대한 쳇바퀴를 회전시키는 지룡 동력일까. 쳇바퀴에 들어간 지룡이 달리며 수로의 순환 및 도개교의 가동에 그 동력을 이용하고 있다.

"요즘은 왕도에서도 마광석을 이용한 마법등이 여기저기 보이지만……."

"반대로 이쪽에선 마법등이 안 보이는군. 이 쳇바퀴도 왕도에선 본 적 없지만."

"왕도에서 지룡의 역할은 거의 짐이랑 사람 운반이 다지. 이런 쪽 동력으로 돌릴 만큼 지룡의 수도 풍족하지 않아. 왕도의 지형도 이걸 살리기에 적합하다곤 못하지. 이 땅이어야 가능한 특색이라고…… 뭐냐?"

테레시아와 빌헬름의 대화에 유달리 수다스럽던 캐럴이 의아한 표정을 지었다. 그 눈초리에 빌헬름은 "아니." 하고 어깨를 으쓱였다.

"묘하게 똑똑한 설명이 나와서 놀랐을 뿐이야. 박식한걸."

"너한테 순순히 칭찬받는 건 석연치 않군. ……그냥 주워들은 거야."

"그림한테?"

테레시아의 물음에 대답하기 싫다고 캐럴이 얼굴을 찌푸렸다. 그게 대답이었다.

플랜더스에서 체류하는 기간은 열흘간. 세 사람은 그 시간을 유유자적 즐겼다.

그렇다고는 해도 즐긴 쪽은 주로 테레시아와 캐럴이고, 경치를 즐길 감수성이 박한 빌헬름은 기본적으로 여성진을 따라가는 모양새다. 물론——.

　"——저기, 빌헬름! 봐! 경치가 엄청 멋져!"

　지룡을 타고 고원을 내달리는 중에 테레시아가 산간에 내려앉은 석양을 손가락으로 가리키고 웃었다.

　경치에 마음이 끌리지 않더라도 그 절경에 얼굴이 환한 테레시아에겐 마음이 끌린다. 그 옆에서 마찬가지로 지룡을 타고 따라붙으며 미소 짓는 얼굴을 옆에서 바라보기만 해도 충분하다.

　빌헬름도 이 여행을 만끽한다는 실감을 얻어 얼굴에 미소가 서렸다.

　단, 여행에 불만점도 있다. 예를 들면, 여관의 방 배분이다.

　"그나저나 여행 중의 숙소를 두 방 잡는 건 상관없다만, 방을 나랑 너희로 나누는 건 대체 뭐지? 나랑 테레시아의 여행이라고."

　"네 이놈, 테레시아 님과 동침해서 뭘 꾸미려는 거냐……!"

　"말해 두겠는데, 동침은 저택에선 일상이다. 네 걱정은 이미 한발 늦었어."

　"네 이노옴——!"

　"진짜 참! 싸움 금지! 금—지—! 빌헬름도 캐럴을 도발하지 마! 이제 같이 안 자 줄 거야!"

　그런 대화를 거듭한 플랜더스의 일정도 소화하고 여관을 떠난 세 사람은 바로 다음 도시, 『픽타트』로 용차를 몰았다. 더불어서 가는 도중——.

"참고로 플랜더스 근처에 아스트레아의 친가가 있는데……."

"됐어."

"어머니랑 아버지도, 저택에 돌아온 거 아닐까 해서……."

"됐어."

그런 대화와 샛길 금지의 약속을 주고받은 것도 덧붙여두겠다.

그렇게 약간 멀리 돌아가면 들를 수 있는 아스트레아 저택의 존재로부터 눈을 돌리고, 용차는 풍광 좋은 토지로서 유명한 픽타트에─── 이야기의 무대에 도착했다.

6

『픽타트』는 루그니카 왕국 5대 도시 중 하나이자 다른 나라와의 교역이 주류인, 상업으로 번영한 일대도시다.

도시는 동서남북, 그리고 중앙까지 다섯 구획으로 나뉘었으며, 각 구획에는 취급하는 상품 차이 및 독자적인 규칙 등이 존재한다. 그 때문에 다섯 구획은 모두 다른 마을, 다른 토지 같은 특색으로 성립된 것이 특징이다.

그중에서도 중앙구에는 부유층이나 타지에서 온 체류자용의 시설이 여럿 처마를 잇고 있다. 여행자인 빌헬름 일행의 여관도 관례에 따라 중앙구에 잡았는데───.

"───아버지는 바보! 이젠 몰라!"

새벽의 여관에 카랑카랑한 미성이 울려 퍼지고 정원에서 날개를 쉬던 작은 새들이 일제히 날아올랐다.

놀라는 새들의 지저귐이 멀어지자 세상에 한순간의 정적이 차올랐다. 그러나 그 한순간이 풀리자 당황해서 움직이기 시작한 사람은 키 크고 마른 체구에 수염을 기른 남성이었다.

아니, 그냥 벨톨이다.

"자, 잠깐, 테레시아. 그렇게 화낼 건 없지 않느냐? 생각지 못한 곳에서 아버지와 만나 오히려 놀란 다음에 감동하며 이 가슴에 뛰어들 상황은……."

"왜 아버지는 항상 이래요! 분위기 파악해 줄까 싶었는데, 믿었는데! 배신하고…… 너무해! 너무해 너무해 너무해!"

"이이이잉?! 그렇게나 울려는 표정 지을 수준이야?!"

도시의 중앙구에서 최상급이라는 여관, 『금늑대의 술잔』 입구에서, 테레시아와 벨톨은 약 반달 만의 언쟁을 벌였다. 테레시아의 서슬에 쩔쩔매는 벨톨. 그 모습에 흥분한 테레시아의 어깨를 부축한 캐럴도 냉혹하게 흘겨보았다.

"따님 부부의 신혼여행을 앞질러 기다리다니……. 벨톨 님, 아무리 그래도 이건 아니죠."

"캐럴까지 그런 표정을 하느냐?! 여행지에서 가족과 만나 마음 따뜻한 감동에 무심코 눈물짓는 게 아니고?!"

"안 해, 안 해요. 할 리 없잖아요! 어머니는 이거 용납한 거예요?"

"아니, 티슈아는 반대하던데……. 그게, 시험하는 거라고 생각해서……."

"네, 시험받고 있죠. 지금, 제 인내심이 시험받고 있어요! 아버지한테!"

쭈그러드는 벨톨을 보건대 아무래도 이번엔 티슈아가 동행하지 않은 모양이다. 그가 단독 행동하는 모습은 처음 봤지만, 티슈아가 자리에 없는 상황은 평소 이상으로 무슨 짓을 저지를지 모를 긴박감이 있었다.

"진정해, 테레시아. 와 버린 거야 어쩔 수 없지. 설마 방까지 같은 곳일 리는 없어. 장인어른도 만나 봤으니 직성이 풀렸겠지."

"어…… 나도, 여기에 방을 잡고……."

"──장인어른도, 직성이 풀렸겠지."

빌헬름은 버티려는 벨톨의 얼굴을 빤히 보며 검기로 입을 틀어막았다.

『검성』의 가장은 한순간 버틸락 말락 했지만, 바로 얼굴이 퍼레져서 고개를 아래위로 흔들었다. 장인에게 별로 버릇 좋은 태도가 아니지만 이 자리에선 색시 역성을 드는 게 당연하리라.

"하아……. 아버지. 어머니께는 뭐라고 말씀하시고 오신 거예요?"

"티슈아에겐 공무의 일환이라고 말해놨지. 이 도시의 서구에 있는 상가에 주문한 물건이 왔다는 소식이 있어서. 그걸 가지러…… 그래. 그쪽이 진짜 목적이야."

"그럼 본래 목적에 덩달아 나랑 빌헬름을 방해하러……."

"이젠 어떻게 말하든 화내는 거냐! 어떡하면 돼! 사과하면 되는 거냐!"

사과하면 되지만 벨톨은 쓸모없는 오기가 거치적거려 사과를 못한다.

　다시 말다툼을 시작할 듯한 부녀를 앞두고 빌헬름과 캐럴은 같이 끄덕였다. 그다음 빌헬름이 테레시아를, 캐럴이 벨톨을 잡고 둘을 떼어냈다.

　"비, 비, 빌헬르음……."

　"알아. 아니까, 우선 진정해."

　빌헬름은 처량한 기분에 울먹이는 테레시아에게 차분하게 말하고 눈을 맞추었다.

　"한 번 더 말하지. 진정해. 감정적으로 굴지 마."

　"하지만 그래도 그렇지, 이번만은……."

　"못 참겠으면 너 대신에 내가 화내겠어. 그 얼굴도 나 말고는 보여 주지 마. 네가 감정적으로 구는 건 나뿐이면 족해."

　"자기만 좋으려고…… 아으. 어, 저기, 그게……."

　숨결이 닿을 거리에서 거는 말에 직전까지 노발대발하던 테레시아로부터 급격하게 힘이 빠졌다. 그녀의 얼굴은 여전히 붉지만 그 성분은 화가 아니라 수치와 쑥스러움이 단숨에 세력을 늘린 것이었다.

　그 모습에 빌헬름은 안도하고 다른 한쪽의 골칫덩이에게로 눈길을 돌렸다.

　그쪽에선 캐럴이 "티슈아 님한테 이를 거예요."라는 한마디로 무사히 벨톨의 항복을 받아내고 있었다. 그것도 좀 뭐하다고 보지만.

"그럼, 벨톨 님도 수긍하신 차에 바로 배웅을⋯⋯."

"잠깐잠깐잠깐, 캐럴! 너무 한시라도 빨리 돌려보내려 하잖느냐! 내게는 여기서 필요한 게 있어. 테레시아의 여행에 참가하는 것만이 목적은 아니야!"

"장인어른, 말은 조심해 주십쇼. 슬슬 나도 테레시아를 말릴기분이 시들고 있어."

은근슬쩍 야심을 폭로한 벨톨에게 테레시아가 다시 터지는 것도 시간문제다. 시급히 그 목적인지 뭔지를 끝마치게 하고 돌아가라고 청하는 게 상책이리라.

"⋯⋯그래서, 아버지는 뭘 바라고 오신 거죠?"

"왜, 왠지 가시가 돋친 말투로군⋯⋯. 음, 그게 말이다."

벨톨은 눈을 흘기는 딸에게 흠칫거리면서 자기 수염을 손으로 매만졌다. 그리고 살짝 민망한 듯 눈을 내리깔고 말했다.

"──티슈아의 머리 장식이야. 결혼 기념일이 눈앞이라서."

7

"아버지, 어머니께 매년 반드시 새 머리 장식을 선물하거든. 어머니도 중요한 날에는 꼭 그 해에 선물 받은 머리 장식을 달고다니고⋯⋯. 그 점만은 아버지를 멋지다고 생각해."

테레시아가 밑에서 힐끔 빌헬름을 올려다보고 살포시 미소를지었다.

그 미소에는 언외로 '빌헬름도 본받았으면 좋겠다.'는 의도가 어른거렸지만, 그보다 숨은 뜻으로 '그 점을 빼고 아버지는 끔찍해.' 라고 말하고 있었다.

어쨌든 벨톨의 목적은 지극히 정당했기에 그 선물을 받으러 가는 걸 막을 이유는 없다. 서구로 가서 돈독히 지내는 상인에게 물품만 받을 뿐인 이야기다. 천하의 벨톨이라도 말썽거리를 들고 올 여지가 없으리라.

"그런데, 왜 우리가 거기 따라가 줄 필요가 있지?"

"어쩔 수 없다. 벨톨 님이 테레시아 님더러 동행해 달라고 간절히 부탁했어. 이 자그만 부탁을 거절한 결과, 여행에 들러붙기라도 하면 못 배겨."

"너도, 고용주의 가장에게 서슴없이 말하는군……."

빌헬름은 캐럴과 나란히 큰길을 걸으면서 그녀의 탄식에 뺨을 실룩거렸다.

빌헬름과 캐럴의 편성은 이 여행 중에서도 드문 일이다.

그리된 이유는 앞서 가는 부녀가 사이좋게 팔짱을 끼고서 걷고 있기 때문이다. 참고로 그 모습은 벨톨이 요구한 게 아니라 자연히 그렇게 된 상황이었다.

"테레시아 녀석, 그만큼 말하는 것에 비해선 장인어른한테 길들었군."

"길들었다니, 무슨 동물같이 말하지 마. 애초에 두 분 사이가 좋은 거야 보다 보면 알잖아. 특히 벨톨 님은 테레시아 님을 눈에 넣어도 안 아플 만큼 귀여워하고 계셔. 실제로 눈에 넣으려 한 적도 있거든."

"결과는 눈에 선하군."

테레시아의 『사신의 가호』가 깜빡 작용하지 않아서 다행이라고 생각한다. 그런 이유로 부친의 시력을 빼앗았다면 테레시아의 끝없는 후회가 한없이 부풀어 올랐을 상황이다.

그런 감상을 품으면서 빌헬름은 앞에 걷는 부녀의 모습에 눈이 가늘어졌다. 목소리만 엄격한 벨톨에, 테레시아가 뾰로통한 얼굴이다가 금세 꽃이 피듯 웃었다.

"……『검귀』답지 않게 늘어진 낯짝이군."

"나도 『검귀』일 필요가 없을 때 정도는 그렇게 돼. 설마 테레시아와 장인어른이 멀쩡히 대화하는 모습은 볼 수 있을 줄 몰랐고."

"그건…… 그럴지도, 모르겠군."

걸핏하면 시비 거는 캐럴도 오늘만은 빌헬름에게 찬동했다.

아무튼 테레시아와 벨톨의 부녀 관계는 일단 회복됐다. ──혹은 처음부터 회복 같은 건 필요 없었을지도 모른다.

부녀 관계에 눈을 빛낼 필요가 없어지니 빌헬름도 신기한 도시의 풍경에 대강 관심을 드러냈다. 겉모습은 왕도의 상업가와 비슷한 낌새가 있지만 내전의 영향으로 그늘진 왕도와는 현격히 다르게 뜨거운 활기가 있다.

길거리에는 상점과 노점이 줄을 잇고 넘쳐 나는 생명력의 산물로 고성이 오간다. 오래도록 이어진 전란의 피폐도 이 도시와는 무관한 모양이다.

"소란스러운 거리로군."

"성미에 안 맞는다 이건가? 하나 이 모습이야말로 테레시아 님이 지켜낸 것이지."

짧은 빌헬름의 중얼거림에 캐럴이 성실한 척 대꾸했다. 그 답변에 거짓말은 없다. 이 활기도 『아인전쟁』의 마수가 닿았더라면 지금쯤은.

"그 녀석은, 본인을 책망만 할 뿐이니까."

"테레시아 님에게는 구원받은 목소리보다 앗아가 버린 말 못하는 시선 쪽이 무거워. 나로서도 답답하지만…… 그걸 뒤집을 사람은 역시 너다."

"_____."

"그건 똑똑히 통감했어. 이 여행은 내게도 책임 같은 것이지."

"책임?"

"……여행이 끝나고 왕도로 돌아가면 알 일이야."

캐럴은 눈을 맞추지 않고 평소처럼 무뚝뚝한 표정으로 말했다. 그 참뜻을 더듬어 보려 해도 캐럴은 단단한 갑옷을 껴입고서 그 감정의 뒤편을 보여 주지 않았다.

왕도로 돌아가면 안다. 고지식하지만 그 말은 믿을 수 있다. 빌헬름은 그렇게 생각했다.

그리고 그렇게 일행이 흔치 않은 대화를 거듭하면서 한 시간가량 걸은 참이었다.

"여기가, 주문했던 가게야."

벨톨이 발길을 멈춘 곳은 서구에 들어가자마자 눈에 띄는 한 채의 상점이었다. 그의 말에 고개를 든 빌헬름은 그 가게 규모를 얼추 내다봤다.

점포는 그럭저럭 크고, 다루는 상품도 의류부터 식료품까지 갖가지다. 캐럴의 말에 따르면, 픽타트에선 거래하는 물품의 종류가 곧 해당 가게의 알기 쉬운 명함이라고 한다. 그 논리에 따르자면 이곳은 도시에서도 상당한 큰 가게라고 할 수 있지 않을까.

"스웬 상회……."

"물이 오른 상가지. 몇 년 전, 당가에 직접 거래하러 방문해서 관계에 물꼬를 틀었다. 그 이래로 티슈아에게 선물할 머리 장식은 이곳 주인장과 상담하기로 하고 있지."

"이야기로는 들었지만 처음 와 봐요. 아버지는 항상 혼자 몰래 오는데."

"선물은 혼자서 고르는 법이야. 그게 애정을 확인하는 최고의 방법이니까."

테레시아의 놀리는 눈초리에 벨톨은 쑥스러워하지도 않으며 당당히 대답했다. 그 대답에 테레시아는 순간 놀랐다가 바로 자기 자신을 부끄러워하듯 눈을 내리깔았다.

기죽지도 않고 아내에 대한 사랑을 표현하려는 자세는 훌륭한 것이다. 벨톨과 티슈아의 부부 관계도 보는 시각이 살짝 변할 느낌이다.

"약토르 스웬은 있는가? 약속했던 벨톨 아스트레아네만."

벨톨은 딸 부부의 시선을 신경 쓰지 않고 점두에 선 젊은 점원에게 말을 붙였다. 단골손님의 방문에 점원은 "잠시만 기다려 주시길." 하고 가게 안으로 빠르게 들어갔다.

"미안하네만 빌헬름 군. 난 지금부터 아내에게 건넬 선물을 고르겠는데…… 자네와 캐럴은 자리를 비워 줄 수 있겠나? 민망한 건 아니네만."

점원이 돌아오기를 기다리는 중, 불현듯 뒤돌아본 벨톨이 그런 말을 꺼냈다. 그 부탁에 빌헬름은 눈썹을 치켜 올리며 "나야 상관없지만……." 하고 운을 뗐다.

"테레시아는 남는 편이 나은 거고?"

"테레시아랑 같이 머리 장식을 고르고 싶네. 조금은 내 심중을 헤아려 주게나."

좀 전에 선물은 혼자 고르겠다고 말한 벨톨의 말에서 부조리를 느꼈다.

"난 알았어! 자, 자아, 빌헬름은 캐럴이랑 잠깐 나갔다 와. 나 말고 다른 여자애랑 돌아다닐 기회는 틀림없이 이번이 마지막이거든?"

"그런 기회는 처음이고 마지막이고 필요 없어."

"에잇, 잔말 말고 와라! 테레시아 님, 벨톨 님! 그러면 잠시 시간을. 나중에 또 이 가게에서!"

대항심을 태우려던 빌헬름을 캐럴이 억지로 잡아끌었다. 그 힘에 저항하려 했지만 손을 흔드는 테레시아의 쓴웃음에 그 마음이 가셨다.

별수 없다. 신부 아버지의 마지막 투정이라고 생각하며 이 자리는 못 본 척하자.

"……정말로, 마지막 투정이겠지."

"벨톨 님과 연관될 땐 이게 이분의 마지막 소원이다……라고 자신을 타이르지 않으면 못 버텨. 명심하도록."

너무나 싫은 교훈을 얻은 빌헬름은 찌푸린 상으로 캐럴과 가게를 떠났다.

마지막으로 한 번 더, 테레시아와 벨톨이 남은 가게 앞을 돌아보았다. 테레시아는 두 사람이 시야에서 사라질 때까지 내내 손을 흔들고 있었다.

──이때 이 자리를 떠난 것을, 빌헬름은 오래도록 후회하게 된다.

8

──불퉁한 표정의 빌헬름이 캐럴에게 팔이 잡아끌려서 인파 저편으로 사라졌다.

"테레시아, 여태까지 다닌 여행은 어떻더냐?"

그러기를 가늠하던 것처럼 벨톨이 옆에서 테레시아에게 물었다. 그 말에 테레시아는 손가락을 자기 입술에 대고는 대꾸했다.

"엄청 즐거웠어요. 상상대로…… 아니, 상상 이상으로."

"한 달 이상이나 여행을 하면 평소의 생활 속에선 안 보이던 것도 보이지. 저택에서 빌헬름 군의 언행에 문제는 없을지도 모르지만 여행 중에는 어땠느냐? 여행지의 여성에게 눈길을 주거나 점원에게 횡포 부리거나 테레시아가 신내는 데 '그만 돌아가자.' 라고 곤란하게 하는 일은……."

"걱정 마세요, 아버지."

"하나……."

"아버지."

벨톨이 물고 늘어질 때, 테레시아는 차분하게 아버지를 불렀다. 호수를 비춘 듯 맑고 파란 눈을 본 벨톨은 뭔가를 짐작한 표정으로 입을 다물었다.

대단히 말귀가 어둡고 눈치가 어둡고 남의 마음을 헤아리는 것도 서투른 아버지이지만, 그래도 벨톨은 부모다. 딸의 마음은 금방 알 수 있다.

"확실히 이 여행에서 빌헬름의 평소 보지 못한 모습을 많이 봤어요. 다른 여자애에게 추파를 보내거나, 관심 없는 곳에서 싫은 티를 낼 거란 염려는 없어요. 남에게 좀처럼 자상하게 대하지 못하는 거야…… 앞으로 고치고 싶지만요."

테레시아는 키득대며 손가락을 꼽아 여행 중의 사건을 회상하면서 말을 이었다.

"하지만 평소에는 볼 수 없는 빌헬름에 대해 많이 알 수 있어서, 난 더욱 그 사람이 좋아졌어요. 그 사람이라 좋았어. 그 사람이라서 좋아요."

"———."

"아버지, 전 사랑을 하고 있어요. 빌헬름을 사랑해요. 그 사람의 모든 것이 마음을 따뜻하게 데워 줘서 못 견디겠어요. ——전, 행복해요."

"그러니까." 하고 운을 떼었다. 입을 다물고 눈에 강하게 힘을 주는 아버지를 응시하며.

"──아버지, 여태까지 항상 걱정해 주셔서 고마워요."

미소와 함께 테레시아는 감사와 친애를 담아 자기가 할 수 있는 최고의 축복을 보고했다.

사랑하는 딸의 그 대답에 벨톨은 숨을 집어삼켰다. 그리고 그는 자기 입에 손을 짚고서 말했다.

"나는…… 네가, 행복해지면 그걸로…… 그것만으로도 충분하단다."

"네."

"넌 나와 티슈아의 자식이야. 템즈와, 카를란과, 카질레스의 가족이야. 내게는, 널 행복하게 해 줄 책임이 있어. 그 책임을……."

"네."

"그 책임을, 다한 것이냐……?"

"──네."

떨리는 아버지의 목소리에 테레시아는 오로지 사랑으로써 대답했다.

그걸 마지막 계기로 벨톨의 감정이 터졌다. 그는 입을 가리던 손으로 눈을 막고 그 눈에서 굵은 눈물을 뚝뚝 흘리기 시작했다.

이만큼 왕래가 많은 길거리에서 중년 남성이 꺼이꺼이 우는 모습에 이목이 쏠렸다. 하지만 테레시아는 그걸 망신이라 생각지 않으며 아버지 곁에 다가붙어 살며시 손수건을 내밀었다.

벨톨은 손수건을 받아 요란하게 코를 풀었다. 그다음 손수건을 돌려주자 테레시아는 그걸 별수 없이 품속에 넣었다. 나중에 처분하자고 생각했다.

"네가 행복하다면 그걸로 됐다. 이 여행에서, 그걸 알아서 다행이야. 쿨쩍."

"네, 고마워요, 아버지."

테레시아는 마지막에 훌쩍인 콧소리는 무시하고 벨톨의 말에 깊이 끄덕였다.

주위의 이목도 벨톨이 울음을 그친 것을 보고 관심을 떼기 시작했다. 테레시아는 그 호기심 많은 태도에 쓴웃음 지으면서 가게 쪽으로 뒤돌아서서 인사했다.

"아, 기다리게 해서 미안해. 가게 분이죠?"

"네? 어, 어어, 그래요. 저기, 음, 이 상가의 대표를 맡은 약토르 스웰입니다. 앞으로 잘 부탁드리겠습니다."

그렇게 말하고 테레시아에게 머리를 조아린 사람은 회색 머리에 얼굴이 갸름한 인물이었다. 나이는 테레시아보다 살짝 윗줄일까. 그 나이로 상가의 대표라고 이름 밝혀서 놀랐다. 그와 동시에 이 인물이 벨톨과 사이가 돈독한 상인이라는 데에도.

"약토르냐. 보기 흉한 모습을 보여줘서 미안하네."

"아뇨, 아뇨. 보기 흉하다니 당치도 않습니다. 부모자식 간의 소중한 대화, 저도 무심코 눈시울이 붉어지는 감이 있었을 정도라. ……오히려 마음 아픈 건 저죠."

"마음이 아프다고?"

청년── 약토르가 고개를 들고 꺼낸 말에 의혹을 느낀 테레시아는 눈썹을 모았다.

그러나 그 의혹의 답은 스스로 모습을 드러냈다.

"──언제까지 잡담이나 할 거냐. 어리석은 것들이, 귀중한 본인의 시간을 낭비하지 마라."

거만한 목소리가 가게 안에서 터져 나오자 테레시아는 그쪽으로 눈길을 돌렸다. 가게 진열장이 줄지은 통로 안쪽. 그곳에는 점포의 가장 깊은 곳으로 이어지는 문이 있지만, 목소리 주인은 그 앞에 서 있었다.

키 크고 기이하게 반듯한, 냉철한 이목구비의 남자다. 나이는 서른 안팎, 윤기 있고 짙은 보라색 머리를 가졌으며 한눈에 고귀한 신분이라고 알 수 있는 의상과 분위기── 단, 왕국식이 아니다.

"스, 스트라이드 님! 부디 안에서 기다리시도록 부탁드렸을 텐데……."

"머저리, 어리석긴. 네놈 같은 천한 상인이 어찌 본인의 행동을 묶을쏘냐. 적당히 거들먹대지 않으면 그, 사물의 판단만이 장점인 눈을 뽑겠다."

스트라이드라고 불린 남자가 그 차갑고 날카로운 눈초리로 약토르를 쏘아보았다. 그 얼음장 같은 목소리와 시선에 당사자가 아닌 테레시아의 등줄기에 전율이 뻗쳤다.

이해했다. 스트라이드의 발언에는 허위가 일절 없다. 위협조차 아니다. ──이 남자는 마음에 안 든다고 여기면 정말로 서

습지 않고 상대의 눈을 뽑는다.

"……별로 신사적인 태도라고는 못하겠군. 대관절 무슨 용무인가?"

스트라이드의 시선에 떠는 약토르를 대신해 벨톨이 앞으로 나섰다. 그 자세에 직전까지 내비치던 한심한 기색은 털끝만큼도 없었다. 아스트레아 가문의 당주로서『검성』의 집안에 어울리는 패기가 그 옆얼굴에 솟구쳤다.

벨톨의 패기에 스트라이드는 뜻밖이라는 양 눈썹을 치켜 올렸다.

"호오. 계집애처럼 빽빽댈 줄 알았는데 의외로 호기를 부리는군그래."

"부당한 모욕이라면 나 역시 마땅한 태도로 보답해야 하는 법. 뭔가 용건이 있다면 조속히 전하도록. 그렇지 않으면 대화만으론 끝나지 않을 게야."

"대화만으론 안 끝난다고 했나. ──그건 반갑군. 나도 바라는 바지."

"뭣이?"

서슬 퍼런 대화에 덧붙은 희열. 그 반응에 벨톨이 눈썹을 치켜올렸다. 그러자 그 말에 해쓱한 표정이던 약토르가 침을 삼키고 말했다.

"벨톨 님……. 스트라이드 님은, 벨톨 님을 위해 준비한 물건을 소망하십니다. 물론 이미 살 사람이 있다고 거절했습니다만, 그렇다면 직접 이야기를 하신다고 하여……."

"이렇게 기다렸단 말이지. 오는 건 알았으니 참고 기다렸지만, 설마 가게 앞에서 촌극을 벌일 줄은 몰랐다. 등에 좀이 쑤시는 싸구려 연극 말이야."

"잠깐, 당신······."

약토르의 설명을 가로막고 냉소한 스트라이드의 말에 테레시아는 부아가 치밀었다. 그 말이 직전에 벨톨과 나눈 마음의 소통을 부정했기 때문이다.

아버지의 사랑을, 벨톨의 서투른 친애를 웃음거리로 치부당하고 잠자코 있을 순 없었다.

그러나 그것은——.

"······이건 무슨 수작이지?"

"루그니카 왕국의 방식에 따라 결투를 신청한 거다. 제국의 젊은 늑대여."

눈을 좁힌 스트라이드. 그 발 아래에 하얀 손수건이 떨어져 있었다. 그것은 벨톨이 던지고 스트라이드의 가슴에 맞아 바닥에 떨어진 것이다.

그것이 나타내는 법도는 벨톨이 말한 대로—— 정식, 결투 신청이다.

"아버지······!"

그 사실에 테레시아가 숨을 집어삼키고 약토르의 얼굴이 더욱더 해쓱해졌다. 하지만 벨톨의 당당한 표정은 털끝만큼도 흔들리지 않았으며, 그 시선을 받는 스트라이드 또한 마찬가지였다.

"한 번 저지른 무례는, 무르지 못한다."

"무를 작정일랑 추호도 없다. 그대는 내 딸을 모욕하고 나아가 내 아내에게 선물할 물건까지 가로채려는 도둑 나부랭이야. 결단코 용서 못한다."

"핫! 말은 멋지군. 그만한 큰소리, 잘도 주워섬겼어!"

언성을 높인 스트라이드의 표정이 열기를 띠었다. 그때까지 견지하던 냉혹한 빛깔을 지운 그는 적의로 눈을 빛내며 벨톨을 노려보았다.

"아, 아버지! 그러지 마요! 그런 짓 해도……."

"말리지 마라, 테레시아. 나도 왕국 귀족이다. 나도 아스트레아의 사내야. 나도 애타는 심정으로 검을 휘두른 적이 있는 사내다. ──무엇보다 나는 남편이고 부친이다."

"으──."

물러나는 선택지는 없다며 벨톨은 테레시아의 제지를 뿌리쳤다. 아버지의 그 결의와 각오에 테레시아도 그 이상의 말을 더 할 수가 없었다.

테레시아는 다급하게 애타는 눈길을 스트라이드에게로 돌렸다. 그 자세를 보아 도대체 이 남자가 얼마나 '고수'인지를 가늠했다. 『검성의 가호』를 받은 테레시아에게는 한눈에 상대의 역량을 간파할 안목이 아직 남아 있었다. 그 안목의 답은──.

"──어."

"버릇없는 눈으로 보지 마라, 계집. 무례한 놈의 딸은 교육이 덜 됐어. 하나 그 무례하기 짝이 없는 눈으로 보았느냐? 본인이, 결투 같은 건 도저히 못하는 몸임을."

"……무슨 소리냐?"

말문이 막힌 테레시아에게 스트라이드가 몹시 메마른 웃음을 지었다. 그 말에 벨톨이 의아한 표정을 짓자 스트라이드는 "뭘." 하고 말을 이었다.

"본인의 몸은 병약해서 말이다. 검은 물론, 뛰어다니기도 쉽지 않아. 이런데 결투라니, 결과가 뻔해서 끔찍한 노릇이지. 아니 그런가?"

"그건, 그럴지도 모르지……만……."

테레시아의 눈이 본 것을, 스트라이드는 스스로 낭랑하게 거론했다. 그 말은 옳다. 테레시아의 눈은 스트라이드의 육체가 거센 운동에 견디지 못할 거라고 간파했다.

그렇다면 이 남자는 왜 결투를 받았는가――.

"――따라서 도전받은 결투에 본인은 대리인을 세우리라. 네놈의 의기를 사서 말이지."

대리라는 말을 스트라이드가 언급하자마자, 테레시아는 튕기듯이 뒤돌아보았다.

"――――."

그곳에 조금 전까지는 결코 없던 그림자가 있었다. 거구다. 고개 꺾으며 봐야 할 만한 거구는 2미터 가까이 되어서 허리를 숙이지 않으면 가게 입구를 지날 수 없었다. 온몸을 검은 로브로 꽁꽁 싸맨 그 인물은 테레시아에게 위기감을 부추길 정도로 패기를 뿜고 있었다.

"——본인의 대리인이니라. 호위 대신 삼아 데려온 무뢰한이지만 이럴 때에는 쓸모가 있지."

전율하는 테레시아에게 스트라이드가 잔혹하게, 즐겁게 말했다.

『검성』 테레시아 반 아스트레아와 『여덟팔』 쿠르강의 만남.

——이것이야말로 『픽타트의 은화난무』 첫 격돌의 계기였다.

9

——그 남자를 본 순간, 테레시아의 본능은 경종을 울렸다.

그것은 아직껏 『검성의 가호』를 그 몸에 남기며 검신의 이기적인 총애를 받고 있는 테레시아마저도 전율을 숨기지 못할 투기에 대한 경종이었다.

두꺼운 근육의 갑옷을 검은 로브로 가린 거구다. 그 얼굴은 후드에 가려 보이지 않지만 거구의 가장 큰 특징은 팔—— 일반인에겐 있을 수 없는, 여덟 개나 되는 굳센 팔에 있었다.

대범하게 네 쌍의 팔로 팔짱을 끼고 버티고 선 남자—— 터무니없는 걸물이란 사실을 한눈에 이해했다.

"——단순한 거래라고 들었다만, 이건 무슨 속셈인가, 스트라이드."

"덩치만 크지 머리가 안 도는군, 쿠르강. 본인이 쓸데없이 소란을 피우리라 생각하나? 소란을 피운 건 무례하기 짝이 없는 저놈들이다. 자, 호위의 본분을 다하도록."

"쿠르강……?!"

나지막하게, 산이 말했는지 착각할 듯한 거구의 묵직한 음성에 스트라이드가 거만하게 대꾸했다. 그 대화에 테레시아는 소리를 질렀다.

거구의 투기, 그리고 여러 개의 팔——. 다완족(多腕族)의 '쿠르강'이라면 틀림없다.

"볼라키아 제국의……『여덟팔』쿠르강?!"

"호오. 본인의 체질을 간파했을 뿐만 아니라『여덟팔』이란 이름도 알고 있었나. 의외로…… 아니지. 당연한 눈썰미인가. 잘 뜯어보니 그럭저럭 외모도 괜찮아. 흥미가 솟기 시작했다."

"관둬. 이 계집, 그쪽이 감당할 토끼가 아니로다."

"……흥. 삿된 피가 주인에게 잘난 척 참견하는군."

테레시아에게 처음으로 흥미를 품은 스트라이드. 그 행동을 쿠르강이 막았다. 거구는 후드를 퉁겨 올리고 가려져 있던 얼굴 —— 파란 피부에 검은 눈, 위압감 있는 전귀(戰鬼)의 얼굴을 드러냈다.

그리고 경계하는 테레시아의 파란 눈을 들여다보고는 말했다.

"맑고 바른 자세. 남다른 실력으로 보인다. 그대, 이름은?"

"————."

쿠르강의 물음에 테레시아는 순간 대답을 망설였다.

상대의 내력은 명백하다. 볼라키아 제국의『여덟팔』이라면, 제국 최강의 이름을 쥐락펴락하는 투신의 호칭이다. 그의 용명은 널리 루그니카 왕국까지 퍼졌으며, 그 점은 테레시아——
『검성』 테레시아 반 아스트레아 또한 마찬가지였다.

　여기서 섣불리 이름을 밝혔다간 『검성』과 『여덟팔』이 만나는
상황이 된다. 그게 결과적으로 어디로 이어질지 테레시아에겐
판단할 수 없어서——.

　"——내 딸을 발칙한 눈으로 봐도 곤란하군. 딸은 새색시야.
용납하기 어렵게도. 그리고 이건 나와 저 사내의 문제, 대리로
나선 귀공 역시 예외가 아니오."

　그 망설임에 끼어들어 벨톨이 앞에 나섰다. 그는 사랑하는 딸
인 테레시아를 등 뒤에 숨기고 결투를 도전한 당사자로서의 책
무를 다하려 했다.

　그 기백에 쿠르강은 벨톨에게로 시선을 다시 돌렸다.

　"……그 기개, 훌륭하도다. 하나 그대로는 본인의 상대가 못
된다."

　"상대를 보며 자기 편하게 왔다 갔다 할 수 있는 게 검사의 긍
지라고 할 수 있겠는가?"

　"——과연. 본인이 뭘 몰랐군. 용서하라, 왕국의 검사여."

　벨톨의 또렷한 결의에 쿠르강은 감명 받은 눈치로 고개를 숙
였다. 제국 최강이 벨톨에게 사과한다는 광경에 테레시아는 말
을 잃었다.

　이 순간, 테레시아는 처한 상황을 잊고서 아버지의 모습을 자
랑스럽게 여겼다.

　검의 재능에는 축복받지 못하고 평소의 행동거지도 용감한 것

과는 거리가 멀며, 과보호에 분위기를 파악 못하는 성격에 여러 번 속을 썩였지만, 그것들을 청산할 광채가 그 자리에 있었다.

"새삼 묻는다는 것도 예의가 없지만, 그대의 이름은?"

"……벨톨이다. 『여덟팔』의 쿠르강이여."

집안 이름을 대지 않고 벨톨은 아스트레아──『검성』의 집안임을 숨겼다. 그것은 즉 아버지도 테레시아와 같은 우려에 이르렀다는 증거다.

그 부녀의 모습에 스트라이드가 "흥." 하고 따분하게 코웃음을 쳤다.

"수고가 들게 하는군. 혈연의 정인가……. 본인은 모를 도리로군. 네놈보다 딸이 검을 드는 편이 훨씬 도리에 맞거늘."

"─────."

"아니면 진심으로 검을 버리게 한 것이냐? 그렇다면 네놈은 제정신이 아니야. 그걸 용납한 루그니카 국왕도, 소문보다 더한 암군이고."

"스, 스트라이드 님?! 여, 여긴 왕국 도시 픽타트라고요?!"

목청 높여 벨톨을, 그리고 루그니카 국왕을 매도한 스트라이드. 그 언동에 기겁한 사람은 이 분쟁에 말려든 약토르다. 자기 가게가 결투 무대로 변동해 얼굴이 파리해진 약토르. 그 청년에게 스트라이드는 "크하하." 하고 웃었다.

"어리석은 것의 잣대로 양검(陽劍)의 피를 재지 마라, 무례한 놈! 발이 디딘 흙이 어디든 간에 햇빛이 닿는 곳에서 우리가 기죽을 이유라곤 없다. ──자, 결투다. 결투를 하겠다! 본인의 대리인『여덟팔』과『검성』을 대신해 검을 잡는 분수 모르는 자와의 대결이니라!"

"윽——! 처음부터 알고서……."

흥이 오른 스트라이드의 말에서 숨기지 못할 악의가 엿보였다.

스트라이드는 처음부터 테레시아와 벨톨이 아스트레아의 관계자임을—— 아니, 테레시아가『검성』임을 알면서 트집을 잡은 것이다.

그것은 제국인인 스트라이드에게 확실한 악의가 있다는 증거였다.

"양국의 관계 악화가 목적이냐?! 하면 난 이 결투에는……."

"손을 떼겠다고? 하면 우리가 모조리 쓸어 담겠군. 전혀 상관없다. 왕국 귀족을 자처한 철면피 벨톨. 네놈은 스스로 도전한 결투에서 겁먹고 도망친 것이다. 딸과 함께 치욕에 젖어 집안 이름에 먹칠하라. 딱 어울리는군."

이 얼마나 유창하게 타인을 욕하고 헐뜯는 사내란 말인가.

냉철한 얼굴에 잔인함이 서린 스트라이드의 말에 테레시아는 격정으로 머리가 새하얘졌다. 이만큼 아버지가 비웃음을 샀는데 여전히 단념할 수밖에 없단 말인가.

하지만 테레시아가 느끼는 분노는 벨톨도 비슷하게 느끼고 있었다.

"테레시아, 나는."

"안 돼……! 절대로 안 돼요, 아버지. 참아요, 부탁이야. 안 그러면, 죽어 버려……."

집안의 이름이나 자기 일보다 테레시아의 명예를 신경 쓰는 벨톨. 테레시아는 그 소매를 잡고 분홍빛 입술을 깨물며 도리질쳤다.

"──싸움에 인정은 두지 않는다. 그것이 본인의 경의다."

투신은 부녀의 고뇌를 내려다보며 무거운 음성으로 전했다.

무인으로서는 존경할 만한 자세도, 현재로선 자신들을 몰아세우는 요인이다. 수치스럽다고 분개하면, 『여덟팔』은 가차 없이 벨톨을 부순다.

그렇게 되기 전에 테레시아는 고뇌하는 아버지를 데리고 상대에게 양보하려고 했지만──.

"헐뜯긴 아비를 대신해 검을 잡을 기개도 없나. 아무래도 당대의 『검성』은 어지간한 겁쟁이로군. 아니라면 네 남편은 침대에서 여자를 사로잡는 기술이 뛰어난가 봐."

"익──."

다음 순간, 둔탁한 소리가 길거리에 울렸다.

살점을 뼈가 때리는 소리가 울리고, 스트라이드가 튕기듯이 뒤로 쓰러졌다. 남자의 창백한 뺨에 꽂힌 것은 분개하며 눈을 불태우는 남자── 벨톨의 주먹이었다.

아버지가 비웃음 사고, 남편이 비웃음 사서 테레시아의 인내심도 한계에 이른 순간이었다. 그런 테레시아보다 벨톨이 먼저 뒤돌아서 스트라이드를 후려갈겼다.

그리고 눈이 휘둥그레진 테레시아 앞에서 벨톨이 스트라이드에게 내뱉었다.

"——빌헬름은 아스트레아의 남자다! 그에 대한 모욕은 단연코 용서 못해!!"

"……결투의, 신호로선 충분하겠지."

찢어진 입술에서 피를 흘리는 스트라이드가 포효하는 벨톨을 올려다보며 뇌까렸다.

그 직후, 폭발적으로 부풀어 오른 투기가 벨톨의 바로 옆에 나타나고.

"——훌륭하도다."

각오를 칭찬하는 말과 함께 강권이 날아왔다.

"티슈아에게, 미안하다고 전해 다오."

"잠까——."

순간적으로 손을 뻗은 테레시아의 귀에 아버지의 목소리는 왠지 몹시 잔잔하게 울렸다.

10

빌헬름이 소란을 주워듣고 돌아왔을 적에는, 모든 것이 끝난 다음이었다.

"————."

인파를 헤치며 길거리에 억지로 몸을 비집어 넣자 그곳에선 피 웅덩이가 기다리고 있었다. 출혈량은 많다. 한눈에 생명에 관계될 중상자가 나왔음을 이해했다.

주위를 빙 둘러봐도 그곳에 찾던 사람은 없다. 이 가게 앞에서 헤어졌을, 사랑하는 여자와 잔소리 많은 장인어른의 모습이 어디에도.

"빌헬름! 치료원이다! 그곳에 테레시아 님과 벨톨 님이⋯⋯!"

부르는 소리에 돌아보니 험악한 표정의 캐럴이 가게 주인과 대화 중이었다. 그에게서 사정을 들은 두 사람은 가장 가까운 치료원으로 급행했다.

그리고 둘이 숨을 헐떡이며 치료원에 쳐들어가자, 대합실에 있던 건——.

"——아."

테레시아가 멍하니 달려오는 둘을 올려다보고 있었다. 언뜻 본 바로 테레시아에게 외상은 없다. 대신에 그 연분홍빛 복장은 피로 물들어 있었다.

흥건히 검붉게, 피 범벅된 누군가를 안고 있던 것처럼.

"————."

그 모습에 빌헬름은 말을 걸기보다 먼저 호리호리한 몸을 껴안았다. 순간, 무슨 말을 하려던 테레시아는 그 강한 포옹에 숨을 집어삼키다가, 허물어졌다.

테레시아는 큰 눈에서 뚝뚝 눈물을 흘리며 오열했다.

"아, 아버지가, 아버지가⋯⋯ 빌헬름⋯⋯!"

"울지 마. 괜찮아. ⋯⋯장인어른은?"

머리를 쓰다듬어 주면서 물으니 테레시아가 떨리는 손으로 치료원 안쪽을 가리켰다.

"나한테 맡겨라. 넌 테레시아 님을."

캐럴이 그렇게 말을 남기고 안쪽 방에 들어갔다. 빌헬름은 그 등을 지켜보다 오열하는 테레시아를 달래면서 "무슨 일이 있었지?" 하고 말을 걸었다.

"소동이 있었다는 말에 돌아왔더니 가게 앞은 피투성이고, 넌 이래. 장인어른도 마음에 걸리지만, 너는……."

"난, 멀쩡해……. 하지만, 가게에서, 제국인 남자랑 말다툼을 벌이다가…… 으응, 아냐. 그건 처음부터 날 노리고서…… 그런데, 아버지가……."

"널, 노리고……?"

"아버지, 계속 참고 있었어. 상대의 목적을 알아서, 도발에 넘어가면 안 된다고 깨닫고…… 아무리 비웃음 사도, 그런데…… 빌헬름을 비웃어서."

"_____."

"아버지, 빌헬름은 아스트레아의 남자라고……."

가슴에 매달리는 테레시아의 말에 빌헬름은 목이 턱 막혔다. 아내의 눈물이 가슴팍을 적신다. 그 열기를 연료로 가슴속에서 뭔가가 불타오르는 기적이 일었다.

그것이 무엇인지, 또렷하게 구체화되기 전에──.

"──테레시아 님, 벨톨 님의 치료가 끝났습니다. 방 쪽으로."

"──흡."

병실에서 돌아온 캐럴, 그녀의 말에 테레시아가 튕기듯이 고개를 들었다. 그대로 휘청거리며 병실로 가는 그녀를 빌헬름도 따라가려는 순간.

"빌헬름, 잠시 할 말이 있다."

"──장인어른의 용태는?"

불러 세운 캐럴에게 빌헬름은 짧게 물었다. 그 말에 캐럴은 자신의 금빛 머리를 만지면서 "좋지 않아." 하고 읊었다.

"후송된 치료원에 있던 술사의 실력이 좋았어. 그 덕분에 겨우 목숨은 건졌지만…… 문제는 상처가 아니라 다른 곳에 있다더군."

"뭔데."

"──게이트의 피폐가 심해. 부자연스럽게. 이건 그거일세. 주술이지."

그 목소리는 등 뒤, 대합실에 새로 나타난 남자에게서 들려왔다. 연로한, 빌헬름보다 열 살은 윗줄로 보이는 깡마른 인물이었다. 하얀 술사복과 분위기로 보아 술사일 거라고 짐작했다.

"당신은?"

"가리치. 우연히 치료원에 있던 술사일세. 뭐, 난 신경 끄게. 그보다 중요한 건 주술…… 그걸 알지 못하면 환자의 생명은 없다는 점이야."

"그, 주술이란 건? 치료술이나 마법하곤 다른 것인가?"

"그것들의 아종, 유사품 종류지. 다만 어느 것이나 살상력이 높을뿐더러 걸린 상대는 고통스러워하며 죽네. 심보 못된 놈들의 주특기지."

"_____."

낯설게 들리는 『주술』이란 단어에 '죽음' 을 선고받은 벨톨.

빌헬름은 가리치라고 이름을 밝힌 술자의 말을 조용히 소화하면서 장인이 잠자는 방으로 눈길을 돌렸다. 그곳에서 장인은, 지금도 목숨이 줄어들고 있다——.

"——저지른 제국인, 그놈을 찾아내야겠군."

"겨, 겨우, 따라잡…… 다, 다리가, 너무 빨라서, 전혀 따라잡을 수……."

상황 설명이 끝난 것과 대합실에서 헐떡이는 청년이 들이닥친 건 동시였다. 그 모습에 눈길을 돌리니 그것은 사건이 일어난 상점의 주인—— 즉, 테레시아와 벨톨의 신변에 무슨 일이 일어났는지 보고 있었을 제3자다.

"하아……. 두 분께, 아니, 여러분께 전해드릴 말씀이…… 엇, 에엥?!"

"어디의 어느 놈이 일을 저지른 거지? 순순히 실토해. 숨기려 하지 마라."

"기다려, 빌헬름. 입을 놀릴 수 있게 해라. 넌 살살 하는 걸 까먹을 것 같아."

"그거야말로 기다리십쇼! 안 감싸요! 저는 전언을 부탁받았을 뿐이에요! 그걸 전해드리러…… 내, 내려 주세요."

멱살 잡고 벽에 밀어붙인 청년—— 약토르를 풀어놓았다.

빌헬름과 캐럴 둘의 다그침에 겁먹은 약토르는 가리치 뒤에 숨으면서 말했다.

"찾으시는 스트라이드 님 일행은 내일 아침, 서구에 있는 대교에서 기다린다고 합니다. 벨톨 님을 괴롭히는 『붉은색의 새끼손가락』은 지참한다며……."

"그『붉은색의 새끼손가락』이란 건?!"

"모, 몰라요! 그렇게 전하라고, 들었을 뿐이라……."

움츠린 약토르에겐 정말로 그 이상의 정보가 없는 눈치였다. 빌헬름은 그의 말을 곱씹다가 가리치를 쳐다보았다. 술사는 그 시선에 끄덕였다.

"환자는 극심하게 축나고 있네. 점심 전까지 주술을 못 풀면 생명이 위태로워."

"푸는 게 빠를수록 좋기는, 할 테지."

"──큭. 내일 아침까지 기다릴까 보냐! 난 오늘 중에 상대를 찾아내 보마! 가자, 주인장! 따라 와!"

"어어?! 제가요?!"

한정된 시간을 느긋하게 때울 순 없다며 캐럴이 약토르를 붙들고 치료원 밖으로 뛰쳐나갔다. 그녀의 성실함은 미덕이지만, 찾아낼 거란 기대는 희박했다.

상대는『검성』을 노리고 주술을 이용해서 시간과 장소를 지정까지 해오며 공을 들었다. 그 상대를 잠복 중에 찾아내기는 지난한 노릇이리라.

"안에 들어가도 될까?"

"환자 수발드는 건 자네 안사람 아닌가? 책임자에겐 말해 두겠네. 오늘은 있고 싶은 만큼 곁에 있어 주게나."

갈라진 목소리 및 태도와는 정반대로 인정미 있는 가리치의 판단에 수긍했다. 그리고 뒤늦게 빌헬름은 문으로── 벨톨의 병실로 들어갔다.

하얗고 청결하게 유지된 방이다. 안에는 침대가 네 개 있는 큰 방이지만, 침대는 세 군데 비어 있으며 점유된 곳은 벨톨의 침대뿐.

환자복을 입은 벨톨은 침대에 누워 붕대를 감고 애처로운 모습을 드러내고 있다. 테레시아는 그런 그의 손을 잡고 가만히 아버지의 잠든 얼굴을 바라보고 있었다.

"이렇게, 손을 잡아 주면…… 호흡이 좀 가라앉아. 아버지도 참, 괴로운 얼굴 하는 것도 지쳤나 봐. 뭐든지 오래 못 가는 사람이었으니까."

"……그래."

조용히 문을 닫는다. 테레시아는 빌헬름 쪽을 돌아보지 않고 평소 어조를 유지하면서 말을 걸어 왔다. 애써 평정을 지키며.

빌헬름은 테레시아가 힘들 때일수록 강한 척하는 여자임을 알고 있었다.

그러니 지금도 그녀는 힘들 터다.

"테레시아, 장인어른에 관해선 알아?"

"……뭔가, 이상한 마법을. 그, 제국인 남자가."

"주술이라더군. 그걸 풀지 못하면 장인어른의 생명이 위험해. 그걸 건 놈들이 내일 아침에 장소를 지정해 왔어. 나는 거기에……."

"──나도, 갈 거야."

약토르에게 전달받은 조건에 테레시아가 꿋꿋하게 반응했다.

그러나 그건 빌헬름이 바란 답이라고는 하기 어렵다.

테레시아의 마음은 이해한다. 하지만 상대는 『검성』을 정조 준하고 있다. 빌헬름은 그런 곳에 그녀를 데려가는 것이 망설여 졌다.

그것이 테레시아와 벨톨을 저울에 올리는 행위가 된다고 알더 라도──.

"──빌헬름, 들어 봐."

"테레시아."

"나는 『검성』이었던 여자야. 지금도 아스트레아의 여자고. ──아스트레아의 당주가 함정에 걸려서 다쳤어. 그건 설욕해 야만 해."

왕국 귀족으로서, 왕국 검사로서 품은 명예와 긍지 같은 것이 거기 있었다. 테레시아가 언급하는 그 말을 들은 빌헬름은 숨을 죽였다.

그것은 명예와 긍지의 무게에 감명 받았기 때문이 아니다.

그것들을 이유 삼아, 겉치레 삼아, 자기 자신을 관철하려는 테 레시아의 눈물 어린 눈에, 여태까지 보던 것 이상의 아름다움을 느꼈기 때문이다.

그리고 그 넋 놓으며 바라볼 만큼 아름다운 눈 그대로 테레시 아는 말했다.

"당신은 아스트레아의 남자야, 빌헬름. ──다름 아닌, 당주 가 인정한."

"⋯⋯그래."

"나랑 당신은 아스트레아의 남자와 여자. ──같이, 갈 거야."

테레시아의 굳센 말에 빌헬름은 천장을 쳐다보았다. 그리고 잠시 생각에 잠겼다가 눈물로 가득한 테레시아의 눈 끝을 손가락으로 천천히 훔치고.

"──그래."

그 말만, 짧게 대답했다.

11

이튿날 아침 일찍, 빌헬름과 테레시아는 대교 위에 서 있었다.

짧은 선잠이었지만 상태는 나쁘지 않다. 오히려 안색이 나쁜 건 밤중 내내 도시를 뛰어다니고 성과를 올리지 못한 자책과 피로에 시달리는 캐럴 쪽이리라.

"죄송합니다, 테레시아 님……."

"괜찮아. 걱정 마. 전부, 빌헬름이 어떻게 해 줄 거야."

사과하는 캐럴을 끌어안은 테레시아는 근거 없는 말로 그녀를 위로했다. 빌헬름은 참 쉽게도 말해 준다며 허리의 칼자루를 두드리고 탄식했다.

애당초 신혼여행 도중에 일어난 사건이다. 공교롭게도 강적과 생사를 다툴 만한 검은 빌헬름도 캐럴도 지니고 있지 않다. 따라서 당초에 빌헬름은 불량품이라도 상관없다며 있는 검을 꼬나들고 결투에 나서려 했지만──.

"——아스트레아 가문의 사위, 빌헬름 님이심을 알겠습니다. 이것을."

"······이건?"

예의 제국인 수색에 끌려가 캐럴에 하룻밤 내내 끌려다니던 약토르가 그런 말과 함께 출발하는 빌헬름에게 꾸러미를 내밀었다.

받아 든 빌헬름은 그 묵직한 무게에 눈썹을 모았다. 긴 물건을 싸맨 꾸러미지만 손의 감촉과 무게로 보아 내용물은 상상이 간다. ——이건 검이다.

문제는 그 출처. 왜, 그가 이 순간 빌헬름에게 검을 건네준 것인가.

"아시리라 생각하지만 검입니다. 남다른 명검으로······ 앞으로 일어날 일을 감안하면 형편없는 검을 들려드리는 건 몹쓸 짓일까 싶어서."

"그야 고맙지만 당신이 편들 이유는 없잖아."

"그렇진 않습니다. 벨톨 님은 우량고객이세요. 그 단골손님이, 자기 가게에서 다른 손님과 다투게 됐습니다. ······전부, 제 실수죠."

"······놈들은 테레시아를 노리고 있었어. 당신은 덤터기를 썼을 뿐이야."

"그렇다고 해도요. 그리고 그 검은 딱히 속죄하자고 넘겨드린 게 아닙니다. 그건 원래 당신의 검입니다. 건넬 시기는 조금 어긋났습니다만."

"뭐?"

생각도 못한 말에 빌헬름이 놀라자 약토르는 살짝 눈썹 끝을 내리면서 말했다.

"사위에게 줄 선물로, 벨톨 님께서 의뢰하신 물건입니다. 마님께 드릴 머리 장식과 비슷하게 스스로 고르셨죠. ──그러니 그건 당신의 검입니다. 당신이 가지기에 합당한 검, 당신 말고 휘둘러선 안 될 검이에요."

"────."

"이런 말, 제가 할 자격이 있는지는 모르겠습니다만…… 부디, 무운을."

그런, 상가 주인과의 대화를 거치고 받게 된 검이다.

무섭도록 손에 착 달라붙는 느낌은 벨톨의 눈썰미 덕이리라. 칼날 길이, 중량, 모두 맞춤 주문한 것처럼 딱 맞는다.

따라서 무기에 부족한 건 하나도 없다. ──남은, 불안 요소가 있다면.

"──먼저 도착해 있었나. 본인을 기다리게 하지 않는 배려, 당연하다고는 하여도 나쁘지 않구나."

바람에 실어 닿는 거만한 음성에 빌헬름 일행이 고개를 들었다. 다리 끝, 반대편 위치에 나타난 것은 검은 복색을 바람에 나부끼는 두 인영── 적이라고 한눈에 알았다.

냉소를 머금은 귀족풍의 남자와 네 쌍의 팔짱을 낀 거구── 스트라이드와 쿠르강, 제국의 젊은 늑대와 『여덟팔』의 참전이다.

"밉상인 자식이군. 제국 귀족이 사람 속 긁는 건 소문보다 더 한데."

"──눈치 못 챘군. 뭔가 쓸데없는 단역이 있어. 범부더러 무 대에 오를 허가를 내린 기억은 없다만. 제 무대 같이 이 자리에 서지 마라. 뻔뻔하군."

"말이 안 통하는 건 충분히 알았다."

"그만해, 빌헬름. 말다툼하러 온 게 아냐."

막돼먹은 말투에 시비 걸자 스트라이드도 잔혹하게 두 눈을 좁혔다. 그 대화에 테레시아가 끼어들고 스트라이드를 세차게 노려보았다.

"아버지한테 건 주술을 풀어."

"주술이라니 괴이한 소리를. 결투를 훼방 놓았을 뿐더러 그와 같은 트집까지 잡다니 구제 불능인 무리로군. 왕국인의 철면피 에는 정말이지⋯⋯."

"──스트라이드, 그만둬라. 그대는 가끔 너무 섣불러."

"하, 유흥을 모르는 따분한 남자군. 너희의 목적은 이것이렷 다?"

시치미 떼려는 중에 같은 편이 나무라자 웃음을 지운 스트라 이드가 오른손을 들어 올렸다. 펼친 다섯 손가락에는 전부 반지 가 끼워져 있으며, 그중에 있는 새끼손가락의 붉은 반지가 칙칙 하게 빛나고 있다.

뭔가 요사스럽고 섬뜩하게 매혹시키는 색조의 보옥이었다.

"이것을 『붉은색의 새끼손가락』이라고 하지. 예로부터 전하는 주구(呪具)…… 왕국에선 『미티어』라던가? 그 일종이니라. 이 빛이 꺼지지 않는 한, 네 아비의 목숨은 보증해 주마. 물론, 그만큼 고통은 오래 간다만.”

“그 반지를 내놔. 돌을 깨트려 하잘것없는 주술을 풀어 주지.”

“머저리, 범부가. 그렇게 말하는데 누가 넘길까. 애초에 네놈 에겐…….”

스트라이드는 들개를 내쫓듯 팔을 젓고 빌헬름의 말을 끊으려 했다. 그러나 그의 그 말꼬리를 가리듯이 뭔가가 시야로 날아들 었다.

그것은 부드럽게 포물선을 그리며 스트라이드의 가슴에 맞고 지면에 떨어졌다.

하얀 손수건── 루그니카 왕국에서 그 법도가 뜻하는 것은 결투 신청이다.

“시간이 없어. ──내가, 이야기를 단순하게 만들게. 당신에 게 결투를 신청합니다.”

침묵하는 남자들을 대신해 손수건을 던진 테레시아가 자리를 지배했다. 그녀는 온몸에서 날카로운 검기를 뿜으며 스트라이 드를 곧게 노려보았다.

그곳에 꾸며 입은 소녀의 애틋한 모습은 없다. 있는 것은 마음 이 터지도록 한없이 차갑게 날이 선 한 자루 검──『검성』의 모습뿐이었다.

“……이제야 『검성』이 모습을 보였나. 결투라니, 부녀 모두 야만스럽군그래.”

"하지만 그게 당신이 원하는 바지? 트집을 잡아서, 나를……
『검성』을 결투장에 끌어내는 것. 무슨 속셈인지는 모르겠지
만……."

테레시아의 검기를 정면으로 받으며 스트라이드의 냉소가 희
미한 열기를 띤다. 그 반응에 테레시아는 얼굴을 굳히고 스트라
이드 옆, 쿠르강을 응시했다.

"……승산은 똑바로 만들어 놨어. 제국 최강이 그 증거."

"_____."

"한 가지만 물어볼게. 이 결투의 목적은, 왕국과 제국의 관계
악화에 있어? 만약 그렇다면……."

"그렇다면, 어찌 되지?"

"결투가 아니라, 강도질로 반지를 빼앗을 수밖에 없어지지."

"_____."

국가 사이의 문제로 확대할 맘은 한사코 없다.

그런 뜻을 담은 테레시아의 발언에 스트라이드는 눈을 크게
떴다. 그리고 그는 입가에 손을 짚으며 "오호라." 하고 턱을 주
억였다.

"만만찮은 여자군. ──예를 들어 결투의 결과, 예기치 못한
사고로 『검성』이 목숨을 잃을 수도 있겠지. 하지만 그걸 노려서
무슨 의미가 있나. 왕국은 신룡의 비호를 받고 있다. 그게 있는
한, 제국이 아무리 모략을 꾸며 봤자 무의미……. 파멸갈망이
지 않는가?"

스트라이드가 두 팔을 벌리고 테레시아의 의혹을 부정했다.

실제로 스트라이드의 말은 옳다. ──정확히는, 옳다고 여겨지는 사실에 기반한다.

"_____."

스트라이드의 태도를 짚어내지 못한 테레시아는 마뜩잖은 표정으로 입술을 다물고 있었다.

친룡왕국 루그니카에는 옛날 『신룡』과 주고받은 맹약이 있다. 그것은 왕국의 번영과 평온을 약속하는 내용으로, 맹약을 어지럽히는 일이 있으면── 예를 들어 다른 나라가 왕국에 전쟁을 거는 사태에는 용이 왕국 편을 든다는 구전이다.

다만 실제로 『신룡』이 맹약을 이행해 왕국을 위기에서 구원한 사례는 현재 없다. 요 수백 년, 맹약을 이행할 만한 사변은 한 번도 일어나지 않았기 때문이다.

실제로 『신룡』의 맹약은 정말로 왕국을 지키는가, 그런 논의도 오가고 있다.

그렇다고는 해도 왕국과 제국에 돌이킬 수 없는 관계 악화가 생겼을 때, 실제로 맹약의 이행이 이루어지면 제국의 멸망은 피할 수 없다.

그렇게 될 경우, 스트라이드의 소행은 진실로 『파멸갈망』이라고 부를 수밖에 없다.

스트라이드는 맹약을 믿는가, 불신하는가. 그 목적은 왕국과 제국의 관계 악화에 있는가. 그조차 관계없다면, 대관절 무엇이 목적인가.

"──알다시피, 본인의 몸은 결투를 못 버틴다. 따라서 결투에는 대리인으로서 이자를 세우겠다만, 알고 있겠지?"

 말하면서 스트라이드는 발 아래에 떨어진 손수건을 주워 그것을 품속에 갈무리했다. ──결투를 승낙했다. 그 모습을 확인한 테레시아는 깊이 끄덕여 대답했다.

 "제국 최강인 『여덟팔』 쿠르강. 그보다 좋은 대리자는 제국에 없으니 말이야."

 "그리고 그 격에 맞는 존재도 왕국에는 단 한 명뿐──."

 그것이 『검성』이라고 언외로 언급하며 스트라이드는 냉소를 지었다.

 그 웃음에 그의 목적 중 하나가 테레시아임을 한눈에 알았다. 그러나 테레시아는 그가 품는 음모에 대한 달성감을 "아니." 하고 꺾었다.

 "안타깝지만 내가 당신에게 한 가지, 전할 게 있어. ──『검성』은 싸우지 않아."

 "……뭣이?"

 "사정이 있어서 이미 검은 버린 입장이거든. 당신과는 다른 이유로, 나도 싸울 수 없는 몸이지. ──그래서, 당신과 비슷하게 나도 대리인을 세우겠어."

 "대리인? 바보 같은 말을. 누가 『검성』의 대리인을 맡을 수 있다고……."

 망언에는 끼지 않겠다고 어투가 거칠어지던 스트라이드가 말을 중단했다. 그건 그 본인의 의사가 아니라, 바로 지척에서 발생한 검기를 쐰 까닭이다.

바로 지척—— 두 검기의 고조가 소용돌이를 이루며 대교는 한순간에 전장으로 탈바꿈했다.

"——감사를. 호적수여. 본인은 그대와의 만남을 기쁘게 여긴다."

"닥쳐. 남의 신혼여행을 방해해 줬겠다. 살아서 집에 갈 수 있으리라 생각지 마라."

불어 닥치는 검기를 부딪치며 빌헬름과 쿠르강이 말을 주고받았다. 무(武)와 인연이 없는 스트라이드조차 둘을 에워싸는 투기의 강렬함에 숨을 집어삼켰다.

그리고——.

"속였겠다, 『검성』."

"결투의 법도를 악용한 건 그쪽이 먼저지. 그리고 난 아버지의 저주를 풀고 싶어. 그러기 위해서 확실한 방법을—— 나보다 강한 사람더러 싸워 달라는 건 당연하잖아?"

가슴을 펴고 당당히 내뱉은 테레시아의 말에 스트라이드가 처음으로 올바른 의미로 빌헬름을 바라보았다. 검기를 뿜으며 『여덟팔』 상대로 한 발짝도 물러나지 않고 눈싸움하는 그 존재에, 스트라이드도 비로소 이해한 표정을 지었다.

그곳에 서 있는 장발의 검사가, 테레시아가 검을 맡기기에 합당한 실력자라고.

"이름 자자한 『검성』에 필적하는 검사가 왕국에 있다고?"

"왕국의 추문이 되니 다른 나라에는 숨기던 것 같더라. ——『검성』이, 식전 한중간에 수상한 자에게 칼싸움으로 지고 말다니."

"그딴 건 고려할 필요도 없는 유언비어가 아니냐⋯⋯!"

목소리에 분노가 섞인 건 어처구니없다고 내버린 유언비어가 진실이었던 데에 대한 짜증이었다. 테레시아는 그 감정을 고소하게 여기면서 옆에 선 빌헬름의 팔을 살며시 잡아 자신의 신뢰의 증거를 과시했다.

"――――."

다음 순간, 낮게 쩌렁거리는 소리가 대교에 울었다. 테레시아는 그것이 쿠르강의 목에서 터져 나왔음을 뒤늦게 이해하고, 그게 웃음소리라는 것은 더욱 늦게 이해했다.

쿠르강이 어깨를 들썩이며 낮게 웃었다. 그리고 투신은 눈을 부릅뜨고 말했다.

"『검성』에게서 검을 빼앗고 아내로 맞이한 검의 귀신――『검귀』의 이름은."

"――빌헬름 반 아스트레아."

"검기에 막힘없으며 이름은 당당히 밝힌다. 스트라이드, 이 사내야말로 호적수임이 틀림없다."

"제멋대로 굴긴."

스트라이드는 이미 들은 척도 하지 않는 결투대리인의 모습에 씁쓸한 표정을 지었다. 그리고 다가붙은 빌헬름과 테레시아 두 사람에게 눈길을 주다가 탄식했다.

"『검성』의 추천이 제 몸 아끼려는 게 아니라면 도리 없지. 『여덟팔』의 검에 스러지는 게 어느 쪽이든 간에 본인으로선 마찬가지. 이미 결투는 받았다. 말은 돌리지 않겠다."

"그쪽은, 결투의 승리에 무엇을 바라지?"

"아무것도. 본인은 도전받는 쪽인 까닭에. 아아, 그러나⋯⋯."

거기서 스트라이드는 한 번 말을 끊고 빌헬름과 테레시아를 가늘게 뜬 눈으로 바라보았다. 그리고 그는 자기 옆에 선 쿠르강의 등을 두드리고 말을 이었다.

"본인에게 바라는 건 없지만, 그래선 결투의 대리에 선 이자가 면목이 없겠지. 거기서 말이다. 결투를 대행하는 이자의 바람을, 짐의 소망 대신 삼겠다."

그렇게 말한 스트라이드는 결투에서 얻을 수 있는 승자의 권리를 쿠르강에게 양보했다. 그 고용주의 조처에 쿠르강은 그 굵은 팔 중 하나를 움직여 가리켰다.

그 손가락은 테레시아의 모습을 겨누고——.

"——미녀를 청한다."

"——어."

"⋯⋯아앙?"

쿠르강의 요구에 테레시아와 빌헬름이 동시에 소리를 질렀다.

"그 미모, 그 기량, 그 담력, 무엇 하나 버리기에는 아깝도다. 따라서 빌헬름, 그대를 검으로써 베어버린 뒤, 미희는 본인 것으로 삼겠다. 이견은 없는가."

"신혼이라는 말이, 네놈들 귀에는 하나도 안 박혔냐⋯⋯?"

새색시 강탈 선언에 빌헬름의 이마에 핏대가 솟았다. 휘몰아치는 검기에 딴 남자에 대한 노기가 섞이지만 쿠르강은 그 분노에 오히려 뺨을 웃음으로 일그러뜨렸다.

그런 쿠르강 옆에서 스트라이드가 제 뜻대로 됐다는 양 턱짓을 하며 말했다.

"포기해라. 이자는 야만족 출신이고 개중에서도 남달라. 강한 여자에게 애를 품게 하고 핏줄을 잇게 하는 데에 망설임은 없다. 따라서 널 놈의 포상으로 삼겠다. 겁먹고 물러나겠나? 아비처럼."

"——아니, 안 물러나."

"테레시아!"

가슴을 편 테레시아의 말에 동요한 쪽은 빌헬름이다. 당연한 노릇. 자신의 신병을 결투의 상품으로 삼다니, 이 결투에 임하는 자세가 크게 변모한다.

그러나 그런 빌헬름에게 테레시아는 고개를 가로저었다.

"아버지 생명이 인질로 잡혔어. 그리고 싸우지 못하는 나만이 안전 지역에 있는 건 이상해. 나도, 싸우진 못해도 책임만은 지게 해 줘."

"그래도, 만에 하나, 내가……."

"어머."

거기서, 테레시아는 빌헬름의 입술에 자기 손가락을 짚어 입을 막았다. 느닷없는 행동에 남편의 눈이 동그래지자 테레시아는 미소를 보냈다.

"——만에 하나 따위 있을 수 없어. 당신보다 강한 사람은, 어디에도 없으니까."

"————."

"지켜줄 거지?"

"……그래, 그랬었군."

맹세를 새삼 거론하니 빌헬름은 야성미 어린 웃음으로 대답했다.

『검귀』는 그저 자기 자신을 관철하면 그만이다. 검사로서, 남자로서의 역할에 전념하겠다.

아내를 빼앗으려는 놈팡이와 모략으로 장인에게 상처를 준 적을 노려보며 이빨을 드러냈다.

"받아주지. ——내게 베여서 빈손으로 저승길로 가라."

12

——결투의 시작을 주워듣고 대교에는 많은 구경꾼이 밀어닥쳤다.

이 시대에 결투란 제삼자가 침범할 수 없는 신성한 행위이자 의식 같은 것이다.

하지만 그와 동시에 정말로 관계가 없는 제삼자에게 결투는 오락의 일종으로도 수용됐다. 바른 법도에 따르는 한, 경비병마저도 결투는 방해할 수 없다. 그건 멀찍이서 검극을 구경하는 이들에게 위험이 없는 구경거리나 마찬가지였다.

따라서 결투 이야기를 주워듣고 대교에 들어찬 많은 구경꾼들도 이 결투를 구경거리로서 즐길 작정이던 사람이 다수였다.

그러나 그런 들뜬 기대는 대교에서 대치하는 양자를 본 순간에 박살 났다.

"———."

서로 말도 읊지 않고 자욱하게 끼는 검기에 구경꾼은 일제히 쥐 죽은 듯 고요해졌다.

대교를 사이에 두고 마주 보던 『검귀』와 『여덟팔』의 대치에 누구나 한순간에 압도당하고 말아, 소리 하나 못 내고 있었다.

"——저자는 좋은 검을 들고 있군. 양검의 빛보다는 못하다만."

"아스트레아의 당주가 고른 검이야. 당연하지."

"그리고 『검성』이 고른 남자라면 실력도 확실한가. 『여덟팔』에게 육박할 거란 생각은 도저히 안 들지만. 저토록 마른 남자가 뭘 할 수 있나."

"……저거보다 마른 여자를 싸우게 하려 했으면서."

그런 상황 속에서 결투의 당사자 외에 입을 놀리는 사람은 테레시아와 스트라이드였다. 멀찍이서 결투를 지켜보는 두 사람은 저도 모르게 나란히 서서 비꼬는 말을 교환했다.

"———."

『검성의 가호』가 서린 테레시아에겐 『여덟팔』이 차원이 다르단 사실이 쓰라리도록 전해졌다. 저건 테레시아가 여태까지 상대한 이들 중에서 틀림없이 '두 번째'의 강적이다.

따라서 '첫 번째'인 남편이 이기는 데에 의심은 한 점도 없다.

"——빌헬름."

비는 것도, 소원하는 것도 아니라, 그저 사랑하듯이 그 이름을 불렀다.

그것이야말로 아내인 자신이 할 수 있는 최선임을 테레시아는 알고 있었다.

　

"＿＿＿＿＿."

등 뒤에서 이름 부르는 소리를 알아챈 빌헬름은 눈을 감았다.

바람 소리, 새의 지저귐, 다리 밑을 흐르는 강의 물소리. 결투를 구경하러 온 구경꾼들의 숨소리와 심장 뛰는 소리. 그런 가운데 섞인 사랑하는 여자의 목소리에 초점을 맞춘다.

부르는 소리는 빌헬름의 승리를 의심한 것이 아니었다. 불안시하지도 않았다.

아침, 같은 침대에서 깨어나 처음으로 부르는 것처럼. 식사 준비가 다 됐다고 미소 지어 주는 것처럼. 함께 보내는 시간, 우연한 틈새에 소매를 당기는 것처럼. 아주 자그마한 말다툼 중에 사랑스럽게 뺨을 발그레 붉히는 것처럼. 잠자기 전에 입맞춤을 주고받을 때처럼.

──그저 이름을 불렀다. 그 생각만 해도 『검귀』는 날카롭게 벼려진다.

"선망과, 감사를. 지금은 오로지 본인에게 찾아온 축복에 가슴이 뛴다."

"축복? 자기가 죽는 날에 감사하나? 별나군."

눈꺼풀을 뜨니 아침놀에 물든 대교의 정면── 그곳에, 적이 있다.

온몸을 가린 로브를 벗은 그 모습은 그야말로 싸우기 위해 진화했다고밖에 여겨지지 않는 기이한 외형── 2미터는 되는 파란 피부의 거구에 여덟 개의 팔을 가진 이형의 전사. 그 이형의 체구 위에 실린 머리는 맞춰 마련한 것만 같은 전귀의 생김새였다.

"팔이 여덟 개라서『여덟팔』…… 다완족은 참 편리하군."

"의외로 겉보기만큼 편리하지도 않다. 쓸 수 있는 팔의 수가 늘지언정 할 수 있는 일이 늘지는 않으니. 무엇보다 이건 지나치게 눈에 띄어."

"유명인이 너무 눈에 띄면 노림 받는다 이거냐?"

"반대다. ──본인 모습을 보고 덤벼드는 이는 유달리 적어. 무료하다."

싸우기 위해 사는 전사의 도리다. 그 논법에 적잖게 공감했다.

검을 휘두르는 이상, 힘을 바라는 건 필연이다. 옛날 빌헬름도 검술에 경도된 이유를 '타인'에게 바란 적이 있다. 단, 그것도 과거 이야기다. 지금 검을 휘두르는 이유를 바라는 상대는, 자신은 아니지만 결코 '타인'도 아니다.

"──그런 이야기나 할 때가 아니지. 시간도 아까워. 넌 빨리 죽어."

"향락의 시간은 오래 즐긴다. 기회가 적으면 더욱더 그러한 법."

검을 뽑는다. 『검성』 가문의 당주가 고른 보검이 투쟁의 기척에 은빛으로 빛났다.

동시에 쿠르강도 네 쌍의 팔을 움직여 등에 지고 있던 네 자루의 대도── 폭 넓고 두꺼운 고기 써는 식칼, 제국 최강의 무위를 드러냈다.

"귀식도라고 한다."

"안 물었어."

"그대의 목숨을 빼앗을 무기다. 알아서 손해 볼 건 없지. ── 그대의 검은?"

"_____."

한순간 생각에 잠겼다. 하지만 금세 시시하다며 집어치우고.

"──아스트레아다."

말을 마친 직후에, 파고든다.

──은화난무의 불씨는 조용히, 그러나 뜨겁게 타올랐다.

13

결투는 검사들의 싸움치고는 기이할 정도로 오래가고 있었다.

"_____."

팽팽히 맞서는 기량에 칼부림 횟수는 속도를 붙여 가며 늘어난다. 검극 소리는 끊어지지 않고 이어지며, 피가 튀고 대교가 부서지고 도시에 울려 퍼지는 발 구르는 소리가 수면에 파문을 만들었다.

참격의 교환은 유(柔)와 강(剛)── 아니, 경(輕)과 중(重)이

서로 깎아 내는 행위라고 부르는 게 합당하다.

종횡무진하게 대교를 뛰어다니며 일격필살을 노리고 날카로운 참격을 지르는 빌헬름. 그와 대조적으로 쿠르강은 처음 위치에 당당히 버티고 서서 『검귀』의 요격에 강검을 휘둘러 댔다.

경과 중이라고 표현하더라도 중 쪽에 있는 쿠르강의 검속은 결코 얕잡아볼 게 아니었다. 인간에게 있을 수 없는 여덟 개의 팔, 그것이 네 자루의 대도를 폭풍처럼 후려치는 것이다. 회오리 같은 검풍에 의복 끝자락이라도 말려들면 사냥감은 순식간에 가루가 난다.

그렇게 안 되고 넘어가는 건 빌헬름의 탁월한 몸놀림 때문이다.

"————."

되는 대로 뛰기만 할 뿐이라면 언젠가 체력은 바닥난다. 속도는 무뎌지고 귀식도의 칼끝을 다 못 피하게 되기도 할 터. 하지만 빌헬름의 무기는 속도가 아니라 쿠르강의 간격 아슬아슬한 곳을 지나는 배짱과 발놀림에 있다.

속도가 아니라 기술과 배짱으로 교란해 날카로운 참격을 계속 후려치고 있는 것이다.

──그러나 서로 상대에게 결정타가 될 공격은 아직껏 꽂아넣지 못하고 있다.

양자 모두에게 전술이 확립되고 그것이 매우 고도로 맞물린 결과, 이 칼부림은 생각 외로 오래 성립되고 있었다. 만약 기량에 약소하게라도 차이가 났으면, 혹은 무기에 차이가 있으면, 그게 아니어도 전투법이 일치했더라면, 결판은 한 합에 났을 터다.

하지만 그렇게 되진 않고 결투는 이미 백 합을 넘는 지경에 이르렀다.

"＿＿＿＿."

날카롭게 호흡을 내뱉고 속도를 실은 일격을 지른다. 그 공격은 두꺼운 칼날에 막히고 대신에 사각에서 내리꽂히는 참격을 비스듬한 자세로 피했다. 그 직후, 은빛이 번뜩였지만 이는 상대의 가슴팍을 얄게 긋는 걸로 그치고 발생한 틈에 틀어박힌 난타가 어깨를 잡아냈다.

"윽……!"

빌헬름의 몸이 권격에 튕겨나고, 따라붙듯이 옆으로 쓸어 치는 일격을 도약해 뛰어넘었다. 그리고 허공으로 피신한 순간─── 섬뜩, 한기가 퍼졌다.

"───피할 수 있는가, 『검귀』."

치켜 든 귀식도의 도신을 팔 하나가 잡고서 힘을 모았다. 가뜩이나 굵은 팔의 근육이 더욱 팽창하고 『여덟팔』 혼신의 일격이 터져 나올 전조다.

허공, 벗어날 방법 없음. 검을 되돌려 방어로─── 아니, 방어 불가능한 일격이 온다. 막으면 육체 따위 안 남아난다. 생명을 송두리째 거두는 필살이 온다.

따라서 빌헬름은 방어를 버리고서───.

"───터져라, 『검귀』."

필살이, 소리를 팽개치며 엄습하고───.

——이 순간만은 세상에서 소리가 모조리 사라진 것 같았다.

"——빌헬름!"

하지만 실제로는 그렇게 되지 않는다.

맑고 높은 소리, 사랑스러운 소리, 마음을 떨게 하는 소리. 그것이 마음을 부추기며 활력이 되고 전의가 된다.

방어는 버렸다. 검을 세로로 거머쥐고 내려찍는 일격을 요격하는 데 쓴다. ——순간, 쿠르강이 지른 한 칼이 번갯불이라면 빌헬름의 찌르기는 바람의 어금니였다.

——은빛이, 대교를 중심으로 화려하게 꽃이 피듯 작렬했다.

충격이 교차하고 피안개가 휘날렸다. 격렬한 기세에 끼어 빌헬름은 날아갔다. 온몸의 뼈가 삐걱거리고 대검의 옆면에 맞은 왼쪽 반신이 경종을 울리고 있었다. 어깨에 빗장뼈, 갈비뼈에 허리뼈까지 포함해 어디까지 부러졌는지도 모르겠다.

그러나 그 대가는 쿠르강 역시 싸진 않았다.

"——훌륭하다."

신음하듯 말을 흘린 쿠르강의 거체가 무릎을 꿇었다.

투신은 여전히 그 자리에서, 그 다리를 자신의 피 웅덩이에 담그고 있다. 대출혈. 그 원인은 오른쪽 세 번째 팔—— 찌르기를 맞아 어깻죽지부터 날아간 한 짝이다.

"먹혔나……."

참격을 피할 수 없다고 판단한 순간, 빌헬름은 피해를 경감하며 덩달아 상대에게 최대한으로 치명타를 가하는 쪽을 우선했다. 찌르기로 내려찍는 참격의 궤도를 틀고, 파고들어 오던 상대의 기세를 반대로 이용해 팔 한 짝을 앗아 갔다.

이로써 쿠르강이 쓸 수 없게 된 팔은 두 개, 대도가 한 자루. 입은 상처는 깊어서 쉽게 움직일 수 있는 게 아니다. 빌헬름에게도 같은 말을 할 수 있었지만, 저쪽은 자기 혼자 기력으로 일어나야만 해도 그는 그렇지 않다.

힘은, 등 뒤에 기다리는 여자의 목소리로부터 받을 수 있다. 지금도 가슴속에서 무한하게 솟아나듯이.

이대로 싸움은 제2막에 이른다——고 여겼을 때였다.

"——여기서 끝인가. 나 원, 놀이판만큼 잘 풀리진 않는군."

"뭣⋯⋯?"

경악한 목소리는 그 결투를 보던 사람이—— 모두가 입에 담은 것이었다. 그만큼 그 행동은 용서하기 어려운, 결투의 법도를 위배한 것이었다.

무릎을 꿇은 쿠르강 옆에 외투의 옷자락을 턴 스트라이드가 서 있었다. 그것은 틀림없는 결투의 간섭이며, 어겨서는 안 되는 금기 중 하나다.

"결투란 말이다. 도대체, 뭔 생각이냐!"

"다 죽은 몸으로 짖기도 잘 짖는군. 여기서 기물을 잃어선 일이 꼬여. 따라서 이번은 이로써 막을 내리지. 결투는 우리 패배로 하지. 자."

검을 꽂아 세우며 가까스로 일어난 빌헬름의 노성에 스트라이드는 코웃음 쳤다.

그리고 그는 새끼손가락에 낀 반지를 빼더니 테레시아에게로 던졌다. 느닷없는 상황에 눈을 부릅뜬 그녀였지만 그것을 반사적으로 받아냈다.

테레시아의 손바닥에 『붉은색의 새끼손가락』──── 주술의 근원이 넘어왔다.

"결투는 너희가 승점을 땄으며 우리는 반지를 넘기고 물러난다. 뭘 탓하나?"

"절차를 거치는 방식의 문제다. 너는, 검사…… 전사를 뭐라고 생각하는 거냐."

"이자에 한정하면 기물 중 하나, 전사라고 범위를 넓히면 도구와 그 외다. 이번은 그럭저럭 수확도 있었어. 따라서 물러나 주마. 뭘, 걱정하지 마라."

스트라이드는 분개하는 빌헬름을 내려다보는 채로 오른손을 내밀었다. 새끼손가락 중 하나를 잃어 남은 네 손가락에는 각각 반지가 끼여 있지만.

"────앞으로 네 번, 이번과 같은 방식으로 놀 수 있어. 유흥에 끝은 없다. 기대되지 않느냐?"

"이 새끼……!"

"머저리, 농담이다. 웃어라. 오른손만이 아니라 왼손도 있어."

그렇게 말하고 내민 왼손에도 반지를 끼고 있어 빌헬름은 말문을 잃었다. 그 반응을 지켜본 스트라이드는 흡족하게 왼손을 발 아래로 돌렸다.

그리고─────.

"왕국 병사에 에워싸이면 성가셔. 따라서 눈을 가리도록 하지."

그 말과 동시에 빛이 퍼지고, 다음 순간, 석조 대교가 느닷없이 녹아내렸다. ──마치 석재 전부가 모래로 변모한 것처럼 산산이 흩어지자 대교에 있던 전원이 바로 밑에 강에 낙하했다.

"빌어, 먹을⋯⋯!"

욕설을 뱉은 빌헬름은 발 디딜 곳이 녹기 직전에 발을 내디뎠다. 잇달아 모래로 변하는 대교를 내달려 비명이 메아리치는 와중에도 단숨에 테레시아에게로 향했다. 테레시아도 달려오는 빌헬름에게 팔을 뻗어 필사적인 남편을 원호했다.

그 직후, 빌헬름은 테레시아의 가녀린 몸을 껴안고 크게 뛰었다. 녹아내리는 대교의 범위에서 벗어나 탄탄하게 모양을 유지한 도시의 지면을 밟았다. 숨을, 내뱉는다.

"빌헬름!"

"난 멀쩡해! 그보다, 반지는⋯⋯."

"여, 여기 있어. 부탁해!"

테레시아가 손바닥에 올린 반지를 보여 주고 하늘로 세게 던졌다. 빌헬름은 그 궤도를 시선으로 좇으며 손에 든 보검을 번뜩 휘둘렀고── 보옥이 저항 없이 둘로 베였다.

그 순간, 요사하게 일렁이던 보옥의 빛이 안개로 변해 햇살에 타버리듯 소멸했다.

"이제 아버지는 괜찮을까?"

"확인하려면 치료원에 돌아갈 수밖에 없군. ⋯⋯하지만."

빌헬름은 고개를 돌려 녹아 버린 대교 쪽으로 눈길을 주었다. 그쪽에선 강에 떨어진 구경꾼들의 구출극이 시작됐고, 소란스러워진 현장에 쿠르강 일행의 모습은 없었다.

익사했을 턱이 없고, 도망친 거다. 놈들을 몰아 세워 그 진정한 목적을 실토하게 하려면 지금밖에 기회가 없지만——.

"아니, 그딴 놈들하곤 다시는 엮이기 싫어. 치료원에, 가자……고……."

"빌헬름?! 괘, 괜찮아? 움직일 수 있어?"

"걱정, 하지 마. 조금, 피를 너무 흘린 거랑, 머리가 요동칠 뿐이지……."

"그건 엄청 걱정되잖아?! 됐어. 내가 빌헬름을 옮길게!"

현기증을 일으킨 빌헬름. 그 몸을 테레시아가 용맹하게 안아들었다. 그 보기 안 좋은 그림에 빌헬름은 저항하려 했지만, 그녀의 악력에서 벗어날 수 없었다.

"아버지도 치료원에는 내가 옮겼어. 잔말 말고 잡기나 해. ……딱히, 빌헬름을 안고 달리는 건 『검성』하곤 관계없지?"

"……안 흔들리게 부탁하마."

무슨 말을 하든 헛수고일 거라고 포기한 빌헬름은 아내에게 몸을 맡겼다. 그것을 신뢰라고 판단한 테레시아는 소녀 같지 않은 튼튼한 다리로 도시를 내달렸다.

——테레시아가 치료원 입구에서 캐럴로부터 벨톨의 무사함을 전달받고 흐느끼며 무너지는 바람에 빌헬름을 떨어뜨린 건

그 몇 분 뒤였다.

14

"기껏 떠난 신혼여행인데 이런 일이 되다니 기가 막혀……."

그렇게 넋두리한 사람은 병실의 침대에 눕혀진 두 사람——빌헬름과 벨톨을 문안하며 붉은 뺨을 부풀린 테레시아였다.

결투 소동 뒤, 온몸에 심대한 피해를 입은 빌헬름은 즉시 입원, 벨톨과 같은 방에 눕는 처지가 됐다. 그리고 주술로 생명이 축나며 한때는 심신 모두 죽음의 구렁텅이에 있었다는 벨톨은 어떠하냐면——.

"즉, 난 신혼여행보다 우선시되는 부친이란 뜻이군……. 딸에게 그만큼 커다란 존재일 수 있다는 걸 자랑스럽게 여긴다, 테레시아."

"아버지, 다 아물지도 않은 상처를 세게 누르고 싶어지니까 그런 말 하지 마요."

"으이이이잉?! 왜?! 사랑해 주는 거 아니니?!"

"사랑한다는 거랑, 화가 치밀지 않는 것하곤 같은 말이 아녜요. 저기, 빌헬름. 정말로 아버지랑 같은 방이라도 괜찮아? 힘들어서 상처 덧나진 않아?"

수염을 왼손으로 만지며 왠지 묘하게 늠름한 표정으로 지껄인 벨톨이 혼났다. 그렇게 시무룩해진 아버지를 거들떠보지도 않는 테레시아의 걱정스러운 눈치에 빌헬름은 쓴웃음 지었다.

"괜찮아. 장인어른 상대도 익숙해지면 썩 고통스럽진 않아."

"그렇게 말해서 내 호감을 사려 해도 헛수고일세. 나와 자네 사이에는 테레시아를 두고 경쟁한다는 평생 동안 걸릴 결투가 있어."

"난 진즉에 빌헬름 것이라서 아버지 패배예요."

테레시아의 매몰찬 대답에 벨톨이 꿍침했다. 변함없는 부녀의 대화였지만, 이를 주고받는 것 자체에 테레시아는 만족스러운 낌새였다. 그녀가 기쁜 것 같기에 빌헬름도 크게 부상당하면서 신혼여행을 중단한 보람이 있었다.

"테레시아 님, 슬슬 용차가 올 시간입니다. 마중 나가시겠어요?"

"아, 응. 그러자."

그때 병실의 문을 열고 캐럴이 모습을 드러냈다. 그녀의 부름에 테레시아가 일어나 치맛자락을 털고 문으로 갔다.

"용차? 대체 뭐가 오는 것이냐?"

"뻔하잖아요. 빌헬름이 움직일 수 있게 되면 출발하고 싶지만, 아버지를 남기고 가긴 불안해요. ……그래서 어머니를 불렀죠."

"으이이이이이잉?! 티슈아를?! 싫어, 무서워! 반드시 혼날 거야!"

"그래! 반드시 혼나요!"

테레시아는 침대에서 몸을 꼬는 벨톨에게 무자비한 선고를 내리쳤다. 그리고 겁내는 아버지의 모습에 한숨짓고 나서 빌헬름을 자상한 눈으로 쳐다보았다.

"그러면 잠깐만 나가볼게요. 빌헬름, 있다가 또 봐."

"그래. 당분간 캐럴과 신혼여행하고 와라."

"마, 말도 안 되는 소리를! 테레시아 님과 신혼여행이라니, 그 럴 수가, 그건, 응."

나쁘지 않다 같은 반응을 한 캐럴을 대동한 테레시아가 "참 내." 하고 부끄러운 눈치로 병실을 뒤로했다. 그렇게 소란스러 운 문병객이 없어지니 병실에 남은 건 빌헬름과 벨톨, 두 사람 밖에 없었다.

"이걸로 이겼다 생각하지 말게, 빌헬름 군. 난 테레시아의 기 저귀를 간 적도 있네."

"나도 테레시아 옷을 갈아입힌 적은 있습니다."

"끄헉!"

말의 칼날에 찢어발겨진 벨톨이 뒤로 몸을 꺾으며 쓰러졌다. 벨톨은 그대로 침대에 옆으로 누워서 꿍얼꿍얼 작은 소리로 중 얼대기 시작했다.

"하아……. 딸은 사위한테 빼앗겼지, 신혼여행에 합류한 걸 아내한테 야단맞지, 딸이나 다름없는 애에겐 적당히 좀 하라고 멸시받지, 난 도대체 어디로 가는 거람……."

"장인어른, 우울해지는 이야기는 관둬 주십쇼. 실제로 장인어 른의 행동 전부가 칭찬받을 일이 아니라고는 생각하지만……."

"사위가 더 채찍질해……."

"그래도 가족을 위해 일어선 모습은 용감했다고 테레시아도 그랬습니다. 나도 그놈이랑 검을 주고받은 입장입니다. 그놈하고 맞서는 것의 무게는 알아."

뇌리에 쿠르강의 위용이 떠오른다. 빌헬름이라도 전율할 투기. 그것과 벨톨이 맞서다니, 아예 자살 행위일 뿐이다.

그런데도 무모하게 벨톨이 도전하게 만든 건 틀림없이 명예와 긍지다.

"나보다 먼저 그놈과 일전 겨룬 건 장인어른이야. 위대한 일입니다."

"……하지만 반지인지 뭔지 때문에 자네와 테레시아에겐 폐를 끼쳤어. 자네도 부상 입고 여행도 중단되고 말았고."

"이건 순수하게 내 실력 부족이 원인이죠. 장인어른이 신경 쓸 게 아닙니다. 그리고……."

"그리고?"

"장인어른은 나 때문에 화내 주셨다고 들었습니다. 그러니까, 됐어……요."

잠시의 침묵이 빌헬름과 벨톨 사이에 생겨났다. 그것이 쑥스러움이나 어색함 때문이 아님은 아마 양쪽 다 알고 있었다.

그렇기에 침묵의 끝에 벨톨이 빵 터지듯 웃고 말했다.

"알았네. 그럼 그걸로 됐네. 나와 자네 사이에 서로 빚진 건 없어. 알겠지?"

"……아니, 공헌은 내가 더 많이 했다고는 생각하는데."

"알겠지?"

"……암요."

다짐을 받는 말에 빌헬름은 갖가지 감정을 눌러 삼켰다. 그리고 문득 시선을 침대 옆에 있는 선반으로 돌려 기억이 난 듯이 손뼉을 쳤다.

"장모님이, 장인어른한테 무슨 말을 쏟아낼지는 모르겠지만…… 그 왜."

"응?"

"결혼 축하용 머리 장식을 넘기면 조금은 누그러지는 것 아닐까요?"

선반에서 꺼낸 건 스웬 상회에서 골랐을 터인 머리 장식이다.

스트라이드의 훼방이 들어와 고를 시간을 내지 못한 아내에게 줄 선물. 그것을 테레시아와 캐럴이 골라서 벨톨에게 건네라며 빌헬름에게 맡겼다.

"고른 건 테레시아랑 캐럴입니다. 매년 주는, 장인어른 방식과는 안 맞을지도 모르겠지만."

"오오, 두 사람이. 참으로…… 얼굴 마주 보고 말 못하는 구석이 귀여운 딸들이야."

머리 장식을 내미는 빌헬름에게 벨톨이 다시 자기 입맛대로 감동했다. 빌헬름은 그런 그에게 쓴웃음 짓고 머리 장식을 건네려다가——.

"장인어른?"

"……아니, 실수했구만."

벨톨이 건네받은 머리 장식을 부자연스러운 움직임으로 침대에 떨어뜨렸다. 벨톨은 그것을 주우려고 미적거리다가 한숨과 함께 왼손으로 머리 장식을 주웠다.

그가 잘 쓰는 팔인 오른손이 아니라, 왼손으로. ——오른팔은 전혀 움직이지 않았다.

"……주술의 후유증이라더군."

눈을 부릅뜬 빌헬름에게 벨톨은 움직이지 않는 오른팔을 바라보며 말했다.

"원래라면 사지가 괴사할 것을, 한곳만 집중해서 막히도록 몰아 피해를 팔 하나로 억제했다는 것 같아. 그 술사는 우수하던데. 재야에 그렇게 실력이 좋은 술사가 있을 줄이야. 나중에 왕도에 꼭 보고해서 추천해야겠어."

"장인어른, 오른팔을? 하지만, 그래선……."

"——말했을 텐데, 빌헬름. 서로 빚진 건 없네. 자네가 질 짐은 없다고."

왼손의 머리 장식을 들이미는 바람에 빌헬름은 말문이 막혔다. 앞서 들은 벨톨의 말. 그 진의를 깨달은 빌헬름은 수치심에 세게 얻어맞았다.

벨톨은 자기 오른팔의 후유증에 대한 책임을 딸과 사위에게 묻지 않았다. 그는 그 때문에 장난스러운 태도로 빌헬름에게 그걸 약속시킨 것이다.

그 사실을 깨닫지 못한 자신이 한심스럽다. 동시에 분노가 솟구쳤다.

놓친 제국인—— 스트라이드와 『여덟팔』의 쿠르강에 대한 거센 분노가 솟구친다. 이 설욕은 반드시 한다. 반드시, 갚아 준

다. 그렇게 마음에 맹세했다.

"책임은……."

"응?"

"책임은 지게 하겠어. 장인어른, 그 팔에 맹세하겠어."

강한, 검기를 담은 서약을, 빌헬름은 눈앞의 남자를 위해서 세우려 했다.

그러나 그 말에 벨톨은 웃었다.

"……그런 맹세 필요 없어. 관두게. 테레시아에게 마음 쓰게 하고 싶지 않아. 그런 걸 맹세할 바에는 테레시아를 행복하게 하겠다고 거듭 맹세하게나."

"하……."

맥 빠지는 대꾸에 빌헬름은 말문을 잃었다. 그런 빌헬름에게 벨톨은 마치 한 칼 갚아줬다는 양 뿌듯한 표정으로 말했다.

"테레시아에겐 비밀일세. 이건 남자 대 남자의── 가족의 약속이야, 빌헬름."

그리고 웃으면서 빌헬름에게 어길 수 없는 약속을 나누게 한 것이었다.

──이후, 벨톨이 세상을 뜰 때까지 그는 오른팔의 장애를 한 번도 딸이 깨닫지 못하게 했다.

따라서 평생 빌헬름은 존경하는 검사의 이름을 묻는 말에 망설임 없이 벨톨 아스트레아의 이름을 입에 담게 된다.

그와 동시에 이 픽타트에서 일어난 『은화난무』라고 불리는 한 장면에서, 빌헬름은 인연 깊은 적이 될 존재와 만나고 말았다.

──『파멸갈망』 스트라이드 볼라키아와, 『여덟팔』 쿠르강.

그들과 빌헬름, 그리고 테레시아를 에워싸고 친룡왕국 루그니카를 다시 혼돈으로 삼키는 싸움──『검귀전가』는 이때부터 시작됐다.

『검귀연담──막간의 연인들』

1

──그림 파우젠은 자신이 사랑에 빠진 순간을 아직도 기억한다.

그림은 기진맥진해서 전장 한구석에 주저앉아 있었다.

한 손에 쥔 조잡한 검을 굳은 손가락이 놓으려 하지 않는다. 팔에는 단단한 감촉이── 친구였던 인물의, 그 목을 친 느낌이 생생하게 남아 있었다.

"＿＿＿＿."

지옥이었다. 전장은 언제나, 어디에 가든, 지옥에 불과했다.

자신은 바보 같은 판단을 했다고 새삼스럽게 후회했다. 한적한 마을에서 가업을 잇고 아무도 아닌 채로 끝나는 걸 두려워해 고향을 떠났다.

시시한 영웅 선망과 버릴 수 없는 비참한 집착, 그 결과가 이 심경이었다.

죽어서 송장 병사로 변해 텅 빈 눈으로 바라보던 친구, 토르타의 얼굴이 눈에 아른거렸다. 그 벗의 죽음을 슬퍼하는 게 아니라 죽기 싫다는 이기적인 감정으로 검을 휘둘렀다.

그 사실이, 더욱더 자신의 손을 썩은 즙과 피로 더럽히는 느낌에——.

"——당신을 다시 봤어요."

그 목소리는, 웅크린 자신의 귓불을 때리고 몹시 맑은 여운으로 마음을 흔들었다.

"————."

저도 모르게 고개를 들었다. 무릎을 세우고 앉은 자신의 눈앞에 그녀가 서 있었다.

짧게 친 아름다운 금발. 곧게 감정을 호소하는 보석 같은 벽안. 등을 꼿꼿하게 세운 모습은 자연히 보는 이에게 늠름한 인상을 새겼다.

귀엽다는 말보다 아름답다는 말이 어울릴 풍격의 소녀. 그녀의 이름은——.

"——캐럴, 씨."

"네. 피차 지독한 꼴을 봤군요. 음, 저…… 그림."

쉰 목소리로 이름을 부르자, 소녀—— 캐럴은 입술에 미소를 띠었다. 늠름한 인상은 그 즉시 부드럽게 풀리고 나이에 맞는 소녀의 얼굴이 나타났다.

경갑을 벗고 애용하는 장검을 놓은 캐럴의 모습은 숙달된 여검사와는 천양지차로 보였다. 물론 이걸 일상의 한 장면이라고 잘라 말하기에는 무리가 많다. 전장의 흔적지에는 피 냄새를 밴 메마른 바람이 불고, 캐럴 본인부터 상처를 입었다.

그렇다. 캐럴은 싸움 도중에 적에게 상처를 입었을 텐데.

"생채기예요. 무문의 딸이 그 정도로 하나하나 떠들 수야 없죠."

"그런가……요…….'

"네, 그래요. 그리고…….'

낯빛을 보고 속마음을 읽어내어 의문에 대답한 캐럴의 시선이 아래로 내려갔다. 그녀의 벽안이 포착한 것은 단단히 검을 움켜쥐고 있는 그림의 손이었다.

순간, 캐럴의 눈에 복잡한 감정이 스치고 그 자리에 그녀가 슥 쭈그려 앉았다.

그리고——.

"——사람을 벤 건 처음이었습니까?"

물으면서 캐럴이 그림의 오른손을 만졌다. 하얗고 가는 손가락이 그림의 딱딱해진 손가락을 풀자 조금씩 관절이 움직이기 시작하는 걸 알 수 있었다.

"저, 저기…….'

"초조해하지 않아도 돼요. 천천히 해도 상관없어요. 누구에게나 찾아오는 일이죠. 하물며 그게 친구분이라면 더더욱."

"_____."

떨리는 말이 막혀서 그림은 처량한 기분에 고개를 내리깔았다.

전장에 선 것은 이게 세 번째. 그제야 비로소 그림은 사람을 처음으로 베었다. 그것도 망자를 계산에 포함해도 될 때에나 해당

될 이야기다.

그리고 세 번 모두, 그림은 매번 전장에 나온 것을 후회했다.

자기 생명을 위협받고 다른 이의 생명이 너무나 가볍게 농락당하며 숨이 턱 막히는 피 냄새가 넘쳐나는 전장에서, 그림은 늘 후회만을 손에 넣었다.

이런 곳에 나오는 게 아니었다며 매번 후회하고——.

"——무척, 용기 있는 행동이었어요."

캐럴은 후회하며 어금니를 깨무는 그림을 곧게 응시했다.

"어……."

"그토록 끔찍하게 변한 친구를 당신은 자기 검으로 재워 주었죠. 무아몽중이었다고 해도 벌어진 일은 마찬가지예요. 훌륭한 일입니다."

아연실색하는 그림에게 캐럴은 타이르듯 말을 건넸다. 그 음성에, 내용에, 그림은 숨을 집어삼키고 자신이 한 일을 되돌아보았다.

——자신은 잘했다고 칭찬받기에 마땅한 행동을 한 것일까.

"적어도 당신은 사후를 능욕당한 친구를 해방해 전장에서 함께 싸운 저와, 전우를 구하는 마지막 한손을 거들었습니다. ……그, 무례한 남자의 활약이 있던 건 성질나지만요."

또다시 입을 다문 그림의 속마음을 읽어낸 것처럼 캐럴이 말했다.

그 사실에 눈이 휘둥그레지자 캐럴은 옅게 미소 지었다.

"잘못 짚은 말이 아니었으면 좋겠는데요."

"……그렇지, 않아요."

"그렇군요. 다행이다. ……아."

캐럴이 안도하고 희미하게 숨을 내쉬었다. 바라보니 풀리지 않던 그림의 손가락이 펼쳐져 칼자루를 놓고 있었다.

손이 자유로워지며 캐럴에게 검을 빼앗겼다. 그리고 캐럴은 검을 손에 든 채로 슬쩍 일어나려다가.

"——이건?"

"어, 저, 그게, 아—."

캐럴의 조용한 음색에 그림은 눈을 희번덕거렸다. 자신이 무슨 짓을 저질렀는지 놀라서 머리가 혼란을 일으켰다. ——그림의 손이 캐럴의 손을 잡고 만류하고 있었다.

마치 멀어지는 그녀를 아쉬워하듯, 접촉하던 손가락을 잡는 형태로.

"저기, 이런 행동을 하시는 건……."

"고, 고마워!"

"————."

"……요……라는 말을."

캐럴의 표정에서 온기가 사라지는 순간, 아슬아슬하게 목소리가 나왔다. 넘친 목소리는 감사의 형태를 띠고 있어서 형편없는 변명인 건 불을 보듯 훤했다.

그러나 순간적으로 튀어나온 그림의 말에 캐럴은 눈이 동그래진 다음.

"……당신은, 이상한 사람이네요, 그림."

고운 눈썹을 치켜 올리고 그림을 향해 입술에 미소를 띠었다.

──그 순간, 그림 파우젠은 캐럴 레멘디스의 포로가 됐다.

2

그 뒤로도 그림에게 전장의 공포가 흐려지는 일은 결코 없었다.

전장은 지옥이다. 그 인식이 바뀔 일도 없다. 지옥이 아닌 전장은 없으며, 두려워하지 않고 넘어간 싸움은 없고, 죽어도 되는 생명은 없으며, 죽어가는 생명은 무수히 있었다.

싸움에는 늘 염증이 났고, 적성에 맞는다고 생각한 적은 한 번도 없다. 주위도 입을 모아 네게는 적성이 없다고 무자비하게 말했다.

그것이 일종의 배려였음은 그림도 알고 있다.

적성이 없는 사람이 공포를 극복하지 못한 채로 지옥에서 항거할 수는 없다. 그림이 그만두겠다고 하면 필시 동료들은 만류하진 않았으리라.

그저 안도한 표정으로 고향으로 떠나가는 그림을 배웅해 줄 터다.

──단 한 명, 빌헬름 트리아스를 제외하면.

"아직도 살아 있었냐, 겁쟁이. 죽은 사람 같은 낯짝이나 할 겨를 있으면 얼른 사라져."

전장에서 무쌍의 활약을 벌이는『검귀』가 꼴사납게 발버둥 치는 그림을 발견하고 악담을 뱉었다.

　그의 말에는 일절 거짓이 없다. 빌헬름은 자상함이나 배려 때문이 아니라, 진심으로 약자는 전장에 필요 없다며 그림을 방해물로 여겼다.

　"사라질까 보냐! 빌헬름, 넌 왜 항상……."

　"잡담할 새도 없어. ──적의 증원이다."

　빌헬름은 그림의 반론에 귀도 기울이지 않고서 피로 물든 검을 들고 적진으로 돌진했다. 바람 같은 속도에 그림은 눈을 부릅뜨다가 머리를 쥐어뜯고는 외쳤다.

　"아아, 제길! 기다려! 기다리라고, 빌헬름!"

　그 등을 쫓아 적이 무수히 준동하는 전장으로 뛰어들어서 쳐든 방패를 휘둘러 댔다.

　공포는 사라지지 않는다. 싸움에는 적성이 없다. 전장은 언제나 지옥이다.

　그렇다고 해도 그림은 전장에서 도망칠 수 없었다. 도망치지 못한 채로 앞을 가는 전우의 등을 하염없이 쫓았다. ──쫓을 수 없어지는 날이 오는 것이, 지금은 가장 두려웠다.

　"저 작자를 흉내 내면 명줄이 여럿 있어도 모자랄걸요."

　상처를 응급 처치하던 그림 쪽을 찾아온 캐럴이 기가 막힌 표정으로 말했다.

　『아인전쟁』 도중, 체르게프 부대와 아인 연대의 승강이가 있던 직후다. 전투는 빌헬름의 분전 덕도 보아 압도, 부대의 부상자도 적어서 그야말로 쾌승이었다.

그림은 그 적은 부상자 중에 자신이 포함됐다는 사실이 한심스럽지만.

"……보고 있기 힘드네요. 이리 주세요."

"아, 어어, 저…… 죄송합니다."

캐럴이 잘 쓰는 팔의 붕대를 서투르게 감는 그림에게서 처치 주도권을 빼앗았다. 그녀는 그림의 오른쪽 어깨 열상에 척척 붕대를 감아 주었다.

끝나고 보니 불과 몇 초. 자신의 미숙함이 두드러지는 모양새였다.

"경험 문제죠. 자기가 잘 쓰는 팔에 붕대를 감으려면 저도 고생해요."

"……제가, 그렇게 알기 쉬운가요?"

그림은 자기 얼굴을 더듬더듬 만지며 물었다. 그 말에 캐럴은 살짝 눈이 동그래졌다가 "네." 하고 끄덕였다.

"왜일까요. 신기하게…… 그래요. 신기하게, 당신 표정은 알기 쉬운 느낌이에요. 혹시……."

"혹시?"

그림은 몸을 쓱 내민 캐럴의 말이 이어지기를 기대했다. 그런 그림의 기대 앞에서 캐럴은 살짝 갸웃하고 말했다.

"그렇게 낯빛을 읽히기 쉬워선, 싸움에 적성이 없는 게 아닐지……."

"아아, 그런 뜻으로……."

힘이 빠진 그림이 땅바닥에 엉덩이를 붙이자 캐럴은 의아한 표정을 지었다. 그런 그녀의 반응에 그림은 "아뇨." 하고 쓴웃음 지었다.

"싸움에 적성이 없다는 말은 곧잘 들어서요. 저 스스로도 자각이 있고요."

"그렇다면 왜 당신은 전장에?"

"왜일까요."

당연한 질문이 돌아오자 그림은 문득 먼 곳을 바라보았다. 그 시선을 따라 캐럴은 등 뒤를 돌아보았다. 그리고——.

"——저 남자, 트리아스와 관계가?"

그림의 시선이 가는 곳에는 최전선에서 검을 휘두르고 생채기 하나 없이 생환한 『검귀』가 있었다. 무뚝뚝한 표정의 소년은 지루하게 서서 눈을 감고 피로를 달래고 있었다.

살짝 가시 돋친 캐럴의 음색에 그림은 쓰게 웃었다.

"관계는 없다고 말할 수 있으면 좋았겠지만, 아마 있을 테죠. ……이런 말 해서 캐럴 씨가 기가 막히게 하고 싶진 않지만."

"————."

"저, 돼먹지 못한 검술 바보를 쫓아가고 싶어요."

새삼 말로 표현해 보니 참으로 어처구니없는 동기여서 그림 자신도 웃어 버릴 것만 같았다.

빌헬름의 자세는 가혹하며 아무도 다가오지 못하게 하는 고고한 길이다. 그것이 빌헬름을 빌헬름답게 하며 강인한 실력을 지탱하는 근간이다.

　그러나 그림은 그런 고고한 자세의 그에게 세 번이나 생명을 구원받았다.

　"빌헬름은 전혀 알지 못할 테고 빚 지웠다고도 생각지 않겠죠."

　"그렇담……."

　"그래도 전 아녜요. 전 저 녀석에게 구원받았어요."

　공포는 극복 못하고, 싸움에는 혐오가 있는 채로, 전장은 언제나 지옥이었다.

　당사자는 모를지라도 전우는 그런 전장에서 그림을 구해 주었다.

　지옥 같은 곳에서 혐오스러운 싸움을 펼치며 공포에 마음이 시달리더라도, 전우만이 등을, 옆을, 생명을 지켜준다.

　"그냥 감사를 표해도 저 녀석은 코웃음만 칠 뿐이겠죠. 틀림없이 하잘것없는 소꿉놀이라고 그럴걸요. 그러니까, 깨닫게 해 줄 거예요."

　"깨닫게 해 주겠다……면."

　"언젠가, 내가 있어서…… 전우가 있어서 살았다고, 저 녀석이 생각하게끔."

　성심성의껏 감사해도, 그게 똑바로 전해지리라곤 생각지 않는다. 그렇다면 자신의 감사가 상대에게 감명을 줄 때까지 기회를 보다가 건네리라. 호시탐탐 기다릴 것이다.

　"그렇게 생각할 때가 오면, 빌헬름에게도 제 감사가 전해질 테죠. 그래서, 저는 이걸로 쌤쌤이라고 말해 주고. ──그게,

제가 계속 싸우는 이유 중 하나예요."

"_____."

"아……."

그림의 은밀한 야심을 들은 캐럴이 놀라서 말문을 잃고 있었다. 그 반응을 본 그림은 자신의 고백이 부끄러운 듯 눈을 내리깔았다.

이 얼마나 천박하고 계집애 같은 소원을 들려줬단 말인가. 그런 그림의 후회와는 정반대로, 캐럴은 몇 번쯤 입술을 달싹거리다가 말했다.

"……또 한 가지, 당신을 잘못 봤습니다."

"아, 어, 으…… 저기, 저야말로, 창피한 이야기를."

"아니요. 당치도 않아요. ──당신은, 저 남자가 변하리라 생각하나 보죠?"

그림은 창피한 고백을 사과하려다가 도중에 말이 막혔다. 그것은 눈앞의 캐럴, 그 진지한 두 눈에 어린 빛에 마음이 사로잡혔기 때문이다.

"_____."

그녀는 조용히 그림의 답변을 기다리고 있다.

그림은 그 행동이 뭔가 다른 의문에 대한 답변을 바라는 것처럼 여겨졌다. 매달리려는 것 같기도 하고, 버팀목을 바라는 것 같기도 하고.

순간, 그림의 뇌리에 초면 때의 대화가 스쳤다. ──본래, 캐럴은 누군가를 섬기는 입장에 있으며 그 누군가를 대신해 내전에 파견됐다고.

혹시 그 '누군가'에 대한 모종의 감정을 이 물음에 겹치고 있는가.

희미한 아픔이 가슴을 때렸다. 그러나 그림은 가슴을 부여잡고 그 감각을 무시하며 대답했다.

"네, 변할 거라 생각해요. 어떤 것이라도, 누구라도, 시간을 들여서, 그렇게 빌면."

"————."

"사실 저래 봬도 빌헬름과도 전보다 대화가 통하게 됐다고요? 어쩌면 언젠가 둘이서 술 마시러 갈 일이 있을지도 모르죠."

농담 같은 어조로 그림은 그런 말을 했다. 그건 곧 강한 척이나 허세나 다름없다. 왜냐하면 캐럴의 눈이 변화하는 모습을 보고 말았기에.

캐럴의 아름다운 벽안을 채운 불안, 그것이 느닷없이 사라지는 순간을 보고 말았다.

자신의 말이, 그녀의 소중한 상대에 대해 품던 망설임을 풀어낸 것이다. ——전사한 토르타가 머릿속에서 웬 바보 같은 짓을 한 거냐며 어깨를 으쓱이는 걸 알 수 있었다.

연적일지도 모르는 상대 편을 순순히 들어준 거나 마찬가지 아니냐고.

"……변한다. 시간을 들여서, 빌기만 하면, 누구나."

캐럴이, 그림이 입에 담은 격려의 말을 되새겼다. 목소리에 차츰 힘이 돌아오고, 끝내 그녀는 거세게 호흡하며 그림의 눈을 곧게 응시했다.

"저도……."

"네?"

"저도 그러길 바랍니다. 당신의 소원이 이루어지면 저도 기쁘 겠어요."

뺨을 붉게 물들인 캐럴이 눈에 희망을 담고 그림에게 말했다.

"————."

그 표정과 눈에 그림은 심장 박동이 전례 없이 빨라지는 것을 느꼈다. 그와 동시에 착각할 것만 같은 자기 자신을 힘껏 나무 랐다.

이건, 틀림없이 또 별개의 무언가일 것이다. 애당초 그녀에게 는 소중하게 여기는 상대가 있다. 고작 몇 번 전장에서 얼굴만 마주친 자신이, 이런 예쁜 여성에게 무엇을——.

"음…… 저건."

머리가 혼란에 빠진 그림이 붉어지려던 얼굴을 숙였을 때 캐 럴이 중얼거렸다. 쳐다보니 캐럴이 다시 등 뒤에 눈길을 주며 표정을 험악하게 바꾸었다. 그렇게 된 원인은 명확. 빌헬름과 대화하는 키 큰 여성의 모습이었다.

"메이더스 님, 또 저 남자랑 얽히고……."

말하면서 캐럴이 무릎을 털고 일어났다.

경칭을 붙여 그녀가 부른 사람은 캐럴이 호위를 맡고 있는 로 즈월 J. 메이더스라는 이름의 궁정마도사였다. 해괴한 복장과 언동을 선호하는 인물로, 격전 지역을 전전하는 체르게프 부대가 가는 곳마다 나타나선 빌헬름을 가지고 놀 때가 많았다.

　좋든 나쁘든 문제가 많은 양반이지만, 그 분별 없는 행동 덕분에 전장에서 캐럴과 얼굴을 마주할 기회가 많다. 그림은 몰래 감사하기도 했다.

　어쨌든 그런 둘의 만남에 캐럴은 마음이 편치 않고――.

　"미안합니다, 그림. 전 일을 해야겠어요."

　"아, 아뇨, 전혀요! 전, 저기, 괜찮아요. 충분히 즐겼습니다."

　"―――."

　미묘하게 대답이 수상쩍은 그림의 말에 캐럴의 눈이 한순간 가늘어졌다. 그리고 그녀는 살짝 그림 옆쪽, 벽에 세워둔 큰 방패를 바라보며 물었다.

　"방패 사용법을 배울 생각은 있나요?"

　"……캐럴 씨?"

　진지한 캐럴의 음색에 그림도 자신의 방패를 보고 그렇게 되물었다.

　"그림, 당신이 진심으로 이 내전의 끝까지…… 혹은 그 이후에도 트리아스나 체르게프 경과 어울릴 생각이 있으면, 지금 이대로는 위험합니다."

　"―――."

　"그러니 그럴 마음이 있다면 제가 당신에게 방패 사용법을 가르쳐드리죠. 그게…… 어떨까요. 아직 미숙한 몸이긴 합니다만."

　"으――! 정말 괜찮아요?!"

　바라 마지않는 제의에 그림은 펄쩍 뛰듯이 일어섰다. 그 반응에 캐럴은 놀랐지만 바로 "네." 하고 끄덕여주었다.

"그럼 서로 시간을 마련하죠. 왕도에서라면 시간도 낼 수 있을 거예요."

"네, 넷. 감사합니다. 잘 부탁합니다!"

그림은 굽실굽실 연거푸 고개 숙이며 캐럴에게 깊이 감사했다. 물론 캐럴의 마음을 착각해서는 안 된다. 어디까지나 그녀는 다정한 마음에 제의해 준 것이다.

그래도 사랑하는 여성과 함께 보내는 시간과, 전우 상대로 이루고 싶은 야망── 그 양쪽 모두에 진척을 볼 수 있다면 이건 충분히 환영할 만한 일이었다.

그렇게, 그림이 주먹 쥐며 기뻐하고 있으려니──.

"그리고, 이건 쓸데없는 말일지도 모르겠는데."

"네?"

"──제가 섬기는 분은 여성입니다. 오해, 하지 마세요."

그 말만. 그 말만 하고 뒤돌아선 캐럴이 빌헬름 쪽으로 갔다. 그리고 뭔가 말다툼하는 둘 사이에 언성을 높이며 끼어드는 걸 알 수 있었다.

그러나 그 광경을 멀찍이서 바라보는 그림은 자신이 무슨 말을 들었는지 이해하는 걸로 필사적이었다.

"차, 착각은…… 하면, 안 되지만……."

정말로, 착각이 맞는 걸까, 그런 혼란만이 마냥 골머리를 썩게 했다.

──그런 그림의 곤혹을, 머릿속의 토르타가 음흉한 얼굴로

웃어넘긴 느낌이 들었다.

3

큰 감사와, 미래에 대한 기대, 그리고 사소한 흑심을 간직한 만남이 시작됐다.

표면상으로는 그림이 살아남기 위한 방패 사용법의 숙달. 그러나 그 실태는 지옥훈련이란 말이 가소로울 만큼 치열하고 가혹한 닦달의 나날이었다.

"거기!"

"아파! 아야야야야! 캐럴 씨, 아파요!"

"전장에선 아픈 걸로 안 끝납니다! 지금 당신의 손발은 전부 없어졌어요!"

단련용 목검을 들고 그림의 손발을 늘씬하게 팬 캐럴이 호통 쳤다. 그런 캐럴의 발 아래에 방패를 떨어뜨린 그림이 아픈 나머지 웅크리고 있었다.

캐럴은 도신이 긴 목검을 손발처럼 다루며 변화무쌍한 검술로 그림을 농락했다. 그 매끄러운 칼끝의 움직임을 눈으로 좇지 못해 얻어맞기를 십여 번, 몸도 한계다.

"꽤 나아지긴 했지만 아직 움직임에 낭비가 많아요. 이대로는 머잖아 강적과 맞설 때에 대처하지 못하고 찍어 눌릴걸요."

그렇게 말한 캐럴이 웅크린 그림 옆에 앉았다. 가볍게 숨을 내뱉은 그녀는 이마와 뺨에 흐르는 땀을 살짝 훔치고 입술을 혀로 축였다.

그런 동작에도 기품이 있어서, 그림은 캐럴의 얼굴에 홀리는 심정이었다.

캐럴이 이렇게 그림의 단련에 어울려 준 지 제법 시간이 흘렀다. 그림은 왕도의 연병장에서 캐럴과 만나 몇 시간 동안 일대일로 대련을 받는다.

방패 쓰는 데에 자질이 있다고 칭찬해 준 게 보르도였다. 그 말을 진담으로 듣고 자기 딴에 방패술을 갈고닦은 줄 알았는데, 역시 아직도 허점이 많다. 캐럴에게 걸리면 빈틈투성이나 마찬가지인 모양이니 실전이라면 천 번은 목이 날아갔을까.

"보건대 전장에선 그림의 움직임이 현격히 좋아지는 느낌이더군요."

"아―, 그건 혹시 뒷덜미의 이상한 감각 덕분일지도 몰라요."

그림은 자신의 목덜미를 만지며 캐럴의 말에 자기 나름의 가설을 읊었다.

뒷덜미의 감각―― 그것은 그림 스스로도 원인을 모르는 기묘한 위기 감지 능력의 단편이었다. 전장에서 적을, 혹은 적의 기척을 느끼면 그림의 뒷덜미는 오싹함을 느낀다. 그 감각에 기대면 방패는 단련한 것보다 훨씬 능란하게 그림을 살려 주었다.

물론 캐럴이 기술의 밑바탕을 다져주지 않았으면 닿지 못할 영역도 많았지만.

"어쩐지 복잡한 기분이에요. 즉, 제 각오는 실전에는 한참 못 미친다고 들려서."

"그, 그런 생각으로 한 말은 아닌데! 그냥, 저기, 뭐랄까, 음, 그게……."

"농담이에요. 그렇게 당황하지 말아요."

그림이 당황하자 캐럴은 미소와 함께 정겨운 눈매로 쳐다보았다. 그 시선에 머리를 감싸 안은 그림은 "못 살겠네……." 하고 한심하게 중얼거렸다.

아마 자기 마음은 그녀에게 훤히 들통 났다. 그래도 이렇게 약속대로 훈련을 계속해 주는 건 캐럴도 나쁘게 여기지 않기 때문일까, 의리가 있을 뿐인가.

의리만 있는 여성이 아닌 건 여태까지 알아 온 관계로 이해하지만.

"……캐럴 씨에겐, 못 당하겠네."

"그림? 지금, 뭐라고 했나요?"

"아―, 아무리 지나도 캐럴 씨의 검을 못 막는 건 안색이 읽혀서 그럴지도 모르겠단 생각이 들어서요."

무심코 속삭인 중얼거림을 그림은 웃음과 변명으로 얼버무렸다. 그 말에 캐럴은 "오호라." 하고 수긍한 눈치였다.

"확실히 전부터 그림의 표정은 읽기 쉬웠죠. 혹시 제게는 표정이 보이기 쉬운 얼굴일지도 모르겠어요. ……궁합이 좋을지도."

"엉?!"

"해 본 말이에요. ……진짜로, 알기 쉬운 얼굴이야."

그림이 놀라자 캐럴은 장난스러운 눈초리를 남기고 힘차게 일어났다. 그리고 자신을 올려다보는 그림에게 살짝 손을 내밀었다.

그림은 그 손을 잡을지 말지 고민하다가 과감하게 그녀의 손을 잡았다.

그리고——.

"——당신에 관해서라면, 목소리를 들을 수 없어져도 생각을 알 수 있을지 모르겠네요."

4

그런 한마디를, 병실로 달려온 캐럴은 한없이 그림에게 사과했다.

"미안해요……! 미안해요, 그림…… 저는……!"

침대에 기대어 캐럴은 울먹이는 소리로 그림에게 건네는 사과를 입에 담았다. 그 비통한 음성을 들은 그림은 어떻게든 그 눈물을 막고자 입을 열었다. 하지만——.

"————."

벌린 입에서는 갈라진 숨결만이 새어 나오고 의미가 있는 말이 나오는 일은 없었다.

——아이히아 습지대의 공방, 『아인전쟁』에서도 유례를 찾을 수 없는 대전이 된 한 장면이다.

체르게프 부대의 일원으로 전투에 참가한 그림은 거기서 아인 연합의 기수인 리브레 페르미와 접촉, 부대는 거센 난전으로 돌입했다.

리브레의 쌍신검이 번뜩이고 그림의 목을 후빈 것은 종국을 코앞에 둔 상황이었다. 일격에 발성 기관이 잘려나간 그림은 목소리를 상실했다. 평생 멀쩡히 말할 수 없을 거라고 이미 치료원의 술사가 단언했다.

캐럴은 그 부상의 책임이 자신에게 있다고 믿으며 몹시 슬퍼했다.

딱 한 번, 입에 담은 농담이 사태를 불러일으킨 거라고 후회하듯이.

"──그림?"

흐느끼며 쉰 목소리가 자신의 이름을 부르는데도 그림은 미소지었다.

이렇게 눈앞에 캐럴이 무사히 있어 준다. 지금은 그 사실이 기쁘다.

확실히 목소리를 잃은 것은 힘들다. 두 번 다시 그녀의 이름을 부를 수도 없다. 그래도 그 지옥 같은 곳에서 그녀를 잃지 않아서 다행이다.

──전우를, 한 명 잃은 것이다. 계속 신세 지던 은인이었다.

전장은 그것을 앗아갔다. 자신의 부족한 힘이 동료를 죽게 했다. 그렇기 때문에──.

"──아."

──당신이 무사히 있어 줘서 다행이라고, 그림은 진심으로 생각했다.

그런 마음을, 그림의 감정을 읽어내는 게 특기인 캐럴은 쉽사리 간파했다. 천천히 몸을 일으킨 그녀의 촉촉한 눈이 그림을 바라보았다.

예쁘고, 아무리 보더라도 질릴 일이 없다고 생각하는 얼굴이다. 그림은 그 눈이 촉촉하게 자신을 바라보는 이유를 착각이라고 여기진 않았다. 그런 변명은 필요 없다.

오히려 그림은 먼저 행동에 옮겨 그녀의 몸을 끌어당겼다.

"──윽."

순간, 캐럴이 놀란 표정을 짓다가, 저항 없이 가슴에 쓰러졌다. 그리고 고개를 든 그녀의 입술을, 그림은 깨물 듯이 빼앗았다.

저항은 없었다.

──캐럴을 사랑하는 걸, 입술을 뗀 다음의 표정으로 간파해 주면 그만이다.

그런 생각과 함께 그림은 눈앞의 뜨거운 몸을 탐하듯 껴안았다.

5

그 뒤로 세월은 흘러 그림과 캐럴에게도 여러 사건이 일어났다. 『아인전쟁』의 붕괴를 결정지은 왕성 결전이나, 빌헬름이 왕국군을 이탈하는 계기가 된 『검성』의 첫 출진, 내전 종결로 이른 제2차 카스툴 공방전의 결말.

그리고 종전 기념식전에서 『검귀』의 난입과 『검성』의 패배──.

"──이렇게 무식한 사내가 어디 있어! 나 원, 2년 지나도 구제할 도리가 없군!"

종전 기념식전에 쳐들어와 『검성』을 꺾어 자신의 강함을 증명하고, 총출동한 기사단에 잡혀서 감옥탑에 처박힌다.

그런, 다른 누구도 못할 어리석은 위업을 목격한 캐럴이 그렇게 내뱉었다.

노발대발한 연인의 말에 그림은 쓴웃음을 지었다. ——자신 또한 방약무인한 행동으로 식전을 망친 『검귀』의 포박에 관여한 입장이었다.

돌아오자마자 튀어나온 야박한 의견에 무심코 입술도 미소를 띠기 마련.

"그림? 뭐가 재미있었죠? 제가 우스운 말을 했어요?"

『우스운 게 아니라, 기대랑 똑같달까.』

"음…… 그 말은 즉, 그림은 제가 이렇게 화내는 걸 다 내다봤다고요?"

『어떻게 생각하십니까? 선생님.』

놀릴 생각으로 그림은 품속에서 꺼낸 종이에 필담을 술술 써냈다.

목소리를 잃고 2년 이상. 이 의사소통에도 퍽 익숙해졌다. 물론 그림의 안색을 보고 속마음을 읽어 내는 캐럴의 기량은 건재하여, 필기를 마치기 전부터 그녀는 뾰로통한 표정이었다.

이렇게 표정을 겉에 내보이게 된 지도 오래됐다. ——그러나 현재 그녀의 모습은 그런 2년간의 감개를 웃돌 만큼 자연스럽게 보였다.

『빌헬름이 돌아와서 기뻐?』

"무…… 무슨 말이에요! 제가 사모하는 건 그림뿐이고……."

『미안, 말이 부족했어. 테레시아 님 말이야.』

"……일부러 그래 놓고."

두 장째 종이를 바로 꺼내자 캐럴이 토라진 듯 노려보았다.

그림은 연인의 귀여운 얼굴에 만족하면서 본인도 놀랄 만큼 안도하는 자기 자신을 깨달아 후들대는 어금니를 세게 깨물었다.

──2년 동안 행방불명이던 빌헬름이 돌아왔다.

검 실력은 이전 그대로── 아니, 더욱 날카로워진 상태로, 식전에 참가한 『검성』을 꺾고 승리를 거둘 만큼 도가 튼 『검귀』가 돌아왔다.

캐럴의 가장 큰 관심이던 테레시아, 그녀의 마음을 구원하고 데려오기 위해서.

"아무튼! 이러고 있을 순 없어요! 그 남자의 바보 같은 행동을 누가 따끔하게 꾸짖어야 해요! 그거야말로 저랑 그림의 역할이죠!"

『테레시아 님은?』

"자상하신 테레시아 님이 그 남자를 꾸짖을 수 있을 것 같지 않아요. 제가 필요할 겁니다!"

힘찬 단언에는 희망이 아니라 확신이 있었다.

캐럴이 굳게 단언한 이상, 빌헬름과 테레시아의 관계는 그런 상태인 것이리라. 그 말을 전적으로 믿을 만큼 그림 또한 캐럴을 사랑했다.

그리고 빌헬름에겐 따박따박 해 주고 싶은 말도 많다. 이해는 일치했다.

"그럼, 가죠! 테레시아 님이 놈을 저택에 데려오실 터……. 그 자리에서 2년이나 쌓인 분노를 대차게 쏟아내요!"

캐럴이 손을 뻗어오자 그림은 쓴웃음과 함께 그 손을 잡았다. 그리고 당장에라도 달려갈 성싶은 그녀를 딱 한 번 만류했다.

그리고 식전에 임하는 그녀의 심정을 배려해 전하지 못한 마음을 글씨로 표현했다.

『그 드레스, 잘 어울려.』

그 필담에 캐럴이 무슨 반응을 했는지 자세히는 적지 않겠다.

그저 그림이 얼굴이 붉은 캐럴과 동행하며 식전회장을 뒤로한 것은 틀림없는 사실이었다.

6

성당에서 결혼식이 거행되어 빌헬름과 테레시아가 공적인 자리에서 입을 맞췄다.

그림은 그 모습을 초대객 줄에서 바라보며 줄줄 눈물짓는 캐럴의 어깨를 부축했다.

기어코 빌헬름을 결혼식에 늦지 않게 만든 체르게프 부대는 다들 지독한 몰골이다. 그림도 예외가 아니라 사흘 연속 입은 갑옷과 제복은 비위생의 극치라고 할 수 있다.

그러나 캐럴은 바로 옆에 지저분한 연인을 뒀음에도 그쪽에 일절 상관치 않았다. 그리고 신부인 테레시아도 마찬가지였다.

──자연히 자랑스러운 감정에 가슴을 폈다.

부부의 서약을 나누고 입을 맞춘 둘의 혼인은 이로써 정식으로 인정된다. 몰래 국왕 폐하까지 참석한 결혼식이다. 이미 아무도 둘의 관계에 이의는 제기할 수 없다.

원래부터 신부의 아버지 외에는 강고하게 반대하는 사람이 없던 거나 마찬가지지만.

"아아…… 테레시아 님, 아름다우셔……."

캐럴은 환희와 감동을 숨기지 못하고 신부복을 입은 테레시아의 모습에 포로가 됐다. 살짝 샘이 나지만 오늘만은 어쩔 수 없다고 몸을 뺄 수밖에 없다.

캐럴에게 테레시아라는 존재의 크기는 말할 필요도 없다.

그야말로 자매나 그 이상으로 감정 이입한 것 같으니 이날의 감격도 한결 더하리라. 그런 의미로는 그림도 빌헬름의 염원이 이루어진 데에 안도했다.

아무래도 캐럴만큼 감정 이입했다고는 말할 작정은 없지만.

"_____."

맹세의 말과 입맞춤이 끝나면 결혼식의 본편은 끝난 격이다.

나머지는 후일담이나 사족이라고 치부하고 싶은 식전 내용이 담담히 이어진다. 신랑 관계자 대표로서 보르도의 인사가 있거나, 신부 아버지인 벨톨이 딸과의 추억을 이야기하는 도중에 흐느끼며 무너지는 바람에 끌려 나가거나, 그런 내용이다.

그리고 결혼식 마지막에는 빌헬름과 테레시아가 나란히 식장을 뒤로한다. 참석자들의 박수와 축복을 받으며 두 사람이 식장이 된 성당을 나가고——.

"——캐럴!"

"어?!"

놀란 캐럴의 팔이 포물선을 그리며 날아온 꽃다발을 무심코 받아냈다. 그것은 테레시아의 손에 들려 있던 노란 꽃다발. 신부가 참석자에게로 꽃다발을 던져주는 마지막 의식.

그 꽃다발을 받은 사람에겐 다음 차례 행복이 찾아온다는, 유명한 일화가 있다.

"——아."

장난스러운 테레시아의 윙크에 의도를 알아챈 캐럴의 얼굴이 새빨개졌다.

그 즉시, 성당에 남은 참석자들의 박수가 결혼식의 주역이던 빌헬름과 테레시아로부터 캐럴 쪽으로 이동해 우레 같은 축복이 쏟아졌다.

느닷없는 상황에 놀란 캐럴이 그림의 팔을 안으니 축복은 더욱 커졌다.

"그, 그림, 저기……."

어떡해야 하냐며 쩔쩔매는 연인의 목소리에 그림은 한쪽 눈을 찡긋했다. 바라보니 박수를 받는 두 사람에게 테레시아는 행복한 미소를 짓고, 빌헬름은 마치 앙갚음에 성공했다는 듯 못된 표정이다.

——이번에는 그쪽이 구경거리가 되어라. 그런 속마음이 훤히 보인 느낌이었다.

"_____."

그림은 왼팔로 캐럴의 몸을 끌어안고 오른팔로 그녀가 든 꽃다발을 빼앗았다. 그리고 그 꽃다발을 머리 위로 쳐들어 참석자들에게 과시했다.

순간, 그 행동에 놀란 참석자들이 얼굴을 마주 보다가 박수 소리를 크게 했다.

꽃다발을 건네받은 여인의 연인이 꽃다발을 쳐든 것이다. 그게 어떠한 의미를 띠는지 보고도 모르는 벽창호는 이 자리에 없었다.

테레시아가 두 손으로 입을 막고 빌헬름이 의표를 찔린 듯 눈썹을 세웠다. 보르도가 호쾌하게 웃고, 마이크로토프가 흐뭇하게 눈웃음 지었으며, 지오니스 폐하가 누구보다 크게 박수를 주더니, 딸이나 다름없는 아이를 빼앗기는 공포에 벨톨이 흐느끼며 무너졌다.

그리고 껴안긴 캐럴이 몸을 움츠리며 그 얼굴을 새빨갛게 물들이면서——

"——그림은, 바보."

사랑스럽게 중얼거린 말이, 박수 틈새로 그림에게만 들렸다.

7

"정말로, 당신이 하는 짓에는 항상 놀라요."

결혼식이 끝나고 밤을 맞이한 왕도 루그니카—— 평민가 한

쪽에 있는 단독 주택에서 침대에 앉은 캐럴이 원망스러운 눈으로 그림에게 말했다.

방은 그림의 침실로, 건물은 그림의 자택이다. 왕국에서 손꼽히는 부대로 명성 높고 국왕의 인식도 좋은 체르게프 부대, 그 부관직을 맡은 사람이 그림이다.

이미 일반병처럼 병영에서 숙박할 입장이 아니니 성 아래에 집을 가지는 게 당연하다고 보르도가 장만해준 곳이 이 건물이었다.

다행히 한 차례 신변 정리는 마쳤기에 불편함 없는 나날을 보내고 있다. 이렇게 자택을 가짐으로써 연인을 자기 방에 부르기도 쉬워졌다.

"전에는 다른 기사나 경비병의 눈이 좀 신경 쓰였으니까요."

물론 대놓고 빈번하게 밀회를 가지진 않았지만 눈길을 끄는 용모의 연인을 가진 남자는 힘들다. 쓸데없는 잡것이 들러붙지 않게끔, 그림은 그림대로 부득이하게 거대한 암투를 강요받았다.

그 주변의 고생을 캐럴에게 들려줄 작정은 없고, 지금만으로도 충분히 보답받았다.

"그림, 수고했어요. ……이리로."

목욕을 마치고 옷을 갈아입은 연인을 캐럴이 침대를 두드리며 옆자리로 권했다. 살포시 뺨을 붉힌 그녀 옆에 앉아 그 가는 허리를 끌어안는다.

그것만으로도 두 사람은 말을 나누지 않고 자연히 입술을 포갰다.

──단둘이서 지내는 동안에 한하면, 그림은 필담을 위한 펜

을 거의 지니지 않는다.

표정을 보면 그걸로 충분. 캐럴의 주장은 확고했다. 그림은 마음을 전하는 방법은 말만이 아니라고, 기쁨을 가슴속으로 곱씹었다.

그리고 금세 검으로 마음을 전한 사람이 곁에 있었다는 걸 떠올리는 바람에 웃음이 터지고 말았다.

"……분위기 망치잖아요, 그림. 미안미안이 아니죠."

입맞춤 도중에 웃음이 터져서 분위기를 망친 캐럴이 성냈다. 그녀는 그림의 사과하는 표정을 받지 않고 홱 고개를 돌리며 상한 기분을 내색했다.

"──응, 안 돼요. 용서 못해요."

고개를 돌린 뺨에 손을 짚고서 반대쪽 뺨에 입술을 대었다. 화난 상태의 공주님에게로, 과감한 도전을 포기하지 않는다. 귀로, 목으로, 입맞춤의 비를 쏟아낸다.

"아, 잠깐, 간지러워……. 치사해, 치사하다니까요!"

간지러움에 몸을 틀고 굳은 뺨의 방비가 무너진다. 순간, 웃음의 충동이 넘쳐 나와서 웃어 버린 캐럴은 항복을 선언, 그 몸을 품속에 안아 들었다.

"……탄탄해라. 마르게 보이는데 신기하네요."

가슴팍을 만지는 캐럴의 입술이 왠지 어리광 피우는 목소리를 냈다.

평소에는 늠름하고 강한 자신을 의식적으로 꾸미는 캐럴은, 어리광 피우는 표정을 남 앞에선 드러내지 않는다. 그야말로 테

레시아에게도 보여 주지 않는 표정—— 그것을, 그림 앞에서만
활짝 드러낸다.

"＿＿＿＿."

첫 만남에선 으스러져 버릴 것만 같던 마음을 잡아 주었고. 그
뒤로 분수를 모르는 야심을 비웃지 않으며 지탱해 주었고.

잃어버린 목소리를 안타까워하며 연인이 되어 주었고. 2년의
세월을 거쳐 그녀가 자기 자신을 용서하는 순간을 지켜보았고.

——종국에는, 꽃다발과 함께 축복받는 그녀를 보아서.

"……캐럴 파우젠이 되기엔, 아직 일러요."

내려다보는 시선의 의도를 알아챈 캐럴이 미소와 함께 말했다.

이래서야 결혼 신청마저도 안색으로 간파당할 것만 같다.

하다못해 그런 상황만은 되지 않도록 충분히 주의하며 준비하
자. 이 사랑하는 사람을, 자신에게 가능한 모든 것으로써 행복
하게 해 주도록.

그것은 『검귀』와 『검성』의 화려한 이야기 막간에서 맺어진
두 사람, 남자와 여자의 막간극.

——이 또한 아름다운 『검귀연가』와 『검귀연담』의 소중한 일
막인 것이었다.

《끝》

후기

여어, 안녕하세요! 나가츠키 탓페이이자 네즈미이로네코이 기도 한 작가입니다!

이번에 『검귀연담』을 구입해 주셔서 감사합니다! 노력과 근성 으로 후기에 당도할 때까지 서점에서 읽은 당신도 용케 힘냈어!

그 서점에서 읽는 시간 동안 아르바이트했더라면 아마 이 책 샀을걸?!

자, 이러니저러니 해서 후기입니다만, 본편 쪽에선 이미 후기 가 매번 2단 구성 빽빽하게 채운 후기가 됐기에 이 형식 쪽이 신 선미가 있네요.

작가 아버지는 돋보기안경이 없으면 후기를 못 읽겠다고 말할 정도예요. 작품 내용은 어쨌든 간에 후기를 부모님이 읽으시는 건 진땀 나더군요…….

여담은 제쳐두고 책 내용 이야기를 하죠.

이번 『검귀연담』은 월간 코믹 얼라이브 쪽에서 연재한 리제 로 단편 소설을 모아 재구성하고 가필 수정하며 자신의 끔찍한 옛날 문장에 고뇌하다가, 다시 읽어보니 재미있잖아…… 같이 희비가 엇갈리면서 서적화한 글입니다.

작중의 서브 캐릭터를 주인으로 삼은 Ex도 이로써 3권째. 단편집도 포함하면 번외편만으로도 여섯 권으로, 살림이 정말 커졌군요. 새삼 생각해 보니 리제로 시리즈는 22권이나 나왔으니 이미 어엿한 장편 소설이라고 할 수 있겠죠.

그런 장편 소설의 한 가지 진수가 본편에서 등장하는 캐릭터의 과거편에 있다고 생각합니다. 어라, 이거 『검귀연가』 때에도 말했던 느낌인데?!

어쨌든 좋아하는 건 몇 번이든 주장합시다. 과거편은 멋져!

그러므로 해야 할 이야기가 많은 과거편의 중요 인물로서, 빌헬름에겐 이렇게 몇 번씩 스포트라이트를 맞춘 것입니다.

이미 번외편에서 주인공 노릇 두 번째인 빌헬름이지만, 세 번째도 내정하고 있기에 승리자네요. 번외편이라고는 해도 리제로의 주인공이기에 지독한 꼴을 본다는 뜻이지만요!

그렇다고는 해도 이번 빌헬름은 (대난투와) 프러포즈를 거쳐 (강행군의) 결혼식을 올리고 (최강의 적과 싸우는) 신혼여행을 떠나는 훈훈한 에피소드로 가득한 한 권이었습니다.

서적 본편 쪽에선 5장에 돌입해 다시 빌헬름의 차례가 나오므로, 이 『검귀연담』을 읽어두면 5장을 더욱 즐길 수 있다고 보장하겠습니다!

그러므로 본편만 쫓느라 번외편은 읽지 않았다고 하는 친구분이 계시면 꼭 번외편도 추천해 주십시오. 기본적으로 작가는 한 번 쓴 정보는 쟁여 두지 않고 써먹으니까, 전부 읽는 사람이 더 재미있을 거예요!

　이렇게 완벽한 번외편 광고를 했으니, 늘 하는 감사의 말로 들어가겠습니다!

　담당자 I 님, 생각해 보면 『검귀연가』는 "왠지 모르게 썼으니 보내겠습니다." 같은 곳에서 스타트한 기획이었기에, 이렇게 『검귀』 시리즈 2권째가 나올 만큼 이어진 게 어쩐지 신기하네요. 3권째인 『검귀전가』도 꼭 잘 부탁합니다!

　일러스트의 오츠카 선생님, 매번 하는 말이지만 캐릭터 디자인의 기세가 대단해요! 지정하지 않은 캐릭터까지 뽑혀 나와서 말이죠, 언제나 그렇지만 삽화의 버라이어티가 쩔어요. 이번에는 특히 쿠르강이 훌륭했습니다! 감사합니다!

　디자인의 쿠사노 선생님, 시리즈 최대 인원의 표지 일러스트였지만, 늘 그렇듯이 근사한 디자인 훌륭했어요. 감사합니다!

　그리고 마츠세 선생님의 만화판 3장 쪽에선 바야흐로 늙은 빌헬름의 근사한 활약을 볼 수 있는 타이밍! 중후하게 멋진 빌헬름 감사합니다!

　그 밖에도 MF 문고 J 편집부 여러분, 교정 담당자님에 각 서점, 영업 담당자님까지 많은 분들께 신세를 지고 있습니다! 정말로 여러분, 항상 감사합니다!

　OVA 관계로 애니메이션 제작진 여러분께 다시 신세를 지거나, 권말의 공지에도 있지만 『검귀』 시리즈의 만화판이 스타트하는 등, 정말로 관계자 여러분께는 아무리 감사해도 말이 모자랍니다. 앞으로도 잘 부탁합니다!

끝이 되겠지만, 늘 응원해 주는 독자 여러분께 최대의 감사를!

그럼 다시 다음 이야기에서 만나 뵙기를. 바이요!

2018년 5월

《방을 리모델링하느라 기진맥진한 하루 끝에》

CHARACTER DESIGN

벨틀

♀

디슈아

흑뱀

뿔

뿔

뿔

CLOSE

Veltol

벨톨

"자, 항상 책 마지막에 나오는 다음 회 예고 코너예요. 해당 권에서 인상적이던 두 사람이 함께 소식을 전하는 곳인데……."

"후후후, 왜 그러느냐, 테레시아. 그렇게 긴장할 건 없다. 아니면 쑥스럽니? 하긴, 그럴 수밖에. 나와 함께여서야."

"하아……. 같이 나오는 사람이 빌헬름이나 캐럴도 아니라 아버지라니, 실망."

"어?! 실망?! 기뻐해 주는 게 아니니?!"

"왜 그런 생각이 드는지 진짜 아버지 맘을 모르겠어. ……아유, 아무튼 소식! 제대로 할 일 마치고 저녁 식사 준비해야지."

"흠, 옳거니. 쑥스러움을 감추려는 마음에. 말해 두겠지만 테레시아. 아버지는 딱히 감자류를 좋아하진 않으니 저녁 식사의 수프는 조심해서……."

"우선, 다음에 나올 건 리제로 본편 17권, 이게 9월에 발매될 예정이야. 이 책의 한참 이후 시대로, 나이를 먹은 빌헬름도 나와. ……역시 우리 빌헬름은 나이를 먹어도 멋져. 저기, 아버지, 멋있죠?"

"으잉?! 나한테 묻는 거야?! 나한텐 사위를 덮어놓고 칭찬할 도량이 없다만?!"

"응, 알아요. 그리고 애니메이션의 OVA가 2018년 10월 6일부터 극장에 오르나 봐. 키 비주얼에서 떠들던 아이들이 스크린에서 어떤 식으로 활약하는지, 무지 기대해 봐."

Re: Life in a different world from zero

테레시아

Teresia

"어흠. 그리고 〈MF 문고 J 여름 학원제 2018〉에선 이 『Re: 제로부터 시작하는 이세계 생활』의 무대 개최도 결정됐다. 친숙한 캐스트분들이 등단해서, 뭐랄까, 여러모로 분위기 살려줄 게 분명하다. 그래, 솜씨를 보여 보도록!"

"왜 그렇게 나쁜 사람 행세한담, 아버지는."

"뭐라고 그랬느냐? 테레시아."

"아뇨, 아무 말도. 그리고 또, 또, 이것도 빅 뉴스! 실은 나랑 빌헬름이 만난 이야기, 『검귀연가』의 만화화가 결정됐어! 자세한 내용은 향후의 속보를 기다렸으면 하는데, 나도 못 기다릴 기분이라 두근두근해."

"으으음! 귀여운 테레시아는 보고 싶지만 빌헬름 군에게 딸을 빼앗기는 건 복잡한 기분이군⋯⋯. 나는! 나는 도대체 어떡해야⋯⋯!"

"나는 순수하게, 멋있는 빌헬름을 기대하는걸 뭐. 후훗."

"흑, 흐흑—! 티슈아! 티슈아! 테레시아가 날 괴롭혀—!"

"앗, 아버지도 참⋯⋯ 또 어머니가 놀릴 텐데. 진짜, 못 말릴 사람이라니까."

※일본어판 발매 당시 내용입니다.

Re : 제로부터 시작하는 이세계 생활 Ex 〈3〉

2018년 12월 20일 제1판 인쇄
2019년 01월 02일 제1판 발행

지음 나가츠키 탓페이 | **일러스트** 오츠카 신이치로 | **옮김** 정홍식

펴낸이 임광순
제작 디자인팀장 오태철
편집부 황건수 · 신채윤 · 이병건 · 이홍재 · 김호민
디자인팀 한혜빈 · 김태원
국제팀 노석진 · 엄태진

펴낸곳 영상출판미디어(주)
등록번호 제 2002-000003호
주소 21311 인천광역시 부평구 평천로 132 (청천동)
전화 032-505-2973(代) | **FAX** 032-505-2982

ISBN 979-11-319-9363-7
ISBN 979-11-319-0097-0 (세트)

Re : ZERO KARA HAJIMERU ISEKAI SEIKATSU Ex Vol.3 KENKI RENTAN
©Tappei Nagatsuki 2018
First published in Japan in 2018 by KADOKAWA CORPORATION, Tokyo
Korean translation rights arranged with KADOKAWA CORPORATION.

노블엔진(NOVEL ENGINE)은 영상출판미디어(주)의 라이트노벨 및 관련서적 브랜드입니다.